[日] 利利・弗兰克　著
李颖秋　译

东京塔

とうきょうタワー

老妈和我，有时还有老爸

中信出版集团・北京

图书在版编目（CIP）数据

东京塔：老妈和我，有时还有老爸 /（日）利利·弗兰克著；李颖秋译 . --5 版 . -- 北京：中信出版社，2018.8（2025.12 重印）
ISBN 978-7-5086-9007-0

I. ① 东… II. ① 利… ② 李… III. ①长篇小说—日本—现代 IV. ① I313.45

中国版本图书馆 CIP 数据核字（2018）第 113781 号

东京塔：老妈和我，有时还有老爸

著　　者：［日］利利·弗兰克
译　　者：李颖秋
出版发行：中信出版集团股份有限公司
（北京市朝阳区东三环北路 27 号嘉铭中心　邮编　100020）
承 印 者：北京盛通印刷股份有限公司

开　　本：880mm×1230mm　1/32　　印　　张：9.5　　字　　数：250 千字
版　　次：2018 年 8 月第 5 版　　印　　次：2025 年 12 月第 14 次印刷
京权图字：01-2013-2466
书　　号：ISBN 978-7-5086-9007-0
定　　价：45.00 元

1

那种感觉宛若陀螺的芯一般执着地刺入正中央。

在东京的中心。

在日本的中心。

在我们憧憬的中心。

就像一股奇妙的离心力，从旋转的中心延伸开来。

偶尔，那些闲暇下来的神从空中垂下双手，像发条一样层层地旋转着。

执着地，一圈圈地打转，我们也在旋转着。

我们来了，就好像聚集在院灯周围的蚊虫一般，狂热地迷恋不曾见过的光明，贪婪地吸附它。乘着颠簸的列车，我从故乡心驰神往地来到这里。

一个飞奔的人。

一个被吞噬的人。

一个遭排斥的人。

一个眩晕的人。

不依靠任何人的帮助，只是朝着那力量的方向行进，然后听天由命。

伤心欲绝抑或是后悔得肠子都青了的事情，都不知为何难以抵抗，只能持续地重复着。

人生就像陀螺一样。不停地打转，旋转着，重复着。

就这样，被拖拽着，被叩击着。我们燃烧殆尽。

生命狼狈不堪。

五月里有人这样说。

他一边凝视着东京塔，一边说它好像很荒凉的样子。

它只是装饰了白天，照亮了黑夜。他说其样子看起来很荒凉。

我听了，心想也许正因为如此它才会令人更加憧憬。

这个空荡荡的城市，一点点地长大，继续着凛冽的姿态，给人以强悍和柔美之感。流离、相聚、勾结、背叛、欺骗，这样生活着的我们，被那种孤独的凄美所吸引。

不能忍受寂寞，执着坚守的我们对之憧憬着、向往着。

每一个人都向往着这个地方，为之离开家乡，投入她的怀抱，追求生命中的某种东西。

背井离乡的爸爸曾经为此带着我一起来到这里。失去归所的我们，没有抱任何幻想，来到东京，不知何处是归宿，只能夜宿在东京塔下。这是妈妈告诉我的。

那一天，我们一家三口在租住的能望见东京塔的小屋里，相拥而眠。

这是我儿时的记忆。多数人几乎已经记不起孩提时代的事情了，可是我却一直保留着很多记忆。那些记忆并不暧昧，也绝非模糊，儿时空气中的气味、当时的所思所想，甚至是零碎的风景，我至今记忆犹新。

估计是因为比起别人来，我值得回忆的事情太少了吧。

这是三岁之前的记忆。我和爸爸、妈妈一家人一起生活的记忆。家人一起生活三年的时间里，除了上面写的那些，就没有其他的了。我只能继续记忆着这微乎其微的童年往事了。

“咔嚓”一声凄厉的声响，和妈妈一起睡在蒲团上的我被惊醒了。当然，妈妈也醒了，在蒲团上弓着身子。这可是半夜，不仅仅是孩子，大人和街道都在沉睡中。

从大门口，传来奶奶悲戚的声音。奶奶连连呼喊着妈妈的名字。妈妈飞奔至走廊，来到门口，又立即跑回房间，抱起我，像个橄榄球选手迅速冲出房间。

爸爸回来了。回到自己的家也是理所当然的事情。但是不知道为什么，爸爸今天并不是用手推开大门，而是用脚踹开的。镶嵌着玻璃的木栈格子门吱嘎乱响，几乎散架。奶奶穿着鞋子在走廊里声嘶力竭地尖叫着。妈妈冲过奶奶面前，爸爸要追赶逃跑的妈妈。即便是调查刑事案件的特种警察部队进门也会比他们更文雅吧。

一边是想要逃之夭夭的妈妈，一边是趴在走廊里的奶奶，类似这样的“回家风景”在我的家里时常上演。不过，那天的猎物既不是妈妈，也不是奶奶，而是我。爸爸硬从蜷缩在角落里的妈妈怀中把我夺过来，从大衣口袋里掏出一个三角形油纸包。油纸里包着的是冰凉的烧鸡，给我吃的，带着签子他就往我嘴里塞。

爸爸想让我这个儿子吃烧鸡。刚刚起来就有烧鸡吃，在我的人生中也就那唯一一次。

爸爸当时喝多了，耍酒疯，到处发疯。

几天以后，我家又新装了大门。大门是两扇合在一起的拉门，只是把爸爸弄坏了的那一扇装上新的，新门的木栈发白，使我家的大门显得很奇怪。

我是个哭鼻虫，每次一哭都长泣不止。爸爸很不喜欢这样的男孩子，尽管那时候我只有三岁。

有一次我哭着来到茶室，爸爸穿着衬裤在看电视，他不知道我在那里哭了多久。爸爸突然怒吼着把我拎起来，扔了出去。于是我从茶室横穿走廊，飞向客厅。

我仿佛飘浮在宇宙中，以前所未有的视角观察着走廊和客厅的交界处。奶奶从客厅看到了这一切，像棒球接球手一样，双手把从茶室里被投掷出去的我接住了。

这是后来妈妈告诉我的。

飘浮在宇宙中的记忆消失了。跳楼自杀的人在撞击地面之前，思维瞬间停滞也许就是那样的。如果当时奶奶接“人”失误的话，我将被摔在地上，也许就变成一个傻孩子了。

我还是一个肠胃不好、很虚弱的孩子，经常拉肚子。每到犯病的时候，妈妈就带我去附近的医院。给我看病的是个女医生，后来妈妈总说:“那是个很好的大夫，如果没有她，你就死了。”每次去医院，就是往屁股上打针，女医生和妈妈就鼓励我:“忍耐一下，别哭。”我就装作不疼的样子，沉醉于她们两个人的表扬当中。

有一天，我又跟往常一样肚子痛，妈妈带我去女医生的医院，不巧那天是休诊日，就去了另一家私人医院。这家医院诊断为“一般的腹痛”。我接受了手腕注射，不停地哼哼唧唧，不停地啜泣着。

那天晚上，甚至到了第二天，我的肚子还是痛。后来我痛得满地打滚，于是妈妈又一次把我带到那个女医生那里。结果她把妈妈数落了一顿，问:“为什么不早点儿送过来?!”然后马上帮我们写了一封给市立医院的介绍信。就这样，我被送到了另一家医院。

我的腹痛原来是肠梗阻造成的，而且情况似乎比较危险。几个内科、外科的大夫一起进了手术室。具体的情形我不是很了解，不过刚开始的时候他们把一种通上电的灌肠药样的东西从肛门灌到我的身体里。

我想不管兴趣爱好怎么特殊，也不会有人灌过这种带电的灌肠药。即使是成年人也很难承受这样的痛苦。

大夫们用仪器监测灌肠药流到了肠子的什么部位。如果药中途停在肠子的某个部位，那接下来就要切开肚子，取出肠子，然后把患处摘除掉。

不过手术前大夫曾解释说，如果必须切除一部分肠子，很可能会给我以后的生活带来障碍，希望我的父母做好心理准备。

后来听妈妈说，她当时曾凝视着手术室的小窗户，祈祷通电的灌肠药能畅通无阻地流过我的肠子。而爸爸则跟我出生的时候一样，是在酒馆喝酒的时候听到这个消息后中途跑过来的。不过那次他倒是跟妈妈一起守在监视器旁，观察着灌肠药在我肠子里的动向。

幸运的是灌肠药顺利地流过了我的肠子。这样一来，通电的灌肠药打通了我肠子中堵塞的地方，所以我就不用做剖腹手术了。据说妈妈当时高兴得哭了起来，而爸爸只是兴奋地挥动了一下手臂，就继续回酒馆喝酒去了。

我现在还能回想起当时我因为疼痛而满地打滚时闻到家里榻榻米的气味，看到墙壁的颜色，还有妈妈那忧心忡忡的表情。不过在我的记忆里，爸爸当时并不在身边。

除此之外我还能记起的，是有一次爸爸正在画画时的背影。当时爸爸把玻璃棒放到圆规叉开的两脚中间，正在用毛笔或者鸭嘴笔画线。他好像在设计什么东西。我们家起居室的墙上挂着爸爸以前画的几幅石像。当时我站在旁边看着爸爸画画，于是爸爸把装着蓝色颜料的陶质碟子和毛笔递给我，让我在一张废纸上随便画点儿什么。我在画画的时候，爸爸嘴里好像发出了“咦”“啊”之类的声音。画画时的爸爸让我感到很亲切。

这些就是我现在还能记得的事情了，是我三岁之前发生的还能清楚想起的几件小事。我自己都感到有些奇怪，为什么连细节都记得这么清楚？不过这些就是我们一家三口住在一起时的回忆了，是全部的回忆，除此之外再也没有了。

我出生在福冈县一个叫小仓的城市，据说我是在紫河沿岸的一家医院里出生的。每当我和妈妈走在那条河的河岸时，妈妈就会指着那家医院，对我说："你就是在那儿生下来的。"

现在，小仓的单轨电车往来穿梭，不过那时候只有有轨电车行驶在市区里。当时附近的八幡有新日本制铁公司下属的一家大型炼铁厂，现在没有以前热闹了。当时街道上人很多，很有生气。炼铁厂里竖着高高的烟囱，有长的，有短的，白色、灰色的烟从各种形状的烟囱里往上冒。这些烟囱的对面有一个小型的港口，常常有小型蒸汽船浮在水面上。

到了我手里有教科书的时候，妈妈经常跟我提起原子弹爆炸的事。

"其实落在长崎的那颗原子弹本来是准备投到小仓的，准备投到八幡的那家炼铁厂。不过那天小仓的天气不好，是个阴天，在飞机上看不到下面的道路。所以飞机飞到了附近的长崎，在那儿投下了原子弹，可能是长崎有造船厂吧。那天小仓要是晴天的话，或许就没你了。"

虽然我还是个小孩子，可是每次听到妈妈的话，我都会这样想：天气好还是不好，就因为这点儿小事，来决定投不投原子弹，美国这个国家真是太任性、太浑蛋了。

妈妈的一个叔叔住在长崎，我曾经有好几次暑假去他家玩。叔外公是原子弹爆炸的受害者，从我第一次见到他起，一直到最后一次，他都是躺在床上。叔外公虽然身体残疾，却很开朗，经常给我吃带壳的海胆。

不过妈妈老是这样对我说："你叔外公都是因为原子弹爆炸才变成这样的，真可怜啊。"每次听到这句话我都会感到很痛苦，好像本来应该是我遭遇的不幸，最后却发生在了叔外公的身上。

现在小仓的市里已经看不到有轨电车了，那家大型炼铁厂，以及并排的那些烟囱也都不见了。炼铁厂的土地上现在建了一座主题公园，好笑的是据说里面展览了美国的运载火箭。

我们家离市区很近，附近有一个游乐园。

我们住的房子是一栋木制的两层楼房，是我的祖父盖的。我出生的时候祖父和外公都已经去世了，所以我从来没感受过祖父、外公的疼爱。我知道的祖父仅限于佛龛上放着的一张遗照。

爸爸、妈妈、我还有奶奶，以及爸爸的妹妹敦子姑姑都住在祖父盖的这栋房子里。祖父去世以后，这栋房子开始出租给人住。附近牙医大学的几个学生租了二层的四个房间，每天的早饭和晚饭也由我们家提供。我想那时候每顿饭肯定都很热闹吧。租房子的那几个大学生经常哄我玩，敦子姑姑也会给我买那时候时兴的一些东西，如法式面包、西式糕点店的冰激凌，所以我很亲近他们。不过后来敦子姑姑跟其中的一个大学生结了婚，离开了这栋房子。

妈妈嫁到这个家之后，过了一年生了我。妈妈比爸爸要大，在日本昭和三十年代（1955—1965 年），这样的新娘子很少见，而且妈妈还是晚婚。结婚的时候妈妈三十一岁，爸爸二十七岁。

生于小仓的爸爸曾经在当地上过高中，不过因为品行恶劣，到二年级的时候就怎么也待不下去了。因为他是五个孩子中的长子，祖父把他从那所高中转到了东京的一所高中。当时爸爸只是想去东京看看新鲜，没有其他任何想法。可是祖父却考虑到爸爸去趟东京之后，经历些人世的艰辛，可能会变得成熟些。不过祖父想得有些天真了，殊不知品行如果刚开始就不好的话，以后是改不了的。

爸爸进了一所东京的高中，后来自动升进那所高中所隶属的大学。不过独自生活、无人看管的爸爸经常逃课，净想着干坏事，不久就从大学退学了。可能是受那时期所结识的一个艺术学校大学生的影响，爸爸从大学退学之后，进了一所专门学习“帽子设计”的职业学校。

不过像爸爸这种干不成正事的人，即使进了那所学校，结果肯定也跟以前一样。

爸爸进了那所学校没过多久，热情就冷却了，然后就腻了，放弃了。不必多说，他肯定没能从那所学校毕业。不过我很奇怪爸爸当时为什么会学习帽子设计。虽然我跟他在一块儿生活的时间并不多，不过也算接触了近四十年，这四十年里我没看到他戴过一次帽子，他也从未对我戴的帽子做过任何评价。我很怀疑爸爸当初是不是对帽子一点儿都不感兴趣。

爸爸上了很多学校，然后不停地退学。在那之后他就成了匹无笼头的马，游手好闲，酗酒、行窃，什么都干，甚至还染上过性病。在跟一个朋友一起注射胰岛素的过程中，爸爸突然喜欢上了石佛。不过他的这种喜欢好像并不是看到木雕佛像那种大慈大悲，然后洗心革面，被引导到佛教道路上的。

后来爸爸徒步去各地参拜石佛，并且把这些石佛画下来。当时兴起了一股“印度热”，所以爸爸不断地去各处流浪，画了很多素描。他一边筹划着移民到印度，一边跟朋友创办了一份《同人》报纸，同时继续酩酊大醉。边讲述自己的精神世界边冥想，可能爸爸日日夜夜就在重复这两件事吧。就在他快成为东京的一个废人时，接到了爷爷的讣告。

结果爸爸被强行送回了九州。

爸爸回到家乡之后，开始到当地的一家报社工作。这个工作是托爷爷的门路得来的。不过虽说有门路，可是连爸爸这样的经历、这样的品行也能进报社，由此可见昭和时期的关系威力真是非比寻常。

“我在此之前一直在东京耽于玩乐，生活颓废。不知不觉中双亲和长辈都上了年纪，而且疾病缠身，我自己也已到了二十好几。这次我因故回到故乡小仓，回到这片故土，得到了诸位的照顾，使我能够就职于这家报社。从今以后我一定不辜负诸位的好意，洗心革面、重新做人。我要坚持不懈，三年、五年、十年，就算是粉身碎骨也要克己奉公，鞠躬尽瘁。我要在这里一直工作下去。”

爸爸那时候曾经说过这样的话，不过他这种人做什么事都不成，所以很自然地不久就从那家报社辞职了。后来奶奶好几次说到爸爸的工作，每次都是目光迷离、充满感慨地说：“那时候你要是不从报社辞职，现在也肯定功成名就了。你为什么要辞职呢？真是让人懊恼死了。”

妈妈出生于筑丰市的一个煤炭小镇，是九个孩子中的第四个，家里开个布庄。据说妈妈从当地的高中毕业之后进了一家公司，不过现在想想，我对妈妈高中毕业到结婚之前的这十年一点儿都不了解，甚至她那段时间是一直待在家里，还是到了别的地方我都不清楚。

不过妈妈曾经给我看过一张她年轻时的照片。这张照片让我对妈妈的那段生活产生了一些猜想。

那张照片已经褪色，变成深棕色。照片上的妈妈穿着一条连衣裙，白色的，上面有水珠图案。妈妈的头上包着围巾，戴着一副太阳镜。她坐在一辆白色敞篷赛车的发动机罩上，一只手的两根手指之间夹着一支烟，摆了一个姿势。

妈妈年轻时原来是这样的啊！我觉得这张照片很能说明问题。

妈妈这个人很喜欢社交，经常面带微笑。她经常为周围的人考虑，喜欢做家务，是个规规矩矩的人。

而爸爸正好相反，他性子很急，不苟言笑，也从不慌张。总之爸爸是一个我行我素的人，对西装和朋友倒是很认真，对其他的就极其马虎了。

爸爸和妈妈好像是在一个聚会上认识的。不过听妈妈说那次聚会是她学医的男朋友陪她一起去的，而爸爸是一个人去的。可能爸爸想混顿晚饭吃，才混进这个聚会的吧。

我没问妈妈当时他们是怎么开始交谈的，对彼此的第一印象又是如何。

可是在见面之后，没过几天他们就决定结婚了。原因是爸爸没跟妈妈打声招呼就带了聘礼闯到妈妈的娘家。

可能是妈妈在这个出其不意的情况面前未加考虑就答应了。不过爸爸怎么会想到这招呢?

妈妈跟我说到爸爸担着聘礼来到她家的情形时,用极其平常的语气说道:“我当时吃了一惊。”可能她当时也就只是吃惊吧。

就在这样的惊讶之中,爸爸妈妈结为了夫妇。

在我十几岁的时候,我第一次听到这段婚姻的经过。当时我对妈妈说:“我想当医生家的小孩。”

结果妈妈就举例跟我解释我是怎么来到这个世界的,她说:“我要是跟那个医大的学生结婚的话,现在就没有你了。”

面对婆婆、小姑子、四个租房的学生,还有顽劣的爸爸,作为一个新娘子,妈妈无论在体力还是精神方面,肯定都吃了很多苦。

可是妈妈为什么会离开这个家呢?我一直不知道原因。我感觉这件事是个禁忌,一直不敢问,妈妈自己也从未主动告诉过我。

我四岁的时候,妈妈带着我离开了这个家。

爸爸的妹妹嫁到了小仓郊区的一个村子,我和妈妈后来就住到了他们家,过起了跟爸爸分居两地的生活。

为什么会变成这么微妙的分居生活呢?妈妈究竟有什么想法呢?这些我都不明白,妈妈她自己以前肯定也没做过这样不合逻辑的事吧。要是自己的亲姐妹还好,可现在却是爸爸的妹妹,而且是她的婆家。

姑姑的婆家有栋不错的楼房,里面住着姑姑夫妻、两个孩子,还有姑父的父母。这栋主楼的旁边还有两栋学生宿舍,住了很多学生。可见姑姑的婆家有多富裕。

但是他们家甚至没给我和妈妈分一间学生公寓的房间,而是给了我们学生食堂角落里一个四铺席的小房间。

房间里什么家具都没有，空空荡荡的。妈妈给我买了一个书架，那个书架很大，有两扇左右对开的门。妈妈还给我做了一个坐垫，坐垫的套子是妈妈用毛线织成的，里面塞了橡胶，挺薄的。浅驼色的毛线中央贴了毛毡，上面有铁臂阿童木的嵌花。妈妈似乎很不会画画，画的阿童木一点儿都不像。而且阿童木的皮肤是茶色的毛毡做成的，看来这个铁臂阿童木属于南方派。

我经常从书架上取下一本连环画，然后坐到贴着阿童木的坐垫上看。那种感觉就像在自己家里一样，刚开始我特别高兴。我想这肯定是妈妈花了一番心血为我营造的环境。

后来我上了幼儿园，妈妈则好像是在那个学生食堂帮忙。

每天早上，幼儿园的班车都会到附近的广场来接我们。邻居家的孩子们都是被大人牵着手送到这个广场，而我却每天哭着硬被妈妈拖来。附近的人看到哭鼻子的我，都会忍不住发笑，为此妈妈觉得特别没面子。

我被硬塞上班车，但一下了车就会往回跑。我一面哭一面在刚才班车经过的田间小路上往家跑。妈妈没办法，有时候只好陪我一起到幼儿园，不过总是在我玩游戏的时候又偷偷回家。我本来刚刚已经不哭了，可一看到妈妈不见了，马上又大哭着往家跑。

我已经一时半刻都离不开妈妈了。

比平地稍高一点儿的山丘上矗立着一尊白色的大观音像，那里就是我上的幼儿园。如果把装有二十日元的纱布小口袋事先交给老师，那么没带午餐的孩子就可以有面包吃了。有一个箱子里放着好多种面包，到了午饭的时候就会被人拿到教室里。我一般都会带饭，不过我好想吃那些面包。其中有一种面包，两边粘着粉红色的维夫饼干，幼儿园的小孩都争着要吃这种。

我偶尔会带一个装着二十日元的小袋子去幼儿园，不过从来不会去抢，所以一次也没吃到过那种面包。我是一个不爱表现的孩子。

大人之间出现了矛盾，后来也没有好转，所以一年之后我和妈妈只得离开食堂角落里的那个小家。从这时候开始才算是父母真正意义上的分居吧。

从福冈县的一个农村，到筑丰市的一个煤矿小镇，一天只跑八趟的红色列车载着我们到了妈妈的故乡。最后的结局是妈妈不得不带着我回到自己的娘家，而她的娘家当时只有姥姥一个人住。

这个小镇每天晚上都能听到警笛声，还有震耳欲聋的警报声和广播。接着是沉闷的爆炸声，然后就是快要把小镇震倒的地震。整个房子都会发出嘎吱嘎吱的声响。

“三、二、一，轰隆！”

孩子们听到警笛声时都会笑着附和着爆炸声，一起蹦蹦跳跳。

一辆辆老虎车在小镇里轰轰地开着，奔跑在工棚周围的黑色轮胎不停地上下颠簸，然后逐渐消失在隧道的黑暗里。

那时候，这里的矿井已经面临关闭，绯红的天空下只有被烟熏黑了的、不再工作的竖井拉着长长的影子。不停挖掘上来的沙土、石子，还有质量很差的煤炭堆积如山，煤矸石堆到处往外喷白色的瓦斯。整个小镇臭气熏天。

住在这个小镇上的大多数都是煤矿工人的家庭，矿井的周围有像贫民窟那样并排的工棚、配给站和公共澡堂。

当时这里跟我妈妈几年前离开的时候已经大不一样了，当年的繁华景象早已无影无踪，破旧不堪的工棚变得空荡荡的。

我换了一个幼儿园。妈妈每每看到附近的小孩子，就会把我推到前面，对他们说“要跟他一起玩哦”。

这个小镇比起小仓那个城市显得更粗犷，不过这里的气息和气质好像更适合我。这时的我跟一年前已经判若两人，我现在自己一个人坐上国营铁路经营的班车，蹦蹦跳跳地去幼儿园，还跟别的小孩成了朋友，跟他们一起玩耍。

我这次上的幼儿园跟一所小学在一起，是那所小学的附属幼儿园，还提供饭食。每到分发食物的时候，小学六年级的孩子就会过来给我们幼儿园的小孩发饭。这种事在大城市的小学里肯定很难想象，这里的六年级小孩竟然能用菜刀把一个大人吃的纺锤形面包切成两半，然后分给幼儿园的小朋友。看来这里的小学生比那些菜都切不好的女人还会用菜刀。

妈妈有两个弟弟，都在姥姥家的附近组成了各自的家庭。我的两个舅舅——京一舅舅和伸一舅舅都是豪爽的男人，他们看到自己姐姐所处的这种状况，热情地欢迎了我们。

筑丰的姥姥跟奶奶不一样，她不爱说话，而且经常严厉地批评我。姥姥是个不懂得表达柔情的人。

姥姥看到自己嫁出去的女儿又回来了，怎么也表现不出好态度，而且她和妈妈之间好像总有点儿疙瘩。不过我和妈妈都不像在以前食堂角落的家里那样拘谨，还是在这里过得比较舒心。

姥爷去世之后，姥姥开始以卖鱼为生。姥姥一共有九个孩子。她天天把鱼装到两轮拖车上，然后走街串巷地去卖。

我和妈妈搬过来的时候，姥姥还照样每天一大早去河边，不论严寒，不论酷暑，每天都拉着两轮拖车。虽然也卖不了多少鱼，可是姥姥却从不休息。她把鱼装到有白铁皮顶篷的拖车上之后，就开始走街串巷了。

我后来上了小学，每天背着书包在回家的路上都会边搜寻姥姥的身影边往家走。

姥姥在冬天的时候穿得里三层、外三层，不过夏天的时候只穿一件男人的衬衫，脖子上搭一条毛巾。我一发现姥姥，就会悄悄地从后面跟上去，然后小心翼翼地坐到拖车的货台子上。我在鱼的腥味中摇啊摇，穿过一条又一条的街道。那种感觉就像坐在弹簧垫上，舒服极了。

我们的家在一段陡坡的坡顶上。两轮拖车在平地上还好，要是爬坡的话，就算是年轻力壮的男人，如果经验不多，也会往后滑。

姥姥在爬坡的过程中会休息好几次，呼哧呼哧地喘着粗气，一点点往上爬。如果我远远地看到姥姥正在爬坡，就会马上跑过去帮忙，从后面推车。

姥姥感到后面有人帮忙推车之后，会回过头来看一眼，看到我之后会笑一笑，然后转过头去继续拉车。

无论是附近的人，还是我的朋友，他们在爬坡时看到姥姥都会从后面帮忙推一把。这个小镇真是人情浓厚。

看到这时的姥姥，我经常会想:“为什么姥姥会一个人生活呢？”

姥姥有九个孩子，有将近二十个孙子、孙女、外孙、外孙女。但是孙子辈中跟姥姥一起生活过的好像只有我一个人。

我的肚子又痛了，虽然不像肠梗阻时那样剧烈，却持续腹泻。我现在只记得我去看了镇上的一个大夫，不记得后来那个大夫什么时候、在哪儿跟我妈妈说了诊断结果。不过据说妈妈听到大夫的诊断结果后差一点儿晕倒。

“是赤痢。”

这是一种传染病。护士和大夫这么说的时候他们肯定也很惊讶吧。那时我才上小学一年级。我没在东南亚吃过某种奇怪的甲壳类，也没去非洲玩过，我这样普通的小学生怎么会患上赤痢呢？

我的病甚至还登上了报纸，因为这是一种法定传染病。那则新闻究竟用了什么标题呢？

福冈县发现一例小学一年级的赤痢患者，打破了赤痢患者的最小年龄纪录

新闻里肯定没直接提到我的名字，或许他们用了 A 君之类的代号。就这样我作为一个轰动社会的传染病患者被登上了媒体。

问题是传染途径。当时只发现了我一个患者，看来从头到尾都是我自己一个人造成的。也就是说我不是被别人传染上的，而是自己带有赤痢菌，因为接触了某种东西，或者吃了什么食物，最后患上了赤痢。只能这么解释了，因为妈妈和姥姥，还有我班里的同学都没事。传染源究竟是什么呢？到最后也没查出个究竟，于是不了了之。你们看，我这个小学生身上真是充满了谜团。我只有六岁，却让人觉得有些恐怖。可是我自己也不记得捡过什么东西吃了呀。

当然我不得不住进医院，不过这并不是普通的住院，而是“隔离”。

我被送到一座深山里，那里有一家医院，里面有隔离病房楼。妈妈很担心我，于是她也跟我一起被隔离了。在隔离病房楼里，连深呼吸一下都让人感到紧张，但是妈妈却以一个健康人的身份来到了这里。这种勇气和爱，可能恋人和夫妻之间都不会有吧。如果那时只有我一个人被隔离在那里，可能我现在会更缺少温情。

病房楼里的每扇窗子上都嵌了铁格子，一到晚上病房楼的门就会被锁上。隔离病房的地板是红色的，而普通病房和其他地方的走廊都是绿色的。我一站到红色的走廊上，护士就会叮嘱我：“绝对不可以离开红色区域。”这样的叮嘱真让人觉得悲哀。

不过我住院后的第二天肚子就不痛了，也不泻了，我活蹦乱跳地在红色的走廊里跑来跑去。可是像我这样上了报纸的大人物他们是不会轻易放出去的。

几天之后，爸爸来看我了。我们父子好久没见了，可是我们现在被分隔在两种不同颜色的走廊上。爸爸听了上面提到的那个护士的解释，然后被带到了一个专门会面的地方。

一张桌子被放在两种颜色的走廊中间，桌子上用塑料卷尺分成两个区域，一个是安全地带，一个是危险地带。

顺便提一下，爸爸不管到哪里都不忘吸烟，从不分场合，总是若无其事地吸着一种名叫 Mr. Slim 的香烟。吸烟的时候爸爸只伸出右手小指，用指甲剥掉烟上的透明纸。他就是这样一种人。

对这个恐怕在潜水艇里也要吸烟的人来说，在医院、在病人的面前吸烟是理所当然的事。他跟妈妈说了几句话之后，就从口袋里掏出香烟，扔到桌子上。

结果烟盒差点儿跑到白色卷尺的这边了。这时站在一旁监视的护士马上回去取来消毒剂，对着 Mr. Slim 猛喷。

这种氛围特别紧张。就算我还是个小孩子，她的这种举动还是伤害了我。就连爸爸看到这样的场景，也觉得自己的儿子好像被魔鬼附了身，连看我的眼神也变了。

我又过了一段隔离的生活，两周之后终于可以出院了。在我快要出院的时候，那个护士竟然还问妈妈："他得的真是赤痢吗？仔细查过了吗？"可是真相谁知道呢？

出院之后我想到那栋隔离病房楼里还有其他几名患者。我们都生活在一个走廊里，其实是能够相互传染的。白天的时候经常有一个高中生模样的女孩陪我玩，当时她有一个气球样的玩具，里面好像装了类似沉淀物的东西，被放在一个碗里。把管子插到沉淀状的东西里，然后用力吹气，碗上面就会形成一个大大的气球。

那个女孩每天都会拿着这个东西来跟我一起玩。管子是两个人共用的，我们经常鼓足气，比赛看谁吹的气球更大，可是我却不知道那个女孩患的是哪种传染病。

长大以后，我一想到那件事就很担心，可是如果她真的要告诉我，我可不想听。

上了小学以后我变成了一个开朗、积极的孩子，可是由于那次赤痢事件，整个学校消了毒，我的同班同学好像也都打了预防针。那些孩子连原因都不知道就被强行打了疫苗，一个个哭个不停。如果那件事是发生在高年级，从那之后一直到我死去的那一天，我可能都会被人叫作"赤痢"或"Red Man"。我就要一辈子被人在背后指指点点着说"靠近那个家伙会被传染的"，这样的人生何其凄惨！

妈妈有时会在镇上的饭店工作，有时会在朋友经营的远贺河沿岸的一家司机旅馆上班。

可能妈妈和爸爸之间有了什么协商，我现在每到长假，如春假或暑假，就要一个人去小仓的家里。不过就算这样我和爸爸见面的时间还是很少，基本都是跟奶奶一起过的。那时候爸爸一般都要睡到下午。他辞了一个广告代理公司的工作，后来在自己家里开了一个设计工作室，不过都很不顺。

有一天，有人打来电话，是我接的。电话里的人问我爸爸在不在家，于是我走到正在睡觉的爸爸面前，告诉他有电话找他。结果爸爸不高兴地说："你就说我不在！"于是我只好又回到电话旁，拿起话筒，告诉对方说"爸爸让我跟你说他不在家"。这时躺在被窝里的爸爸听到我的话，马上跑过来，打一下我的头，然后在电话里跟那人说着什么。不过没多会儿他就生起气来，狠狠地把电话挂断，然后又回去睡觉了。

爸爸总是睡觉睡到午后，一到晚上就出去喝酒。那时候我连自己的爸爸在做什么工作都不知道。

妈妈经常会打电话过来问我干了什么。有一天爸爸说要带我去动物园，估计是妈妈给他下的命令，让他带我去什么地方玩一玩。

爸爸带我出去玩的那天晚上，妈妈打电话过来证实了一下。

"今天去了动物园？"

"嗯。"

"看到什么了？"

"看到马了。"

"还有什么？"

"只有马。"

妈妈让我把电话交给爸爸。这样一来爸爸没带我去动物园而是带我去了赛马场的事情暴露了，结果他们又在电话里吵了起来。我觉得好像是自己告了密，感觉很别扭。

夜猫子型的爸爸终于也肯带我去酒馆了，我兴奋不已。但是有几次他带我去了俱乐部，我却困得不行，而且还坐在出租车里转了大半天。结果到酒馆之后因为晕车吐了，之后爸爸就再也不带我去酒馆了。

看到我和爸爸这种关系，小仓的奶奶很心疼，经常说“这个孩子真是太可怜了”。

某个暑假，我不记得具体是哪一年的暑假了。

我像往年一样来到小仓，不过那时候爸爸已经不住在这个家里了。他好像搬到了其他地方，我来了之后，会偶尔来看我。

每次见到奶奶，她就会反复问我同一个问题：“你最喜欢谁？”

“妈妈。”

“第二喜欢谁呢？”

“奶奶您。”

“是啊，是啊。”奶奶有些无奈地说道。

无论奶奶问到我第几个喜欢的人，我都不会提到爸爸。其实我也不是讨厌爸爸，只是我幼小的心里隐隐觉得在这个场合还是不要提爸爸的好。

有一天，小仓的家里除了奶奶还有另外一个人，具体是谁我记不得了。

那是白天，茶室里只有电风扇在转。这间茶室只有一点儿光，显得很暗。

这天奶奶又问了我同一个问题：“你最喜欢谁？”

“妈妈。”

过了一会儿，奶奶和那个人开始小声地谈论着，一边交谈一边不住地瞥我一眼，用怜悯的语气说道：“抚养的父母竟然比亲生父母还亲啊。”

听到这句话，虽然我不知道具体意思是什么，但是马上意识到他们在说一件不好的事情。

2

“父母和子女”的关系其实很简单。

即使不在一起生活，即使很少见面，但父母就是父母，子女就是子女。“父母和子女”就是这样一种血浓于水的关系。

但是说到“家人”的话，就不像“父母和子女”的关系那样简单了。

只需要一次短短几秒钟的射精，父母和孩子的关系就永远固定下来，再也改变不了。可是“家人”要在一起生活，要在这片令人窒息的土壤上过日子、不懈地努力，有时甚至要牺牲自己来成全别人。

可是这样辛辛苦苦结成的关系可能会因为一次争吵而崩溃。“父母和子女”之间只有加法，但是“家人”之间还有减法。

《费加罗的婚礼》中就有这样一句台词：“在所有严肃的事情中，结婚是最让人觉得可笑的。”

也就是说比起父母与儿女的关系，人们更会轻易地结成“夫妻”。

在轻易结成的夫妻关系中，游戏的男男女女会正常地发展成为父母，然后不得不组成一种复杂的“家庭”关系。

得过且过，即使不把房间里的尘土打扫干净，任其堆在角落里，时间也照样会溜走。时间可以帮我们组成一个玩偶似的“家庭”。

可是家人之间的关系却是很敏感的。在家里，你不能不顾及别人，你需要考虑轻重。就像茶室的墙裂了一道缝，你可以看习惯，甚至把它看作一种笑料，但不可改变的事实是，确确实实有风从缝隙里吹进来。我们再怎么笑也会吹到风。

我们必须站起来去把这道裂缝补上，必须为这道裂缝感到羞耻。

扮演着各种角色的每个人都必须清醒地认识到自己的义务。作为家庭成员的自己，作为父母的自己，作为一个有配偶的自己，作为一个男人的自己，作为一个女人的自己，这些都需要我们有“觉悟”。

这样的“觉悟”不用说是令人恐惧、麻烦而又沉重的。

缺乏这种“觉悟”的一对夫妻所建立的家庭就像空中楼阁，暴风雨一来就会被吹倒，最后把家人的残骸留在沙滩上。

孩子就像被埋在沙子里的贝壳，一直注视着风浪的走向。

孩子的这种注视不带威严，也并不悲伤，只是冷眼、客观地看着这一切。

正因为孩子无法用语言表达自己的想法，所以更擅长于判断情形和气氛，而且孩子有表演的天分，知道自己以后该如何表现。

这一切都是弱者保护自己的本能。

我经常听到这样一句话，“有些事只有夫妻本人明白”，可是这样的事情真的存在吗？

但是确实存在着“夫妻之间的事只有他们本人不明白”的情况，小孩和他人都能冷眼旁观到这些。

五月里有人这样说：“不论一个人的事业多么成功，对他来说，拥有一个完整的家庭、让家人幸福，都是更为困难的事。”

我从来没觉得爸爸是我的亲人。你可能说这是因为自打我懂事起我们就不住在一起，所以自然会有这种感觉，可是我却从没有否认过他是我的“父亲”。

我觉得爸爸总是飘到宇宙中遥远的地方，让我感觉不到他的存在。他可能会偶尔回来一趟，可一转眼又不见了。

在我的世界里，即使我不知道你在做什么，只要你在我的身边我就会感到安心。

另一方面，妈妈总是在我的身边，以至于让我觉得太近了，妈妈好像巴不得想把我放到自己的身体里。一旦妈妈不在身边，我就会哭着寻找，而妈妈则会在我的哭泣还没停下来的时候就出现在我面前。我和妈妈就这样相依为命，似乎已经成了一体。

总之妈妈总是在我的身边，让我感到很安心。

我上小学的时候，有一次放学以后，老师依次把我和几个同学叫出去，给我们每人发了一张纸。

原来这是一个通知，说要带没有父亲的小孩去赶海。如果参加这次活动的话，没上学可算成是放假。

这个主意不知道是谁想出来的，不过真是多管闲事。回家的路上，领到同样一张纸的同学问了我好几次去不去，他自己好像是很期待。

回到家以后，我把那张纸给了妈妈，于是妈妈平静地问我：“你打算怎么办？”

“不去，我不想去。”我愤愤地回答。

结果妈妈就在“不参加”的那一项里画上圈，盖上了自己的印章。

虽然我的监护人一栏里写着妈妈的名字，但我却有一种强烈的意识——“我有爸爸”，虽然我还是个小孩子。

爸爸现在没跟我们住在一起，但他们没有离婚，也不是生死两隔，为什么要让我参加赶海呢？我感到十分气愤。

赶海的那天，班里有几个没父亲的小孩没来，而其他人好像都知道是怎么回事。他们倒是问了我好几次：“你不去挖贝壳？”让我很郁闷。

虽然在筑丰的姥姥家住了好几年，但我从来都不认为这里是我的家。上小学之后我有了自己的房间，里面放着书桌，可是我从不觉得这是我的房间。

当然之前住在学生食堂角落的小房间里也是这样，不过现在住在姥姥家，比起那时候更让我觉得我是寄居在别人家里。

或许有自己的家人是很容易做到的，但在我的眼里这是第一位的，比有自己的房子更为重要。

所以我从不把跟我们住在一起的姥姥当成我的家人，这可能也是因为我为这样寄人篱下而感到羞耻吧。

在妈妈的身边，我只有在妈妈的身边才觉得有了依靠。

我不知道是不是因为这些原因，我从小就特别喜欢养小动物。

捡回来的小狗，让妈妈给我买的兔子，从河里捉到的乌龟和小龙虾、白腰文鸟，还有壁虎、独角仙，无论什么我都往家拿。姥姥放鱼的小屋里面有一个盛章鱼的鱼缸，我经常在里面养蛇呀鳢鱼之类的。

如果碰到要写关于“亲人”的作文，我就会在稿纸上一个一个地写上这些小动物的名字，不带任何情感，不描写具体情况，只是罗列这些动物的名字，这样就算一篇作文了。真是干瘪得可怜。

可是如果你问我是不是在“亲人”“父母”这方面怀有严重的自卑感，我觉得似乎又不是。因为对我来说，这种情况已经变成理所当然的了，而且我也并不羡慕一般的家庭。我只是不想任何人来干涉这些事，我也很讨厌亲戚中有人谈到这个话题，把我说得可怜兮兮的。

再过不久筑丰的煤矿就要关闭了，即使在小孩子的眼里这里也是一片荒凉，整个小镇给人一种灰暗的感觉。

震天动地的爆炸声也减少了，竖井成了秃鹫的巢穴。剩下的只有煤矸石堆和无数的失业者。

那些矿工肯定不会像英国电影里那样，为了恢复小镇的生气继续鼓起干劲，而去组织铜管乐队。白天大街上到处是烂醉如泥的大人。

刚过晌午的时候，我们这些小学生背着书包从郊区的学校回来，这时可以看到街角特别是酒馆的周围有很多男人坐在路上喝酒。

只有酒馆里可以站着喝酒的柜台充斥着自暴自弃的热闹劲儿，这一点很像英国的小酒馆，自己喜爱的球队输了，那些足球流氓就会聚到小酒馆里，发泄情绪。通往车站的斜坡前面有一段长长的台阶，我们这些小孩经常一边喊着“巧克力”一边爬台阶。不过台阶的上面有酒馆，我曾经在那里被喝醉酒的大叔打过。

有些男人可能连几步路都不想走，看到小孩子的话，就让小孩子到旁边的酒馆给他买碗酒。如果碰到比较好的大叔，还可能得到墨鱼或十日元作为跑腿费，要是碰到差劲的人，只会挨打或者被扔石子。

妈妈自始至终都没说过让我好好学习的话。我经常一从学校回到家，就马上跑出去玩。那时候我一般都会跟一个叫前野君的朋友一起回家，我们先回到我家，让妈妈给我们拿酸奶呀糖汁刨冰什么的，吃完喝完然后再骑自行车去前野君家。

我们两个人骑一辆车，前野君坐在后座上。刚才回来的时候走的是上坡路，现在我们要沿着这条斜坡往下走了。这辆自行车是亲戚中一个叫“咯咯”的叔叔给我的。之所以叫他“咯咯”叔叔，是因为他吃饭的时候老会发出“咯咯”的声音，可能是腭骨长得比较奇怪。这个叔叔修旧自行车，于是顺便给了我一辆。不过这辆自行车没有闸，比较危险。

我们唯一的闸就是用脚跟地面摩擦，叫作“脚闸”。后来我学会撒把骑车，得意得不得了。有一次在斜坡的U形急转弯的地方我没用“脚闸”，结果身体失衡，我和前野君一起撞到了石墙上，弄得满身是血。我回到家之后，不会骑车的妈妈才知道这辆车上没有闸，不能骑，太危险了。她带我去了医院，在回来的路上给我买了一辆新自行车。

“你想要哪辆？”

妈妈问全身裹着绷带的我。当时货物台上摆着一种在小学生中间很流行的车，车上装着方向转换警示灯，很豪华、很漂亮。“这个不错。”前野君指着灯饰最花哨的一辆车，对我说道。前野君头上包着网状的绷带，绷带就像是探病时的水果袋，所以前野君相当于里面的水果。

虽然我也很想要那辆车，可是觉得有些对不住妈妈，于是指了一辆灯饰朴素一点儿的车。

前野君和自行车店的老板一起反驳我，给我推荐那辆偏贵的车，说:“不，还是这辆好。”不过我断然拒绝了，跟妈妈说我想要朴素一点儿的那辆。

前野君的家在煤矿山的附近，家旁边就是山。我们每天拿着把小刀上山，割下藤蔓系到树枝上玩游戏（一种有树才能玩的游戏）。我们还会采通草吃，挖山芋呀笋之类的带回家。

堤坝上长着笔头菜、野草莓、紫萁、蜂斗叶等植物。每个季节堤坝上到处都生长着可以吃的野菜。

有一次，我们发现了一条茶色的野狗，就大叫了一声“啊，野狗”。后来我们觉得不应该把它吃掉，于是带回家养了。

我们还经常在桥的栏杆上走路，或者比赛能爬多高的树。我们这些孩子经常通过这些方式来较量谁的胆子大。

我们还用棍子捅蜂窝。发现粪便的话会在上面插上爆竹点着，直到要爆炸的时候才跑开。我们有时候还把棍子插到粪坑里，然后把棍子前端弄上的粪便抹到人家刚洗的衣服上。看到青蛙则是扒了皮，然后在肛门里插上鞭炮。

我们的行为真是非常恶劣，可能小孩子就是喜欢做这些坏事。做这些事比起遵守道德更让我们觉得快乐。可是我们却没有足够的智慧把我们的恶行做成功。我们会被衣服的主人狠狠地揍一顿，会被青蛙的噩梦吓醒。后来我们开始害怕做坏事了。

装着煤炭的老虎车在矿井的周围奔跑。我们曾经跳上一辆老虎车，想探险看看车到底会开到哪里。当然为了不让人靠近老虎车，路的两旁都竖了栅栏，不过我们这些小孩都知道栅栏的哪些地方破了洞。

我们从这样的洞里爬进去，然后跳上老虎车，紧紧地抓住。小小的老虎车载着我、前野君、别府君和煤炭一起往前跑。老虎车看着比较慢，等我们坐到上面时才发现跑起来快得吓人。道路两旁的景色飞快地后退。车穿过一个黑乎乎的隧道之后，再跑一段路就快到达终点了。

老虎车停下来之后，装着煤炭的木制车斗会跟车轮部分分开，然后突然立起九十度。这样煤炭就可以一下子滚下来了。煤炭将要滚进去的地方堆满了煤，中间部分是旋转着把煤炭磨碎的粉碎机。也就是说如果我们落到那里就死定了。

我们三个人却一点儿也不知道害怕，还争论着坐这辆老虎车到底能坐到哪儿。车在隧道中发出轰隆隆的响声，穿过隧道之后老虎车开始加速朝终点直线挺进。

前野君感到害怕，于是从车上跳下去了。我也承受不了恐惧，从车上跳了下去。老虎车载着别府君和煤炭继续前进。我正为别府君已经来不及逃走而吓出一身冷汗的时候，哗的一声，老虎车把煤炭和别府君都投进了粉碎机。我害怕得大叫起来。

听到我的叫声后，有一个矿工在我的背后一面骂骂咧咧一面飞快地跑过来。他拼命地朝一个地方挥手，大声喊着什么，好像是让人把粉碎机关掉。

那个人跳进煤堆，救出了哗啦哗啦往下滚的别府君。在这个过程中粉碎机的轰隆声也停了下来。

我们三个被那个人狠骂了一顿，还挨了一顿揍。我现在终于明白或许有些小孩就是死于这样的玩耍。

现在想想，如果当时那个人不在的话，结果会变成怎样呢？想来真是让人心悸呀。或许别府君已经成了某个人家的燃料了吧。从那之后直到现在，我再也没坐过老虎车，估计以后也不会再坐。当然现在也没机会坐了。

妈妈晚上会去附近的饭店工作，在我睡着的时候才回来。偶尔，妈妈回来的时候我会醒来，这时我能闻到屋子里充满了饭店里特殊的气味和酒气。我会在被窝里看妈妈坐在被子旁边的梳妆台前卸妆，往脸上拍柔肤水。拧开装着柔肤水的玻璃瓶盖的声音、往脸上拍柔肤水的声音，听起来让人觉得心情愉快，我非常喜欢。妈妈回来之后给我的安心，静静的小屋里化妆品瓶子的轻微响声，又带我回到梦乡。

可能是前野君的家人考虑到我这种情况，所以我一去他们家玩，他们就让我吃了晚饭再回去，或者是在他们家住一晚再回家。前野君的爸爸在矿井工作，傍晚的时候就已经回到家里了。

某个晴天的傍晚，前野君的父母、姐姐和前野君又坐在每天固定的座位上。

电视上正在播放天气预报。他们家吃饭的时间比我们家要早许多，现在他们家的人已经都到齐了。我看到只有在电视上才能看见的一家人围坐在饭桌旁的情景，感到很紧张。而且就算现在，我只要被邀请到别人家里吃饭，就会紧张，就会有同样的感觉。

“咦，就跟电视上似的。”

吃完晚饭后，前野君的爸爸又像往常那样在烧酒里掺上酸奶喝，而我们只要酸奶，胡乱打开瓶盖后就开始吸起来。

然后前野君的爸爸对我说：“你今晚就在这里住一晚，在我们家好好玩。”并且让我跟妈妈打电话说一声。

“今天中川来我们家，我得多喝一杯。”前野君的爸爸这样说道，结果他们全家人都反对说：“你不是已经喝过了吗？”前野君的爸爸有个绰号叫“不听话的孩子”。

前野君的姐姐过生日的时候前野君肯定会邀请我，连他爸爸的生日也不例外。每个周末我们不是住在我家就是住在他家。

前野君的妈妈切了一个西瓜。他们家的情况跟我们家不一样，一个西瓜马上就没了。大家坐在门廊里，向院子里的狗扔西瓜子。

这条狗是我们以前在堤坝上捡回来的那条。在我们家养了一段时间，后来又让前野君帮我养。结果这条狗在前野君家里生活了近二十年。

这个小镇不太富裕，却没有一个小气的人。这可能是妈妈、妈妈的兄弟姐妹，以及在这个小镇上长大的所有人的共同特点。

在我的记忆里，妈妈几乎从没有责备过我，只有一次提高嗓门冲我吼过。

那是我十岁时候发生的事。我的一个小表弟来到我家，把我的书都撕破了。我很气愤，于是跑去向妈妈告状。结果妈妈竟然用我从来没听过的大嗓门批评了我。

“一个男子汉竟然因为钱的问题废话一大堆！”

那次是妈妈第一次大声批评我，也是最后一次。

我升初中的时候前野君的爸爸送了我一块手表，跟前野君的一样。我记得那应该是矿井刚关闭的时候。

我已经是成年人了。现在再想到这件事时，我觉得一般人很难做到给儿子的朋友买跟儿子一样的手表。前野君的爸爸真是一个不错的男人。

但是这些年来我已经没有戴手表的习惯，而且对东西也不再放在心上，所以就是那些高级手表也都不知道放在家里的什么地方了。

不过只有前野君的爸爸送给我的那块手表现在还偶尔被我送到手表店保养。虽然我现在不戴那块手表了，不过我还是很用心地珍惜。那块手表利用离心力自动上弦走动，很是精密。其实我现在很希望能跟前野君戴着同样的手表，跟他的爸爸坐在一起，然后往烧酒里掺酸奶喝。不过现在那块手表已经成了前野君爸爸的遗物了。

镇上唯一的企业倒闭了，大人们的生活都发生了变化，这些变化也影响到了孩子。

班里靠学校提供生活补助的孩子增加了，老师也为他们考虑了很多。老师让那些孩子站在教室前面，鼓励别的孩子给他们捐笔记本、铅笔。我不知道这种行为是什么意思，于是回家之后问妈妈为什么我没得到笔记本。结果妈妈把这个小镇和那些失业者的情况告诉了我。

可是我的一个得到生活补助的朋友的父母却一大早就跑到弹子房去玩，晚上则去酒馆喝酒。我看到这种情况后一直觉得很奇怪。那个叔叔经常跑到附近的阿姨面前说些我不太理解的挑逗的话——“裸睡最有利于健康”。而且据说每次负责生活补助的调查员去他家的时候，他就马上把电视藏起来，然后演一场好戏。

有一次我和那个朋友用假面骑士卡片玩拍纸牌，结果发现他手上有一个卡片集，可能是我弄丢了的。当时我有一张卡片中奖了，就把那张卡片寄了出去，然后才好不容易得到这个卡片集的。

“那个不是我的吗？”

“不是，我也中奖了。”

但是我的卡片集上写了我的名字、年级和班级。现在那个地方被涂成了一团黑。

“这里以前写着我的名字吧？”

“没有啊，这是我的。”

看到他语无伦次的样子，我更加确信这是我的卡片集了，可是我无法说出朋友偷了我的东西这种话，所以卡片集稀里糊涂地被他拿回家了。

那天晚上我跟妈妈谈到这件事，结果妈妈对我说：“你自己去拿回来。”我还以为妈妈能帮我把卡片集要回来呢，因为错在我的那个朋友，可是妈妈却不帮我。

第二天我怀着沉重的心情去了那个朋友的家，发现他爸爸又在家门口劝说附近的家庭主妇练裸睡健康法。我走到他们家屋里，看到我的那个朋友一会儿把卡片往卡片集里放，一会儿往外拿，玩得不亦乐乎。朋友的旁边是他正在上高中的哥哥，正在抽烟。他用几个空香烟盒做纸扎球。他们家屋里挂着好几个这样的纸扎球。

我对那个朋友说："我还是觉得那个卡片集是我的，你还给我。"可是因为他哥哥在旁边，那个朋友态度比昨天还强硬，断然否定事实，并且在每句反驳的话后面都会加上一句"是吧，哥哥？"然后抬头看着他哥哥的脸，希望他哥哥能支持他的谎话。而他的哥哥则一面胡乱地附和着"嗯，是啊"，一面继续做他的纸扎球，连眉头都不皱一下。

但是我还是坚持我的看法，结果朋友的哥哥停下手里的活儿，再也忍受不了我了，对我说："那你的意思是他偷了你的？"

朋友的哥哥平时经常模仿布吉乌吉[①]乐队，穿一件上面写着乐队名字、画着乐队图案的白色连身衣。我以前也喜欢布吉乌吉，看到朋友的哥哥穿着那件白色连身衣，觉得非常帅，不过后来我开始讨厌这个乐队。

我眼里噙着泪水，走出他们家的大门，这时正在向人介绍裸睡健康法的朋友的爸爸叫住我，对我说："怎么了？吵架了？"不过我只是抽泣着说了一句"我觉得那个卡片集就是我的"，然后就离开了。

他们兄弟俩真是狡猾，不过有兄弟真好啊。我当时这样想。

我很不甘心，哭了起来。不过被妈妈看到的话她就会知道我没把东西要回来了，所以我在屋外哭了一会儿，还一边看着装章鱼的鱼缸里的小龙虾。

在妈妈上班之前，我们一起吃了晚饭。虽然我的眼睛肿了起来，妈妈却什么都没问，也没跟我说一句话。正在我们吃晚饭的时候，厨房

---

① 布吉乌吉（Boogie Woogie）：钢琴伴奏的布鲁斯音乐，在20世纪40年代风行一时。——编者注

旁边的后门被人推开了。

制作纸扎球的朋友的哥哥站在门口，拽着偷了我卡片集的朋友的脖子。我那个朋友被拽在半空中，哇哇大哭着，衣服扭曲得就跟一块破抹布似的。

朋友的哥哥把单手拿着的卡片集递给我，说："他说要把这个还给你。真是对不起了。"

看来朋友受到了他爸爸的拷问，最后说出了实情。他的哥哥向我妈妈低头道歉道："阿姨，对不起了。"妈妈笑着回答说："哪里哪里，还让你特意跑了一趟。"

朋友的哥哥又对拧成破抹布的弟弟说了一句，让他向我道歉。我的小偷朋友呜咽着，终于说了句话："这种东西我才不要呢。"

"给我说'对不起'！"朋友的哥哥抓住朋友的头发，膝盖正好顶在他弟弟的后背上。

妈妈劝朋友的哥哥说："好了好了，别这样，你看他多可怜。"可是制作扎纸球的他两只手完全掐住弟弟的脖子，把他弟弟整个提了起来。意识变弱、快要窒息了的小偷朋友终于挤出了一句"对不起"，然后被他哥哥带走了。

我拿起回到我手里的卡片集，觉得"有必要这样吗？这样我也不想要了"。

之后朋友的爸爸和我妈妈之间好像也进行了和解。

把不同的家庭进行比较的话，贫困就会很明显。在这个镇上有得到生活补助的家庭，也有不需要生活补助的家庭。虽然它们的社会情况有些不同，但其实也不知道客观上哪一种家庭的生活要更宽裕一点儿。这里没有大腕，也没有贫穷。

只要这里没有东京大腕那样显赫的人存在，人们之间就只是身材高矮的关系，反正没有谁没饭吃，所以只要有足够生活的东西就不会觉得贫穷。

可是要是在东京，只有生活必需品的人会被认为是贫困者。在东京，只有拥有多于必需品的人才能成为一般的市民，拥有过剩的财产才能成为富裕的人。

“贫穷却懂得满足的人是富人，而且是非常富有的富人。很有钱，但总是担心变贫穷的人才是真正贫穷的人。”

当人们在东京的舞台上听到《奥赛罗》里的这句台词，只会觉得很概念化、很平庸。可是当我想起那时候的事情、那个小镇上的人们，就深感这句话说得很有道理。

有一些东京人拥有了多于必需品的东西还是觉得自己很穷，可是那个小镇上的大人、孩子坐在台阶上喝着散装酒的时候，是否会看不起他们自己呢？或许他们会因为没有钱、没有工作而感到苦恼，但是他们一点儿也不觉得自己贫穷。

因为这个小镇上根本没有贫穷这种气息。

即使口袋里只有一百日元，他们也不觉得自己贫穷，可是有些人看到用贷款买的路易·威登皮夹里的一千日元，即全部财产时，会为自己的贫穷感到绝望。

人们情愿到城市开发热潮中建起来的不怎么样的餐馆前排队，去吃不怎么样的饭食，喝不怎么样的酒。

在一些清楚地分为剥削者和被剥削者，明确地分出胜负的地方，很容易看到无数人失去了自己的个性和判断力，淹没在贫穷的精神世界里。

有很多东京人拼命地想变得更富有，结果却只是反映出他们心灵上的缺失和贫穷，真让人觉得悲哀。

贫穷不是美好的事物，但也不是什么丑陋的东西。可是东京充斥着的“贫穷”早已超过了“丑陋”，可以说已经成了一种“肮脏”的东西。

我不知道上小学的时候爸爸妈妈之间有没有过关于我的抚养费的协商。妈妈有时候会去饭店上班，也有的时候不去，不过我们的生活绝对不可能是富裕的。虽然妈妈能帮我挣到笔记本、伙食费，但是我们没有自己的房子。而且我还不知道我们住在姥姥家这件事有没有涉及金钱，或者是不是用其他方式来付房租。

虽然现实情况是这样，我却一次也没觉得“我们家没钱”，甚至从不知贫穷为何物。

妈妈做事很为别人考虑。我小的时候也像妈妈那样，在金钱方面尽量为妈妈考虑。虽然妈妈没表现出很艰辛的样子，也从没跟我提过钱的事，可是就算我是个小孩子也能够察觉到家里的经济状况，所以从不提过分的要求。

但是只要我明确提出想要某样东西，那么妈妈一定会买给我。也可能是因为我没有兄弟姐妹吧，无论是玩具、书、棒球用具或者唱片，只要我提出来，第二天妈妈肯定会买给我。

而且从我很小的时候起，只要我有点儿事，妈妈就会给我买新衣服。例如去某个亲戚家的时候、参加葬礼的时候、开文娱会的时候、在合唱比赛中担任指挥的时候，这些时候妈妈都会给我买新衣服，还搭配上新帽子和新鞋子。

附近的人和亲戚看到我老穿新衣服，常常对我说：“小间衣服真多呀。”

我看到妈妈老给我买东西，基本不给自己买，于是有一次我们去商店，我拼命劝妈妈买点儿东西，最后妈妈只得买了一件流行的毛皮马甲。那件马甲妈妈后来一直穿了好几年。

妈妈经常跟我提起我过世的姥爷，姥爷我一次也没见过。妈妈说我姥爷特别慈祥，简直像个菩萨。

姥爷在世的时候经营一个布庄，那时候妈妈肯定是想穿什么就能穿什么吧。不过妈妈生于昭和六年（1931 年），青春期的时候物质正好很匮乏。那时候女学生都穿着农村妇女穿的裤子去上学。

虽然那时候物质是如此匮乏，不过妈妈升进了一所女校之后，姥爷找了好多地方，最后买回来一件当时周围谁都没有的一款平底鞋，递给妈妈，说:“从明天起你就穿这个去上学。”

妈妈得到那款平底鞋，高兴得不得了，在朋友面前很有面子，所以特别喜欢去上学。妈妈经常跟我提起这件事。

或许正是因为类似的事情，因为姥爷对妈妈特别好，所以她也想这样对待自己的孩子。

我长大以后，妈妈看到我穿着那些流行的、带着小洞的衣服，非常反感。

妈妈对我说:“上班的时候怎么能穿这种破烂衣服？人家会因为你的穿着而看不起你的。”

妈妈问我说:“你是像意大利黑手党那样，喜欢穿丝制的西装呀，还是像美国黑人那样喜欢戴金首饰、穿三件套的衣服？”总之妈妈经常指责我的穿戴。

不过妈妈很喜欢做饭，即使只有我一个人吃，她也要做好几个菜。她说要是只有一个菜的话，就显得太寒碜了，所以总是摆上好几个小碟子。当然我基本都吃不完，每顿都会剩下来，不过妈妈一般都不会在下一顿再端出这些剩菜。

我小学时候的朋友也好，在东京长大后结交的朋友也好，他们来我家跟我一起吃饭的时候总是很惊讶地问:“你们家每天都吃这么多菜吗？”可是一直吃这么多菜，已经习以为常的我会脱口而出:“只有这点儿菜啊。”

妈妈还经常会买新寝具。穿的和吃的，在这些吃进肚子里或者贴着皮肤的东西方面，妈妈可以说很奢侈。不过其他方面妈妈都过得很节省，这可能是妈妈自己的审美取向吧。因为这些我从不觉得自己很穷或者不幸。或许是妈妈在我们这样只有母子生活的家庭里，努力不让我有某些不好的想法，所以才做了这么多工作吧。

在礼仪方面妈妈有些地方极其严格，有的地方又完全放任不管。

所以现在已经到了四十岁的我拿筷子的方式还很怪，怪到我都无法用语言表达清楚我到底什么地方不对。我拿铅笔的姿势也很怪，让人觉得“这个人怎么会这样拿铅笔呢”？

我是后来才知道自己拿筷子和铅笔的方法很怪，是因为妈妈根本就没教过我。

“为什么我小时候你不好好教我拿筷子和铅笔的姿势呢？”

我曾经这样问过妈妈，结果妈妈回答道：“什么姿势吃起来容易就用什么姿势呗。”

你看妈妈竟然这么不讲究。

不过在下面这样的场合妈妈却要求得非常细致、严格。

上小学的时候，有一次我跟妈妈在别人家里吃饭。一回到家妈妈就开始提醒我：“你不能那么早就拿咸菜吃。”

“为什么呀？”

“咸菜要在快吃完饭的时候才能吃。你那么早就吃咸菜的话，好像在跟人家说已经没菜可吃了，所以很不礼貌。”

我们家里有一份腌菜用的宝贝米糠，妈妈说“这个要是被小偷偷去的话，那就糟糕透了”。

米糠装在一个茶色的缸里，每天都会拌一拌。这是姥姥分给我们的，妈妈有时候会加一些，有时候会减一些，一直很爱惜。据说这份米糠的历史已经有一百多年了，好像米糠越是年月长，越能腌出好东西。但是米糠又容易坏掉，所以每天都要拌一拌。如果我们要离开几天，就会拜托别人把米糠拌一拌。

无论是早上还是傍晚，妈妈都会计算好吃饭的时间，然后把蔬菜放到米糠里腌。黄瓜、蔓菁、圆白菜、白菜、海带、胡萝卜，妈妈每天都会把应季的蔬菜放到米糠里腌。根据季节不同和蔬菜种类不同，需要腌的时间也不同，所以非常麻烦。

夏天气温高，米糠的温度也会相应偏高，所以腌起来比较容易，尤其是茄子这些容易腌的蔬菜。如果要腌第二天早上准备吃的茄子，妈妈会调上闹钟，在夜里起来一次，把茄子腌上，然后再继续睡觉。所以当我早上起来的时候，茄子已经腌好了，一盘绿绿的腌茄子被摆在饭桌上。

妈妈一直这样，腌第二天早上吃的咸菜时，总是调好闹钟，夜里起来一遍，天亮的时候也会早早就起来。由于不同种类的蔬菜需要腌的时间不一样，所以妈妈要把闹钟调到合适的时间，而且要在深夜里把手插进味道很浓的米糠里。我想再没有这样违反睡眠规律的事情了。

不过妈妈这么辛苦腌出来的咸菜确实非常好吃。有一次从米糠中拿出来的咸菜立刻变色了，并且滴着水，所以妈妈说为了避免这样的情况必须在合适的时间腌上，并且一拿出来就要马上吃掉。

偶尔会出现蔬菜的质量影响到了时间的推算，最后腌过头的情况。腌过头的咸菜酸味特别大，简直吃不下。妈妈把偶尔一次腌失败的黄瓜切开，看了看，好像失手的手艺人，表情闷闷不乐，自言自语道：“啊，有点儿腌过了，能不能吃呢？吃了也没事吧？”妈妈不会把腌过头的黄瓜给我吃，而是她自己一个人吃掉。

正是由于我们家有一缸腌咸菜的米糠，所以不管桌子上摆了多少盘菜，咸菜在我们家始终是最好的美味。我特别期待能早点儿吃到咸菜，有时还会早早地起来，所以听到妈妈说在别人家里不能提前吃咸菜时感到很疑惑。

“在我们家可以，在别人家不行。”

“可是黄瓜看起来很好吃呢。”

“那就更不行了。”

我稍微长大之后，在被邀请到他人家里吃饭的时候，为了不给妈妈丢脸，总是努力地模仿别人拿筷子的方式，不过妈妈好像并不在意这种面子。看来妈妈的教育是丢自己的面子可以，但不能让别人丢面子。

有时候某些女人看到我拿筷子的方式，似乎想说我礼节太差。不过越是这种女人，很多时候在热腾腾的菜端上来之后还迟迟不动筷子，而是喋喋不休，有时甚至把香烟的灰掉到还没吃的菜上。

其实礼仪不是为了自己的体面，吃饭时的礼仪是对做菜的人表达我们的敬意。有些女人把筷子拿得不对说成天大的事情，往往对做菜的人的态度却是“我可是付了钱的顾客”，很不礼貌。虽然这类女人的态度是这样，可是事实上她们自己并不付钱，而是让别人付，这种人简直没有礼貌到了极点。

而且以前指责过我拿铅笔的姿势很怪的人当中没有一个写字比我好看的。

不仅孩子是这样，所有人的人格、性格都是在超出家人、家庭的更广阔的环境中形成的。

自己所处的环境里的空气、土壤、氛围，再加上自己的 DNA 和血液，一个人的性格就会在这片土壤里发芽、成长。

住在小仓的我，不管在哪里都是一句话不说，非常消极，只是不停地寻找妈妈的身影，哭个不停。

由于爸爸妈妈之间夫妻关系的不和，我从一个有炼铁厂的城市搬到了荒凉的煤矿小镇，从一个路面上跑着电车的城市搬到了一天只有八趟亏本的单向列车的终点站小镇。爸爸的故乡和妈妈的故乡，这两个地方对小孩来说，哪一个更适合居住呢？这或许要看这个孩子接受哪一方的遗传更多。

搬到筑丰之后，我升入了小学，突然之间我就变成了一个活泼的孩子。长假的时候我还会一个人坐火车去亲戚家，在学校也极其活跃。文娱会的时候我会写一个自己当主角的剧本，然后把其他角色分配给班里的同学，并且自己担任排练的导演。我还经常搞些无聊的恶作剧，总想成为中心人物。

到了小学高年级之后，我开始每天出去练棒球，还去了一家柔道道场学习柔道。我还跟以前一样，基本不学习。我听说有的小孩暑假作业到八月末才慌慌张张地动员全家做完，事实上我甚至一次都没做完那份《暑假之友》。我只做两三页，后面都是空白，就直接这样交上去。在我的记忆里我从来没填过八月栏，也没画完过画图日记。

所以说我成绩报告书上的成绩不可能好。

国语、美术、音乐等跟现在的工作有些关系的科目的成绩基本都是三分，算术就更差了。到了六年级的时候我还不会背乘法表中七以上的乘法。

我曾经学习过当时流行的算盘，不过对我来说，与其说算盘是用来计算的，不如说是用来踩着滑冰玩的。每次考试我只有体育才能得到五分。我属于那种典型的只有在运动会和文娱会上才会大放光彩的笨蛋。

不过跟我关系好的朋友也都是笨蛋，所以我想当个笨蛋中的明星都做不到。别府君连二的乘法都不会，一到算术课，他就会被送去特殊年级的学生班，所以他似乎很尊敬我这个会计算三的乘法的人。

但是别府君跑步跑得很快，只要有地区对抗接力赛或者班级之间的接力赛，我和别府君都会被选上。

成绩报告书上的家校联系栏里每次班主任基本都会写类似的话："该生总能引得同学们哈哈大笑，不过经常忘记填通信栏和做作业，希望能在算术方面继续加把劲儿……"

妈妈基本不会对我成绩报告书上的成绩提什么意见，总是说着"咦""啊，才这点儿分数"，然后笑眯眯地看着我。

我不知道妈妈看到联系栏里的评语会有什么想法，她的脑海里会浮现出儿子的飒爽英姿吗？

我是一个在家里家外表现得完全不一样的小孩。我在外面疯得不行，在妈妈面前却表现得像个乖孩子。虽然我不知道哪一个我才是真正的我，但我总觉得我必须在妈妈面前表现得很乖。因为我觉得我不应该长大，而是一直做个小孩。我长大的话，妈妈会伤心的。

除了动画片的主题歌，我第一次让妈妈买给我的唱片是布吉乌吉乐队的《约克港·横滨·横须贺》。在那之前我听的都是《假面骑士》《印第安人的棒球队》等面向儿童的电视节目主题歌的唱片。可是那时候我却不知为何很想听《约克港·横滨·横须贺》，特别想买一张唱片。妈妈不是一个月给我一次零用钱，而是一天二十日元，多的时候是五十。我要是想要某样东西，只要告诉妈妈就行，她肯定会买给我。所以靠我的零用钱我是怎么也买不起价格五百日元的唱片的。

跟妈妈说的话她应该会买给我的。可是如果我突然提出要听这种歌，妈妈会觉得我长成大人了，这让我感到很害臊，我不喜欢这种感觉。我不想妈妈认为我已经长成大人了。

不过我怎么也压抑不住对《约克港·横滨·横须贺》的渴望，于是我决定让妈妈去商业区的时候帮我买一张。

“你想要这个，是吧？”妈妈把买来的唱片递到我面前，我粗鲁地接下，然后回到书房，立马放到手提播放器里播放。

唱片中舒缓的节奏激发了我的舞蹈兴致，于是我一个人开始跳起来，这时妈妈突然闯了进来说:“这首歌很有趣啊。”我害羞得满脸通红，对着妈妈喊道:“不许进来！”然后把门关上，又把音量调到了最小，一个人入神地听起来。

这到底是一种什么样的感情呢？我看到小狗的时候心里会想，“小狗要是不长大就好了”，难道我把这种“可爱的条件”套到了自己身上？

这种感情在我的心里持续了好长一段时间。

妈妈自己也有两三张唱片，她喜欢的是中条清的歌。

那个时代的人好像不怎么听音乐，偶尔听一次唱片，也是正襟危坐在手提播放器的前面，倾听着中条清的《谎言》。

那时候有一次中条清要来我们小镇的附近演出。从学校回家的路上，一个拐角的香烟店墙上贴着海报，预告了公演的信息。

公演的时间正好跟妈妈的生日比较接近，所以我想买一张演唱会的票作为给妈妈的生日礼物。

在那之前，妈妈过生日的时候我不是采点儿附近的野花，就是帮妈妈捶背，要不就是用黏土捏成恶心的动物作为生日礼物送给妈妈。但是这次的生日礼物需要钱，想来想去还是没什么办法，最后只好向妈妈要买演唱会门票的钱。

于是我跟妈妈商量，看能不能不说用途就要到两千日元。

果然比较困难。我上小学一年级的时候曾被高年级的学生恐吓过，所以妈妈好像在担心这个。最终我跟妈妈约好我把买来的东西给她看，在这个前提下她给了我两千日元。我拿到钱后马上去了香烟店，买了一张演出的票。我本来打算到生日那天再送给妈妈的，可是现在当天就要给妈妈看。

“哎呀，谢谢你哦，是呀，这样一来不去可不行啊。”

妈妈重复了好几遍，然后把手提播放器拿到饭桌上，开始听《谎言》，似乎很高兴。

演唱会的当晚，妈妈回来的时候已经被中条清征服了，她的眼神也不像平时的“妈妈”了，而是彻底成了一个色眯眯的女人。妈妈陶醉地说道：“哎呀，中条真不错啊，歌好听死了。真好啊，中条真是个不错的男人。”

我有点儿吃醋了，不过心里想道：“看来中条清这个新人很有发展空间啊。”

那时候妈妈可能是四十岁左右，不过在附近的叔叔中间好像还很受欢迎。经常有妈妈的女性朋友来我们家玩，有时候一些叔叔也会过来。

叔叔们拿着报纸，里面包着刚挖上来的藕，说“这是礼物”，然后进到屋里就开始喝啤酒。喝上约三十分钟，就发出信号，似乎在说“要不就开始吧”，然后他们就转移到客厅，开始玩花骨牌。

妈妈很喜欢玩花骨牌，而且很厉害。每到周末的傍晚，我们家就会有花骨牌的场子，我则坐在弥漫着烟味的客厅一角里观战。

多数情况下是渡边和村山这两位叔叔过来，他们和妈妈一起围坐在套着白色外套的坐垫周围。他们的规矩是这样的：牌分给三个人，但是其中有一个人不打，另外两家对打。

“今天不能再输了。”总是输的村山叔叔不服气地说道，于是妈妈笑着对我说：“你等着看吧，我现在要教这两位叔叔怎么打花骨牌了。”

我坐在妈妈的后面，一面看着妈妈怎么出牌，一面等着妈妈跟我说话。同时等待着妈妈去上厕所或起来倒茶的机会，因为这种时候妈妈会让我代她打一会儿。

妈妈那边的亲戚都喜欢赌钱，到盂兰盆节① 的时候，亲戚们都聚到一起，让所有的小孩子掷色子。我们要拿出一定的钱，然后掷两个色子。掷出一个“一”的时候，必须拿出跟赌资同样金额的钱，要是两个色子都是“一”，那就要拿出双倍的钱。大家轮流掷，谁掷出两个“六”，那就可以得到所有的钱。

如果马上掷出两个“六”的话，那场上的钱还很少。要是转了好几圈还没人掷出两个“六”的话，由于有人会掷出“一”，所以场上的钱非常可观。

我们这些小孩子都是用盂兰盆节得到的零钱来当赌资，不过一般

---

① 盂兰盆节：在日本仅次于元旦的盛大节日，为阴历七月十五日，原是佛教的法事。——编者注

是一次十日元。但是有时候在后面观战的大人会拿出千元大钞来做喜钱。我总是很期待盂兰盆节时的掷色子。

由于我从幼儿园开始就受到了妈妈在掷色子、玩花骨牌方面的英才教育，所以我相信我上小学的时候玩花骨牌的技术就不亚于村山叔叔了。

“这个孩子在甜点店里抽奖的运气就很好，没必要手软哦。”

妈妈这样说完，就去厨房做饭了，而叔叔们则每次都跟我这个小孩玩真的。有时候我出牌很怪，他们就会吓唬我说：“咦，真没规矩呀。”然后炫耀自己的经验说：“我可不能输给小间啊，我都打了五十年花骨牌了。”不过我跟村山叔叔的成绩基本持平。

打了四五局之后，妈妈已经泡好茶回来了，正站在我身后观战呢。

“你为什么不用和尚对（二十点）呢？”

“因为梅花的花人都打出去了。”

“梅花很容易到手的。你手里不是有两张没什么用的和尚吗？你应该先跟场上的和尚对，这样的话就算叔叔他们手里有花人的和尚也对不了了，所以只好打出来。这样就是不好的牌也能赚到花人了。”

我一打得不好，妈妈就开始给我进行技术指导。然后她会跟我换过来，一边说着“你还差得远啊”。

虽然妈妈这句“你还差得远啊”让我很不甘心，不过看到笊篱里的千元大钞减少了的时候，我的心情就像自己代替投得好的先发投手上阵，结果被对方击中了，所以只能祈祷先发投手能把丢了的分数追回来。

“哪里啊，这个小家伙可了不得，他不出老一套的猪、鹿、蝶，而是出一些杂牌，你看他胆子多大。”有一次村山叔叔一面吸烟一面装着轻松的样子说道，搞得我愤愤不平，心里不住地喊“可恶”。

有一件事一直留在我的记忆里。

有一次一个不认识的叔叔跟我和妈妈一起去了一个稍远点儿的小

镇上的旧休养中心。

我们在冷清的镭温泉和游戏场里玩。我觉得那个叔叔跟平时一起打花骨牌的叔叔们感觉很不一样，而妈妈的态度跟平时也有些不同。虽然我还是个小孩子，不过还是能察觉到这些情况。

妈妈和那个叔叔一直讲话很客气。那个叔叔还帮我往游戏机里塞硬币，买果汁给我喝，陪我一起玩。但是我能明显感觉到他的这种表现不是针对我，而是想通过这种行为为自己赚得好处。

妈妈还是跟平时那样笑个不停，不过并没有说些有趣的事。我感觉那天妈妈一直都在微笑，装出一本正经的样子。

那个叔叔不像玩花骨牌的那些叔叔那样喜欢说话，而是一直表演得像个标准的“男人”，脸上堆出僵硬的笑容。

我很想早点儿回家，也这样跟妈妈说了。可是妈妈却跟我说“你去那边玩玩”，然后递给我玩游戏的钱，就到别处去了。我心神不安，玩游戏的时候也不觉得开心。最后我实在待不住了，开始在整个休养中心内跑来跑去找妈妈。

有一些跟我差不多大的小孩被父母拉着手，往大澡堂的方向走去。我从他们中间穿了过去，然后跑到走廊上。

我感觉喉咙以下、心脏以上的地方好像被人紧紧地掐着，非常难受。

他们到底在谈些什么呢？那个叔叔是什么人？妈妈在做什么？我在这里是不是妨碍他们了？是不是我不在会更好？妈妈到底在哪儿呢？

我不停地跑着，呼吸也变得困难起来。

游廊围在荒凉的日本庭园四周，我在游廊上跑了一圈又一圈。

妈妈为什么会对那个讨厌的叔叔那么亲切？我边跑边想着。

为什么妈妈不像玩花骨牌时那样抽烟？我还在继续跑着。

我小时候喜欢一本连环画，书里面的老虎不停地围着树跑，最后变成了一块黄油。一个小摔跤手让他妈妈给他烤热蛋糕，然后就着那块黄油吃了。

我让妈妈给我读了好几遍书里的那个部分。听完之后我总是说“我要吃热蛋糕”，于是妈妈就会烤蛋糕给我吃。

我还在跑着，不停地跑。

我在游廊上跑了好几圈，最后在游戏场里发现了妈妈。于是我像弹簧一样飞奔到妈妈面前，抱住妈妈。

妈妈轻轻地抚摸着我的脑袋，跟我说“我们回去吧”。

回去的车上，那个叔叔一直在开车，几乎一句话都没说。我躺在后面的座位上，头枕着妈妈的腿，一直在装睡。妈妈则一直在拍着我的背。

跟爸爸分居之后，我们来到了这个小镇，现在已经过去好几年了。妈妈到底是怎么考虑他们夫妻之间的事、她自己以后的人生的呢？她怎么看待“作为一个女人”和“作为一个母亲”的自己呢？

妈妈和爸爸只交往了很短的时间，然后就是短暂的夫妻生活，妈妈如何看待现在只有“母亲”这个身份的生活呢？

我的身高快要赶上妈妈了，而妈妈的年龄也在一天天增大。

在遥远的城市里的爸爸是怎么看待这种情况的呢？

我升到小学高年级之后，暑假还会一个人去小仓的奶奶家。

那时候奶奶家已经没有人租房子了，敦子姑姑也嫁出去了。爸爸的房间里也没有了爸爸生活的气息。现在小仓的奶奶也变得跟筑丰的姥姥一样了，她们在一座大房子里生下很多孩子，然后一个人把他们抚养大，年老的时候家里却只剩下她们一个人。

我跟小仓的奶奶很亲，而奶奶也很疼我这个孙子。

可是在小仓这个城市里我没有一个朋友，所以我每天只是看书、看电视，感觉生活有些乏味。

高耸入云的长长的烟囱，新干线的大车站，有过山车的游乐园，令人眼花缭乱的百货商场，霓虹灯闪烁的闹市，拥挤不堪的有轨电车。

就连我回到自己出生的这个城市，也会惊叹这里变成了一个大城市。可是住在自己出生的家里时，我却只是觉得无所事事。

我一天之中唯一的乐趣是中午的时候陪奶奶去集市买东西。

我特别期待奶奶能到炸食店里给我买一串鹌鹑蛋，或者在肉食店买一根海带包着的香肠。

买东西的时候我会帮奶奶拿着购物篮，所以奶奶通常会给我点儿小费。小费一到手我就会跑到集市里的点心店去。

奶奶给我的小费一般是五十日元，所以可以在小仓的点心店里买到不少东西。

儿童可乐和串成一串的蛋糕，饮料和巧克力，还有一种神奇的药，涂在手指上之后，用手指戳一戳橡皮人，橡皮人就会冒烟。

最热闹的还是抽奖。有玩具的抽奖，还有点心的抽奖。玩具的抽奖根据中奖的级别不同，获得的奖品也不一样，级别越高得到的玩具越好。如果不中，只能得到一份沾满了环氨酸钠和糖精的粉状果汁。这种果汁对人有害，而且兑上水之后更难喝，所以我总是连袋子一起对着脸吸，结果弄得满脸都是粉末。

我经常在小仓的点心店里中一等奖或二等奖，这不是因为我抽奖的运气好，而是因为这家店的抽奖本来就是每张都中，所以我中奖也是理所当然的事。

但是筑丰的点心店里那个老板娘总是摆出一副要跟小孩子吵架似的架势，一点儿也没有小仓的点心店里那种亲切。

“啊，不能碰！”

“你们买还是不买？”

所以很自然地我们这些小孩子把筑丰那个老板娘叫作“抽奖的老太婆”。

而且这个老太婆店里的抽奖券根本没有“中奖”“一等奖”这些。

有一次我们去店里的时候老太婆只剩下三张抽奖券了，一等奖的塑料模型还没被人抽到。

我和前野君、别府君三个人觉得这次稳操胜券，于是各交了十日元抽奖。

按常理来说，我们认为肯定会有一个人中一等奖。可是我们三个人竟然都抽到了“不中”，不愧是老太婆的店啊。

“好奇怪呀。”

我们不满地向老太婆追问。我想再没有哪个消费团体抗议时有我们这么正当的理由了。结果那个作了多少年假的老太婆脸不红心不跳地坐在椅子上，只是若无其事地说了一句：“是很怪呀。”

最后那个老太婆给了我们“不中”的奖品——一个非常小的偶人，说了一句“这个给你，谢谢光顾了”。结果等我第二天再去老太婆的店里时，一等奖的塑料模型已经被挂在了墙上，价格是一百日元，我不得不佩服这个老太婆的厚颜无耻。

不过有一种抽奖券被我们称为“舔奖券”，这种奖券不是直接在纸上刮出是否中奖的标记，而是要用舌头舔湿了上面的字才会显现出来。这样一来就连这个老太婆也无计可施、没法作假了，所以我们每天都去店里买“舔奖券”来舔，中了一等奖的话，我们就会把沾了我们口水的奖券放到老太婆的鼻子底下，炫耀道：“快来看，老婆子，我抽到了一等奖。”以此来报复我们平时所受到的不公正。

其实像老太婆那样作假的不只有点心店，烤章鱼店里的烤章鱼里竟然还夹杂着鱼糕的切片。不过大家都习以为常了，没有人会指出来。

小仓集市上的人看到跟在奶奶身边的我，会跟我打招呼：“啊，小间，又长大了啊。到暑假了所以回来了？”可是我却说不出“嗯，我回来了”这几个字。

奶奶还会进米店买米，托他们把米送到家里。夏天我在的时候奶奶还会给我买凉凉的饮料，为此我每天都能咕噜咕噜地喝到很多饮料，特别开心。

很多时候，邻居家的阿姨也会跟我和奶奶一起去买东西。阿姨家还没生小孩。去集市的路上有两栋建筑物，中间有一尊小地藏菩萨，所以每每走到那个地方，阿姨就会停在那里双手合十好长时间，祈祷地藏菩萨能赐给他们一个孩子。

有的人因为怀了小孩而感到烦恼，也有的人因为怎么也不怀孕而去祈愿。

有的人得知自己怀孕的时候会惊诧地想:“没想到我竟然怀孕了。”也有的人因为没怀孕而吃惊:“我怎么生不了小孩呀？”

每个人在小的时候都曾经对自己的将来有过幻想。即使自己做不成歌手或宇航员，将来肯定也会成为某个人的“母亲”或“父亲”。

可是我当时认为这种理所当然的事却不一定会发生在自己身上。有些事几乎所有人都能实现，就连不想要的人也不得不接受，可是这种事有时候在自己身上却实现不了。

应该不难呀，应该不会不实现的呀。

对别人来说理所当然的事情，到了自己身上却截然不同。这个世上每天都在重复的平凡现象到了自己身上可能就是“奇迹”了。

这种奇迹给人的感觉比起当歌手和宇航员还要遥远。

小时候的梦想不能实现其实并不是什么大问题，因为那只不过是对自己将来所从事职业的一种美好幻想。

可是大人们的梦想却不一样。本来或许应该能实现的，这时候却不再那么自信了。小时候人们都讨厌平凡，可是长大后却努力地想实现平凡。以前认为理所当然的事情，现在却梦寐以求。

在这种时候，人或许都会双手合十来祈祷吧。

有一座公园位于麦当劳快餐店的附近。那里有秋千、沙坑，还有城堡形状的滑梯，人工种植的树同样高矮，彼此相隔同样的距离。

有很多小孩在那里玩，还有他们的父母。筑丰公园里的大人都是些醉鬼，孩子们是不会去公园的。其实那样的地方根本不能称为公园。

秋千上坐人的木板已经腐烂了，只有铁棍下面垂着铁链。沙坑里到处是人和野狗的大便。如果谁想滑滑梯，屁股就会被钉子扎到。

人们都去山、河、堤坝、草地、空地这样的地方游玩，这些地方长着很多植物，而且每天都有虫子在吃这些植物。

在小仓的公园里玩橡胶棒球的小学生跟我差不多大，他们用的是塑料制成的球棒。

我们平时打橡胶棒球时用的是一根方形木棍，不过用于软式棒球的话就太重了，所以要用小刀把木棍的一端削成柄，然后裹上塑料胶带。

我这里说的方形木棍其实是贴选举公示海报用的三合板的一条腿。我们一旦发现贴着选举海报的、不错的三合板的一条腿，就会从根部往外拔，然后带回家，用锯子把四边锯齐，再削成方形的。

海报上印着面带微笑、信心十足的候选人，好像在说“请让我来为您服务吧”。所以带回家的路上不太方便，于是我就把海报扔到路旁的草丛里。

一天宣传裸睡健康法的叔叔来我们家，拜托妈妈投他一票，我当时一愣:“会不会他就是海报上的那个人？”不过反正已经扔了。

那个小镇上的小孩，无论是水果、野菜还是选举海报的广告牌，他们认为镇上所有的东西都可以拿来为自己所用。

有一次我做了一根新球棒，一个朋友问道:“咦，这个新做的？”

“嗯，这个叫麻生。”

大家都用成为自己球棒来源的候选人名字来给球棒命名。

“我的叫佐藤。麻生的粗细正合适呢。”

这些候选人应该都没听到我们的评价，要是听到的话那就不太好了。

小学生的犯罪一般是扒窃，不过筑丰的小学生却有严重的违法行为。

有很多卖东西的小贩来公园一带。卖的东西有蕨菜饼、冰激凌、驴肉面包、风铃等。我看到那些多姿多彩的东西，感叹这里真好啊。要是在筑丰，只有庙会的时候才有人来卖种类少得可怜的点心。

有的叔叔把某种机器放到卖自行车的货架子上，我们则从家里拿来米。叔叔把米倒进机器，启动机器，于是就能听到里面有噼里啪啦的声音。最后那个叔叔用大铁锤哪的一声砸在机器上面，发出一声巨大的爆炸声。

这时可以看到刚刚交给那个叔叔的米被掺上了砂糖，体积已经膨胀到了刚才的几十倍。可以说这样一来很长时间都有点心吃了，但是爆米花的量实在是太大了，一般到最后都吃不了，于是把剩下的都给兔子吃。不过兔子吃了这个经常会吐。

到了庙会的时候，妈妈总会缝新浴衣给我穿，害得我都不好意思去见朋友。

城市跟农村不一样，不管做什么都要钱。当然有钱是好事，值得高兴，但万一没钱，那痛苦就要加倍。小学生也不例外。

有人在这个公园里演连环画剧，我总是在暑假的午后去看。先要交十日元来抽奖，竹签的尖端有不同的颜色。黑色是一等奖，抽到的话可以得到卷着糖稀和绿色桂皮奶油的煎饼，还有乌贼干。二等奖只有桂皮奶油，抽奖不中的只能得到糖稀。虽然我自己没抽中过一等奖，不过看到过抽中的人，他们两手拿着各种各样的甜点，一边看连环画，一边左吃一口右吃一口，真有派头啊。

负责糖稀的叔叔把一次性筷子插到装糖稀的箱子里搅来搅去，装在不锈钢箱子里的透明糖稀在阳光底下闪闪发光。那个叔叔搅拌完之后会把筷子拿出来，结果往下滴的糖稀像水晶一样散发着光彩。

不过这种糖稀的黏度太大，我有一次吃的时候竟然把乳牙给粘掉了。我看到粘在糖稀里的牙时吃了一惊。

连环画的内容即使在那时候也显得太落后了，都是些赤铜铃之助、月光假面之类的。书的最后会有提问，不过问的问题就连我们小孩子都觉得这是骗小孩玩的，因为实在是太简单了。虽然我也知道问题的答案，可是没举过一次手。要是平时的话我肯定是跳起来举手，可是一到这个城市我就自然而然地变得很消极。

要是回答正确的话可以再得到一份糖稀，不过我始终没能举手。回到这个城市之后，我总感觉自己是个异乡人，于是马上就会变回那时候的我。

看着那些拼命想答案，或者是回答错误的小孩，我有点儿不屑一顾："怎么这么简单的问题都不会？"可是我自己却一次都没举过手。

我来到小仓的时候，爸爸也只是偶尔回来一两次。爸爸本来就缺少奉献精神，虽然游乐场就在我们家附近，他却不愿意带我去玩。在家的时候他也只是睡觉、看电视，连吃饭的时候也在看电视，基本不跟我说什么话。

而且有时候我在津津有味地看动画片或者棒球节目，爸爸竟然在后面一声不吭地就把频道换到他自己喜欢的节目上了。

爸爸在家的时候，我感觉小仓的夜晚很沉重，很漫长。这肯定是因为我腻烦了爸爸与我之间的交往方式、彼此之间的距离，所以才会觉得时间特别难挨。

一年级的时候我曾经做过一个小测验。这是一个社会方面的测验，但是里面竟然出现了"你的父亲做什么工作"这个问题。爸爸工作的样子在我的记忆里只有我三岁时他用蓝色颜料画画那一次，所以我在答案一栏里写了"画画"。虽然返回的答题纸上这道题被画了圈（正确），可是那时候的我已经知道了爸爸的工作并不是画画。

有时候我会问妈妈爸爸是做什么工作的，不过妈妈总是不告诉我，只是说她自己也不知道。

爸爸是这样一个人，夏天的阳光从磨砂玻璃照进来的时候还在睡觉，起床之后也只是打开电视，看美国西部片的重播，在电话里没说几句就大吼大叫，天天穿着棒球明星江夏那种白色衬衣，右手的小指指甲留得长长的，还叫我小鬼。

这个人——我的爸爸，到底在做什么样的工作呢？

我一点儿也猜不到，又不想自己问他。

“你想吃牛排吗？”

我来到小仓之后，爸爸总是带我到同一家牛排店。以前妈妈还没离开这里的时候我们一家也经常来这家店。

我和爸爸并排坐在柜台前，一个厨师打扮的人在我们面前用一块漂亮的铁板烤着牛排。

“这是我的儿子。”

“哦，是您的儿子呀。”

每次厨师根本没发问，爸爸就自顾自地这样宣布。

“学校的饭好吃吗？”

“不好吃。”

“你妈做的菜好吃吧？”

“嗯。”

“还在养小动物？”

“嗯，还在养。”

“不过我不喜欢动物。”

“……”

我们的谈话到此戛然而止，所以每次到最后都是爸爸跟那个厨师在聊天。

闹市区有一个地方一直坐着一个乞丐，我每次看到那个人就会觉得特别难受。我跟妈妈或奶奶一起的时候都会向她们要些小钱，然后打开乞丐面前的铝餐盒，把钱放到里面。

妈妈看到我这么做，会夸我做了好事。有时候走过那个地方没看到那个乞丐，妈妈还会担心那个人是不是已经死了。

我跟爸爸去那家牛排店之后，一般也会走那个地方，然后进到闹市区的深处。

那天，那个乞丐又在吹口琴。我向爸爸要点儿钱，结果他把装零钱的钱包从口袋里掏出来，打开拉链说："你自己拿吧。"

我从钱包里取出几枚银色的硬币，跑到乞丐面前的铝餐盒边，把硬币放了进去。

"谢谢您。"

那个乞丐的话还没说完我就急急忙忙跑回爸爸站的地方。爸爸站在商业街的正中央抽着烟，盯着我看。

之后我们进了一家咖啡馆。爸爸一天要进三趟咖啡馆，走了一点儿路就说要喝杯咖啡，然后也不征得别人的同意就自顾自走进去。爸爸这个人在什么店里都待不了多长时间，只要自己的东西喝完了，也不顾别人还在喝，说一声"我们走吧"，就自顾自走出去。可见爸爸这个人是多么自私、任性。

爸爸一般情况下都是喝咖啡，我则点牛奶。爸爸对咖啡的味道总是絮絮叨叨的，喝的时候会加入大量的砂糖和牛奶，所以妈妈会不解地说道："这样一来不是喝什么都一个味儿了吗？"

爸爸抽烟也很厉害，一盒 Mr. Slim 抽完之后，他把空盒子一拧，然后从怀里掏出一盒新的 Mr. Slim，用小手指的长指甲剥开外面的塑料纸。

爸爸边抽着细长的香烟边对我说："其实那个乞丐是个有钱人呢。"

"不可能！"

我觉得爸爸简直在胡说八道。

“那个人真是怪呀，他又有租出去的房子，又有自己的地。自己能收那么多房租，其实不工作也够花了。他是太闲了，闲得无聊才出来当乞丐的。”

“不可能，绝对不可能，你怎么能这么说？”

“我说的是真的，那个人很有钱呢。”

我不明白爸爸的话是什么意思。那个乞丐很有钱？虽然我一直不知道他说的话是不是真的，但他何必要粉碎一个孩子的梦想呢？梦想？总之我那时候很受打击，爸爸为什么要说那么过分的话呢？

爸爸拥有一个地方，可以称为他的办公室。爸爸经常说“我现在去一下办公室”，或者是“我今天要去办公室，小鬼你也到街上转转吧”。

爸爸曾经有一次带我去了他的办公室，在闹市区边缘的一幢杂居大楼里。

推门进去之后，迎面可以看到几盆很高的赏叶植物。不过那几盆植物好像不是专门放在那个地方，而是为了运到别处去先暂放在那里的。

“咦，这位是名先生的公子？”

一个穿着花哨的阿姨和穿着三件套西装的叔叔围住我。这个房间里面只摆了两三张桌子，哪里看出像办公室？我觉得就算不是小学生也猜不出这里会是办公室。

“哎呀，果然很像名先生啊。”

一个头发剃得光光、身材极其魁梧的男人抓住我的肩膀，弯着腰，想看清楚我的脸。我斜着眼睛瞅了一眼搭在我肩膀上的大手，只见粗大的手指上戴着一枚戒指，不对，是刻了一个戒指模样的文身图案。

我的身体僵硬起来，冒出冷汗。

“对吧，很像我吧？”

爸爸高兴地应声道，似乎还有些害臊。

“父子就是父子呀，一根藤上的瓜。”

屋里那些外表给人带来压力的人一个个笑容满面，都盯着我看。

我感到非常恐惧，这种恐惧不是心理上的，而是肌肤切身感受到的。结果我从头到尾没能说出一句话。这个地方竟然能让人感到如此恐怖，这就是爸爸的“办公室”。

我不喜欢别人说我长得像爸爸，每次亲戚中有姨妈说我“越来越像你爸爸了”，我就会觉得自己对不起妈妈，于是辩解道：“我的鼻子像我妈妈。”我这样说似乎是在安慰妈妈，也可能是一种愚蠢的自我表现。

然后我想起那个夏日的中午，在没开灯的茶室里小仓的奶奶说的话，于是我更加否定我不像妈妈这个说法。我似乎一直都很介意这句话，没有人说我像妈妈，这让我感到很不安。

“抚养的父母竟然比亲生父母还亲啊。”

我孩提时的梦想是乘船出去探险。我经常跟前野君提起这件事，甚至具体到要坐什么样的船，船舱的设备如何。

去哪儿的海好呢？食物应该带多少？我们两个人经常在一起商量这些出航的准备。

为什么我想要坐船呢？我自己也不得而知。我经常在纸上画我将来出航时乘的船，白色的底色，上面画着红色的线，窗户是圆形的。我画了好几张类似的画。

一个夏日，我正一个人在那儿画船，这时午后刚起床的爸爸看到了，对我说道：“你怎么老在画船呀？而且总是画得差不多。”

我画出来的船都是从侧面看到的构图，而且都是白色的。

“因为我不知道船正面是什么样的。”

结果爸爸什么也没说就穿着运动衬衫和短裤走到廊子下，然后从院子里放工具的仓库中取出木匠用具和木头，冲我喊道：“喂，小鬼，你过来看一下。”

爸爸用锯子把木头锯短，然后开始用刨子刨木头。

“爸爸现在要造一只船，你好好看清楚了。”

在蝉声刺耳的白天，在太阳照射下的走廊里，爸爸汗流浃背地削着木头。

夏天的燥热声和爸爸削木头的声音听起来很舒服。爸爸是只夜猫子，皮肤特别白，现在他身体泛着潮红，在专心地削着木头。我一直蹲在旁边看着。

“你爷爷以前也会做好多东西给我。”

爸爸的左胳膊上有一个很大的伤疤。那是他小时候有一次烫伤的，之后就留下了疤痕。

听说烫伤的爸爸从医院回来之后还是哭个不停，不住地喊疼。爷爷非常心疼，好几次说道：“好可怜啊，好可怜啊。都怪我没跟着，不然就不会发生这样的事了。都是我不好，对不起了哦。”听说爸爸烫伤的时候爷爷没在现场，所以他非常自责。

“想吃什么我都给你买。你想吃什么？说来听听。”

爷爷对不住喊疼的爸爸这样说道，结果爸爸一边哭一边回答：“我要吃白米饭和腌黄瓜。”

于是爷爷在那个饥荒的年代到处找大米和黄瓜、香蕉，找回来后做给爸爸吃。

小仓的奶奶每次端腌黄瓜出来的时候都会提起那件事。

爸爸削好了船的主体，然后开始把木条弄齐整。用木匠的黏合剂把这些木条粘起来之后，逐渐有了船的形状。爸爸什么都没参照就造出了一条船，让我佩服得不得了，我入神地看着爸爸的工作。

妈妈的头上有一个伤疤，也是小时候受了重伤留下来的。

一天夜里，妈妈的脑袋撞到了地上，结果血流如涌。据说当时姥爷把毛巾放在妈妈的头上，抱着妈妈跑去了医院。姥爷在一片寂静的医院门口大声叫喊、敲门，把医生都喊醒了。然后医生没打麻醉就给妈妈的伤口缝了二十几针。

妈妈受不了钻心的疼痛，大喊大叫。不过这整个过程中姥爷一直把妈妈抱在腿上，不停地鼓励她“加油，加油”。

据说姥爷后来一直泪眼蒙眬地说：“荣子还是个孩子，竟然受了伤，真是太可怜了。”

有时候我用手指碰碰妈妈头上的伤口，喊道“这里秃了，这里秃了”，于是妈妈就会跟我提起那件事，似乎在回忆那时候姥爷给了她多大的鼓励、对她是多么慈祥。

爸爸和妈妈都很喜欢他们的父亲。

爸爸把木头的一端削尖，做了炮台，然后用火柴棒当作大炮插在里面。四周每隔一厘米钉一根钉子，然后在这些钉子上穿一根野蚕丝，做成架子。

这是一艘战舰。虽然我喜欢的船不是这个类型，而是那种小型的、只能坐三四个人的船，不过爸爸做的这艘战舰非常精致，使我很惊讶。

“你想要白色的对吧？”

爸爸打开罐装漆的盖子，把毛刷子伸了进去。木船慢慢变成了白色。

这个时候快要到傍晚了，涂成白色的地方反射出淡淡的橙色。日落时的蝉鸣，还有凉爽的微风。

快要完成了。

“这样就行了吧？差不多就是这个样子。”

爸爸这样说道，然后在完工的三分钟前扔下毛刷子，回到自己房间去做外出的准备。

不要！把它做完吧，都快要做完了呀。难道已经腻了？还是已经到了跟人约好的时间了？可是接下来不用三分钟就可以完工了呀，为什么？为什么？为什么要这样半途而废？

我不知道爸爸为什么不把船造完，不过我确信——那个时刻是我记忆里爸爸最像一个爸爸的时刻。

那个时刻无论谁在旁边看都能看出我们是父子，而且那是我跟爸爸在一起时最愉快的时刻。

那个还差三分钟就能完工的战舰现在还在我的身边。虽然我这个人老丢东西，可是就算我搬家的时候也会把这艘战舰放到我经常用的箱子里。不管住在哪里，我都会把它放在身边。

小孩子的一天、一年都是满满的。在一个点和另一个点的间隙中，又有无数个点。小孩子的日子就是按照这么大的密度、按照正常的时间、以正确的速度不停地运转着。这是因为孩子们的适应性很强，而且不知道什么是后悔。

孩子们会把过去残忍地抛弃，用一种没有节操的勇气去面对每天的光彩和变化，就这样慢慢地长大、变化。

他们不会觉得时间不知不觉就过去了。

大人的一天、一年都是淡然的。他们会像走在单行道上那样前行，但同时又会被某些东西冲击着。我不知道他们在前进，还是在后退，总之就像用很快的速度放映慢镜头一样，像一个钟摆在运转。

大人们的适应力很差，他们会不停地回头，不能彻底与过去分离，寻找光彩的眼睛是暗淡的。他们不喜欢变化，会停滞不前，看不出有什么进步。

但是在他们的眼里时间一晃而过。

未来和过去的分量决定一个人的人生。有的人未来对他们的人生影响很大，有的人过去对他们更重要。这两种人就算生活在同一个环境里，就算拥有共同的回忆，在他们的眼里，时间流逝的速度明显不同，而且他们的思维也不同。

对我来说五彩缤纷的七年时间可能对妈妈来说只是“眨眼之间”。

爸爸不在我们这个家庭里，这对我和妈妈的这七年时间，还有以后的人生肯定产生了，或即将产生很大的影响。

但是我从来不去想这方面的事，甚至没判断过到底哪种情况对我更好。

对我来说，爸爸不在身边已经成了一件理所当然的事，而且也不会因此去思考些什么。我只是适应着每一天的生活，甚至不知道造成这种情况的过去是什么。

对我来说，这七年时间只是确确实实度过的七年。

不过妈妈的这七年时间应该不是这样。造成她和爸爸分居的、我所不知道的原因肯定直到现在还埋藏在她的心里。“要是当初那样做就好了”，“当时要是这么说就好了”，这些想法肯定频繁地在妈妈的心里交替着，让妈妈的时间脚步倾斜，甚至倒退、停滞不前。

跟渴望时间倒流的期待相对的是肉体和精神的加速老化。在妈妈的这七年里，或许什么事情都没有改变，只有时间溜走了。

我上小学六年级了，这时身高已经跟妈妈差不多。

我现在经常在妈妈面前若无其事地听情歌，玩乐和画画的内容也发生了变化。

我开始痴迷于李小龙和甲壳虫乐队，喜欢扮演儿童便衣，开始对异性有一定的意识。现在我不再喜欢接触蛇、青蛙之类的动物，觉得有些恶心，在家玩的时间也长了。

我让妈妈给我买了收录两用机，有时候听短波广播，有时候还用它的录音功能来录制自己喜欢的节目。

我用的笔记本不再是卡通装饰的学习本，而是大学生们用的笔记本；现在也不用普通铅笔了，而是用自动铅笔。

妈妈头上开始出现白发，她经常用粉末染发剂或者是染发霜把它们染黑。后面的头发妈妈自己够不到，所以都是我帮她染。

以前都是我跟妈妈一起洗澡，洗完的时候妈妈会说“抹点儿粉”，然后我会抬起下巴，让妈妈给我抹爽身粉。我现在已经自己一个人洗澡了，而且开始使用护发素。

现在看到走在上坡路上的姥姥拉着两轮拖车，也不再是从后面帮忙推了，而是换成我在前面拉，姥姥在后面推。

我也不再穿短裤了。

弹子、邮票、古钱、牛奶瓶的盖子、钥匙圈，我现在无法再做到像以前那样专心、拼命地收集这些东西了。

我揭下了书包上面的贴纸。

我开始到图书馆借书看。

现在妈妈看书的时候要戴眼镜了。

兔子也死了。

以前我正襟危坐在电视机前，双手合十，对着屏幕说一句“请打出本垒打”的时候，长岛茂雄就会真的打出一个本垒打。可是现在长岛茂雄已经退出了棒球场。

渐渐地，很多事情都变了。

我马上就要升初中了。

在离小学毕业还有几个月的一天，妈妈把我叫到跟前，严肃地跟我说道:“你喜欢你爸爸吧？”

“嗯……”

“那你从初中开始住到小仓吧。”

“啊？为什么？”

“是我们俩跟你爸爸一起住。”

“真的吗？”

3

据说人的能力还有很多没被挖掘出来，还蕴藏着无穷的潜能。

但是似乎没有一个人能成功地发挥出自己能力的一半。

为了试验自己到底有多少能力，还有多少种可能性存在，人们从家里走出来，向这个社会质问，然后彷徨、徘徊。

能够鼓足勇气踏出这一步也可以说是一种才能。人会像离弦的箭一样，直直地飞出一段距离，所以也会取得一定的成果。

即使只能发挥出自己所有能力的百分之一二，也是很了不起的。

但是另一方面，离弦之箭的轨道不久就会变成弧形。而人呢，也会不知不觉掺进来感情，肉体也会疲惫，于是开始思考各种各样的事情。

虽然人们才刚刚起跑，可是已经开始担心前方是否真的有幸福了。能力或许能给我们带来成功，但不一定能给我们制造幸福。

人只要开始思考这些事情，可以说一切就结束了。

人的能力无穷无尽，可是人类的“感情”早就看到了极限。

人类社会日新月异，新的生产工具被发明出来，人们发现了益寿延年的方法，我们现在已经在过着古人无法想象的“美好生活”。可是几千年前的思想家、哲学家说过的话，很早之前的人说的关于人类的“情感”“幸福”之类的话及做出的价值判断，直到今天还丝毫未发生变化，这种顽固的程度简直到了可笑的地步。无论人类使用什么样的工具，处于什么样的环境，他们的感觉都是一样的。

容纳情感的这个容器里已经没有可能性了，所以人类可能以后也永远无法发挥出潜在的能力。

当人类意识到“幸福”这个怪兽时，人类自身尚未发现的能力已经变得一文不值了。

法国作家马埃特林科童话里的一只青鸟，相传可以给人带来幸福，也就是我们通常所说的“幸福鸟”。正如辛辛苦苦到处寻找的这只青鸟——幸福原来一直就在自家的鸟笼里，幸福也一直在每个人自己的家里。

青鸟现在就在自己家里。

但并不是只要青鸟一直守在自家的鸟笼里，这个家就会被幸福所包围。

如果所有的家庭成员一起出去寻找这只青鸟，说不定“幸福”会自己来到这个家。不过如果有一个男人即使单枪匹马也要找寻火鸟（俄罗斯神话中的一只有魔法的鸟，自己可以燃烧，是一种力量的象征，但同时会给人带来地狱般的折磨），那情况就很难说了。

因为这个男人讨厌青鸟的叫声，觉得喜欢青鸟的女人和孩子很无聊。

为了捕获火鸟，要先把青鸟的羽毛拔下来，然后放在火上烤一下，最后晾在那里。但结局是引来了一群乌鸦。

五月里有人这样说：“在东京住长了，以前很明白的事情现在都不明白了。”

正如每个人都发生了很多变化，小学时的我也在慢慢地变化。

再怎么打棒球也当不了四号击球手，学习成绩也不怎么好，我觉得自己是不会成为漫画里出场的那些大明星了。

自己，某个环境中的自己，有正常的成分，也有不正常的成分。

小孩子懂得越多，想法就会变得越来越平庸。会想得到别人拥有的东西，讨厌起跟别人不同的地方。以前不觉得有什么的事现在也会自卑。

这时候听到妈妈说我上初中之后我们一家三口就要住在小仓了，我简直高兴得不得了。

虽然筑丰这个小镇对我很好，我却从未觉得这里是我的家乡。不过我对小仓这个城市也是一样。但是以后爸爸、妈妈和我三个人会住到一起，组成一个新的家，那里将会成为我的家乡。而且那个家在哪里，我的家乡就在哪里。

这个消息让我非常高兴，迫不及待地盼着毕业。我按捺不住激动的心情，把上初中之后会搬到小仓的消息告诉给了很多人，其中有前野君，还有其他朋友，有理发店的阿姨，有蔬菜店的叔叔，还有其他很多人。

虽然以后就见不到我的朋友们了，这让我很伤心，但以后我就属于正常家庭里的孩子了，这种喜悦超过了不能见到朋友的伤心。

“以后就很难见到你了呀。”

“不会呀，坐火车一个小时就到了。姥姥还在这里，我肯定会经常过来的。不过姥姥要是跟我们到小仓住就好了。”

有一次我跟前野君两个人去小仓的游戏厅玩。那里有好多好多的游戏机，让我们两个人疯狂不已。我们在那里几乎玩了个遍。说到筑丰镇上的游戏机，只有文具店角落里的一台，而且是那种站着打的曲棍球游戏。

那时候姥姥患上了心脏病，一到下雨、下雪天就全身贴满了膏药，以前一直独自支撑的鱼店也不开了。

以前姥姥一整天都拉着装满鱼的两轮拖车走街串巷，每天晚上打扫那架两轮拖车是姥姥一天里的最后一项工作。

姥姥用软管汲水，冲洗车上的汗和鱼的腥味，谨慎起见还要用刷帚刷一遍。有时候我会帮姥姥打扫，这时姥姥会一边刷车一边看都不看我就说道："你上初中以后就要搬回小仓了是吧？"

"嗯。"

"是件好事啊。"

"每次放假我都会过来的。"

"你随时都可以来玩。"

虽然妈妈和姥姥是亲母女，不过平时却不怎么看到她们讲话。可能是因为姥姥这个人本来就不太爱说话，而且妈妈回来以后也没能处理好跟姥姥的关系。

那时候的姥姥看起来好孤单。

当然一方面是因为她生病了，身体消瘦下去。另一方面她也不再染发了，所以不知不觉间头发全部变白了。

为了抚养孩子而开了好多年的鱼店关掉了。等自己歇下来的时候，九个孩子竟然一个都不在身边。

出嫁之后回来的女儿，还有第一次一起生活的外孙，现在也都要走了。

那次姥姥说完"你随时都可以来玩"之后就没再说话，只是一个劲儿地擦洗着已经废弃了的两轮拖车。我听着姥姥拿刷帚蘸水的声音，觉得如坐针毡。

九州的樱花含苞待放的时候，我们迎来了毕业典礼。大家神色紧张，在体育馆里排好队。

野田君小时候被车撞过，有一条腿没了。他现在左腿膝盖下面装的是假肢。不过野田君很活泼，就连体育课都跟大家一起上。有时候其他学校的小孩会讥讽说“这里有个瘸子”，这时候野田君会拔下假肢，一瘸一拐地跑步追那些家伙。

虽然野田君一瘸一拐的，他跑步的速度倒是很快。最后他追上嘲讽他的那些小孩，拔下假肢咚咚地砸在他们身上。

“如果有谁嘲笑你的腿，你就用这个假肢打他。”

好像野田君的某个亲戚这样教过他。

中上君的醉鬼父亲经常闯到我们的教室。煤矿关闭之后，他经常在上课时喊着自己儿子的名字闯进来。

“哇，中上他爸来了！”

中上的父亲一来，我们这些学生就会如鸟兽散般跑开。跑得慢的人会挨中上父亲踢打。

其他教室的老师和学生也会聚集过来。听说中上的母亲失踪了。

中上的父亲被老师们死死地拦住，不过他还是继续往教室里面闯。中上君则躲在教室的角落里，一副无能为力的样子，看着眼前发生的这一切。

中上的父亲不停地喊着儿子的名字，一边把老师和学生踢开。

有一次我们要出去远足，结果中上君只带了米饭，装在塑料袋里，系在裤带上。

所有的孩子，包括野田君、中上君在内，现在都排好队站在体育馆里。

这里面还有鬼笹冢君。鬼笹冢君身体魁梧，从低年级开始就只穿黑色紧身裤，打橡胶棒球的时候嘴里经常会喊着“快点儿投个硬球”。

还有长头发的船山。我很喜欢这个女生，所以玩踢易拉罐游戏的时候我经常追到她藏着的地方。

前野君和别府君，我的这些同学们，还有同学们的家长都被周围的红白条幅包围着。

这些同学小学毕业之后会自动升入这个镇上的同一所初中。

也就是说只有我一个人将离开大家。毕业典礼之前他们还给我开了一个饯别会。毕业典礼当天，老师把我叫到讲台上，对着班里的学生说道："以后他去了别的城市，希望你们不要忘记他。"大家哭着跟我说了临别赠言。

我在毕业留言里写了这样一句话："虽然我将离开这里，去上小仓的中学，不过我希望我们以后能在甲子园① 相会。"

我们这些出生以来第一次得到毕业证书的孩子都哭着回了各自的家。

搬家的准备差不多都做好了。春天的气息越来越浓，天气也很晴朗，即将开始新生活的我在这样的季节里兴奋不已。

妈妈告诉我，我们的新家在小仓市中心的一座高级公寓里。

筑丰这个小镇上别说高级公寓了，连普通的公寓都没有，有的只是煤矿职工宿舍和出租的房子。高级公寓究竟什么样，我想象不出来，感觉一定很漂亮、很奢华吧。

我跟最好的朋友告了别，还去学习柔道的道场和算盘学习班跟大家辞行。现在只剩下搬家了。小仓的初中校服是什么样呢？棒球队的队服是什么颜色呢？

然后到了樱花初放的日子。妈妈装着若无其事的样子跟我说道："我们还是不去小仓了。"

"啊？为什么？为什么？肯定是骗我的吧？"

"真的不去了。"

"那爸爸呢？"

---

① 甲子园以前是日本高中棒球联赛决赛的球场的名字，现仍在使用中，但已变成日本棒球职业联赛一个球队的主场。甲子园一度曾是日本高中棒球队最辉煌的向往，进入甲子园就意味着打入决赛。——编者注

“我不知道。”

“到底怎么回事啊？”

“反正是不去了，你就在这里上初中吧。”

“我不要！”

“可是没办法呀。”

为什么不搬家了呢？妈妈什么也不肯告诉我。可能是这对分居的夫妻之间发生了什么，于是决定重新到一起生活。可是为什么又决定不这样做了呢？

孩子有孩子的交往圈子，但是只能受父母的摆布。

我急得不行，脑子里乱成了一锅粥。

“怎么跟大家说这事呢？”

我的大脑在快速地运转，只想着怎么跟大家解释，还有爸爸现在到底在做什么。

春天的愉快气氛骤然降温了。

听到妈妈的话，我两天都没恢复过来。这时前野君来到我们家，带来了他父亲给我的饯别礼物，还有他自己喜爱的玩具。其实几天前刚在前野君家开了饯别会。

“这个给你，我们家人让我带给你的。还有这个，这个是我给你的，你带去吧。”

我看着快要哭出来的前野君，什么话也说不出来。

“我……我们不去小仓了。”

“啊？怎么回事？”

“我会跟你们上一所初中。”

“到底是怎么回事啊？”

前野君突然暴怒起来，什么也没说就带着饯别的礼物回去了。

我也说不清当时的心情，到底是难堪，还是觉得愧疚。虽然后来偶尔会在工作上被对方故弄玄虚地说“那个就当我没说”，不过从未像那一次那么难受。

我刚目送着前野君远去的背影，这时别府君又从另一边的斜坡上走了过来。他手里抱着个箱子，正朝我不住地挥手。

不过后来我一直躲在家里，其他的事都交给妈妈了。我只有等着春天快快过去。

樱花飞舞的季节，我穿着立领的校服成了一名初中一年级的学生，可是我的心情比所有人都更沉重。

开学典礼后的好几天，碰到的朋友、路过的熟人，每个人都跟我说着千篇一律的话。

“咦？你怎么还在这儿？”

也难怪他们会这样问。那么长时间我跟他们说了要搬走，甚至还眼泪汪汪地道别，现在竟然穿着同一所初中的同样的校服，他们怎么能不觉得奇怪？虽然被他们搭话有些烦，不过要是没人愿意跟我说话，我会更觉得害怕。我这个一年级新生真是难堪死了，肯定让人觉得怪怪的。

在这样漫长的日子里，为搬家收拾好的行李一直放在那里没动。结果有一天妈妈突然对我说，她租了姥姥家附近的一处房子，我们要搬到那里去。

“无所谓，反正还是在这里。”已经彻底对搬家失去热情的我这样回答道，然后妈妈说了一句“我们也不能老住在这里”。

现在姥姥住的这个家是妈妈他们兄弟姐妹出生的地方，不过几年前大舅曾经把这个房子改建过。虽然大舅把这个家改建了，他却不住在这里，而是在离这里开车要二十分钟的地方安了家。总之妈妈带着孩子回到这个家之后，总感觉住在这里有点儿名不正言不顺。

我这个小孩子也觉得姥姥独自生活这件事有些奇怪。我不理解妈妈为什么又要让姥姥回到一个人的生活中，住在这里不是很好吗？不过在大人的世界里，即使是母女、兄妹关系也有些复杂。

正因为大人们考虑得太复杂，所以才出现了很多独自生活的老人。

最后我跟妈妈离开姥姥家，搬到了一个离姥姥家有一站地远的地方。

我觉得妈妈的熟人给她介绍的这个地方好奇怪。不，不应该说奇怪，应该说是恐怖，这里的房子竟然像恐怖片里那样可怕。

这里以前是一个医院，这里的气氛让我觉得房子可能是建于昭和初期（20 世纪 20 年代末）。妈妈第一次带我去的时候我还以为是开玩笑呢。

几年前这家医院的院长去世了，尚在人世的老太太住在跟医院相连的主屋里。在那之后这所医院没被拆掉，而是重新装潢了病房部分，出租给人住。

被建成 L 型的建筑一边是病房，一边是门诊、手术室、大门、候诊室等。这位老太太想留下一些回忆，于是手术室等地方还保留了以前的老样子。可是老太太的回忆在我看来给他人带来了极大的恐惧。

病房楼有四间同样大小的六铺席房间，还有两间并排在走廊的两侧，这种格局很容易让人联想到这里曾经是病房。

我们租的就是这个部分，不过更让人觉得恐怖的是那里的厕所。

厕所在 L 型的交界处，需要走到走廊的深处。

打开拉门之后，从没人的手术室、门诊等地方吹来的冷风让人浑身起鸡皮疙瘩。

我们租的这部分不怎么冷，不过妈妈曾经警告过我不要靠近手术室那些地方。其实就算妈妈不说，那种地方叫我去我也不会去的。

厕所里有两个小马桶，还有两个隔间，马桶和隔间并排，用哪个都可以。不过不用说我也会使用最靠近门的马桶。

我总是急急忙忙上完厕所，努力不往手术室那边看。不用说这种旧地方的厕所肯定是要用人工掏粪便的，而且电灯是那种裸灯泡，不管是上边、下边、两边还是后面，我都害怕得不敢看，在这里上厕所对我来说一直都是一种折磨。

我现在不去电影院看恐怖片了，连流行的横沟正史[①]的书也不读了。

一个盛夏的夜晚，我上完厕所想回自己房间，结果发现回去路上的拉门打不开了。好像门从里面锁上了。我似乎听到有奇怪的声音从手术室前面的宽走廊上传来。

我害怕极了，一边咚咚地敲门一边大声喊着妈妈。

“妈妈！妈妈！”

结果妈妈笑着打开拉门，捂着肚子指着我。

“哎呀，你不行啊，胆子太小了。”

原来是妈妈搞的恶作剧，是她故意把拉门锁起来的。怎么能做这种事？！太过分了！我气得不行，什么都没说就自己回房间去了。竟然有人在家里试别人的胆量！

虽然我曾经在学生食堂里的小房间生活过，但我觉得现在住的这个地方不仅让我感到害臊，还有无名的恐惧。

我和妈妈的新生活就在这个旧医院以前的病房开始了。要是住在姥姥家的话，现在上的初中走路就可以到了，可是我们现在搬了家，上学骑车要骑四十分钟。

我加入了棒球队，剃了光头。

我们这所学校坐落在一片荒芜的土地上，所以虽说棒球队是一个运动团体，却一点儿也没让人觉得富有朝气。

一年级的时候大家都要剃成圆头，不过三年级的学生有的剃了飞

---

① 横沟正史：日本著名推理小说家，著有《女王蜂》《本阵杀人案》等作品，1981年12月28日病逝，享年79岁。——编者注

机头，有的烫成夸张的形状。棒球队的队室简直成了小混混的聚集地。

参加比赛的人散发着发蜡味，他们为了不把发型弄乱，连帽子都不想戴。

这种棒球队当然不可能很厉害，不过练习时的严格程度和所受到的凌辱是数一数二的。四月份的时候还有七十个一年级学生参加，可不久就减半了，最后我这个年级的学生只剩下十个人，所以成为正式队员倒是非常简单。

我们早上七点刚过就要到队室，把前一天帮师兄洗的队服叠好，在他们的钉子鞋上涂上鞋油，然后等着他们上完课过来。午休时也要来队室，为了给师兄准备他们想要的面包、香烟、女子篮球队的灯笼裤等东西，我们必须常驻在这里。下雨的时候操场不能用，我们有时会在教室或走廊里进行艰苦的训练，有时会在队室里听师兄们的“教导”，也就是所谓的开会。

我们把球棒放在长椅上，端坐在上面。这种疼痛就像脚指甲折断、胫骨骨折了一般。除此之外还要再放一根球棒，夹在腿肚子和大腿之间。

这种行为根本不是什么开会，而是比欺负还过分的用刑。但是我们只是一年级的学生，在我们眼里，那些三年级的师兄不仅身材高大，而且品行极其恶劣。要说这种恐怖的感觉，都赶得上我们家的厕所了，所以新生多数会退出棒球队。

据说这种被称为传统的教导方式，只要能够忍受几年，就可以严格地锻炼出身体和精神上的坚强。除了腿上的痛苦，还有精神上的打击，简直让人无法忍受。

我们所有人都被蒙上眼睛，电灯也被弄得很暗，这样一来我们就不知道到底是哪个师兄打自己了。

他们一边打我们，一边坐到我们夹着球棒的膝盖上，还大叫着“大声喊出你喜欢的女孩的名字”。

“现在还没有喜欢的女生。”一个跟我同级的学生这样回答道，结果一个在情色方面臭名昭著的师兄发怒了。

“你说说你喜欢处女还是不是的！”

“我现在还不知道！”

在几个月前我们还是玩着小龙虾、独角仙的小学生，现在突然被人问到这么情色的东西，所以更加害怕。

我们能听到外面正在下雨。我们这些低年级学生的脸都被打肿了，最后大家都哭了。其实是大家都哭了师兄才会放我们回家。

我们的顾问老师当然也知道这项传统，所以当我们流着鼻血在回家的路上碰到他的时候，他半开玩笑地说道：“哟，今天被说教了呀。”

我们在心里不满地控诉道：“是被你儿子打的！”我们这么说是因为这个顾问老师的儿子也在那些三年级的师兄之中。那个家伙只是个候补，只有说教的时候特别有能耐。

回到家之后，妈妈看到我红肿的脸，问道：“你被人欺负了？”

“……”

“肯定是被高年级的人打的吧？”

“……”

“没事没事，男子汉就要受到点儿锻炼。”

虽然我也不是希望妈妈替我做点儿什么，可是我无法接受她的这种说法。

上小学的时候，有一次我跟前野君在草地上割喂兔子的草，这时附近镇上有名的坏小子军团骑着自行车冲了过来。

他们喊着“我们来决斗吧”，边向我们冲了过来。我和前野君根本不是这群善于实战的家伙的对手，所以马上就被他们占据了有利形势。我们被他们打得特别惨，就在这时妈妈碰巧从旁边走过。

我被他们按倒在草丛里，瞥了一眼妈妈，认出果真是她。可是妈妈撑着太阳伞站在那里，朝这边看了一会儿，然后又径直走了。

“咦？怎么会这样？”我用视线追逐着妈妈的背影。妈妈一直都是这样的人，我被人打也不会管。

搬到医院这个吊死鬼的地方之后，妈妈给我买了一张新床，一个认识的叔叔还送了我一套立体音响设备。说是立体音响，其实并不是组装的，而是像一个衣柜那样的大家具，很旧。即便如此，新床和立体音响，还有桌子摆到一起之后，我的房间总算充实了很多。所以我也开始喜欢自己的房间了，独自待在房间里的时间也增多了。

为了进一步充实我的房间，我向妈妈提出要买一台电视放到我的房间里。

虽然妈妈不太爱看电视，客厅里的电视也是随便我想看什么就看什么，但我还是想要一台自己的电视，我可以躺在床上偷偷地看。

结果妈妈这样回答道："你去跟你爸说吧。"

我给爸爸打电话说了这件事，结果爸爸让我去小仓。

我跟爸爸约好了，那个周末我坐火车去小仓，我们在车站碰头。

在那之前我已经好久没见到爸爸了，估计接近一年没看到他了。自从我上了初中，我们一家三口住到一起这件事成为泡影之后，我就再也没见到过爸爸。

我还以为到了小仓车站之后爸爸会直接带我去电器店，没想到又是先进咖啡馆喝了咖啡，然后打出租车从商业街跑到了城郊。

我有些担心，到底要去哪儿呀？后来出租车停在一处几乎没有商店的地方，然后爸爸走进一栋高大的公寓。坐上电梯之后，爸爸熟练地按了一个键。

爸爸从一串钥匙中找出一把，然后插进铁门的锁孔里。门打开之后房间里憋闷的空气扑面而来。

粉红色的地毯和红色的拖鞋，一看就知道是女人的房子。这个房子好像是三室一厅，我觉得里面一切什物家具都很齐备。

这个房间好像没有人住，可以嗅出空气里的沉闷气息。窗帘和窗户似乎好长时间都没打开过了，水龙头看来也很久没淌过水了。不锈钢的水槽被涂成了白色。

爸爸边抽烟边打量这所房子，然后对我说道："你喜欢什么就拿什么吧。"

虽然屋子里有很多东西，不过我并不想碰它们。

"我只要电视就行了。"

这台电视是十四英寸的，红色。那个看电视的人，以前住在这个房间里的女人现在在哪里呢？

我能理解爸爸那种悲伤的表情。爸爸这种任性的悲伤，这种孤独，我都能理解。或许是因为我们都是男人吧，有着共通的感觉。虽然这样有点儿对不起妈妈。

"只要这个就够了吗？"

"嗯。"

"那现在我们走吧。"

这台电视挺重的，不过我还是直接抱起来，朝大门走去。爸爸把香烟摁到干水槽里，把火熄灭。这个房子现在只少了一台电视。爸爸砰的一声把大门锁上。

在回去的火车上，我把红色的电视放在旁边的座位上，一个人回筑丰。我在火车上想道："本来应该是我住的公寓说不定就是那里。"

窗外的景色只剩下田野了。

月亮出来了，月亮出来了

月亮升到了三池矿井的上空

烟囱太高了

肯定会熏坏月亮吧

你要是这么说的话

那我就决定了，我们分手吧
如果你能让我变回十八岁的姑娘
那我们就分手吧

一座山，两座山，三座山
八重山茶一直开到了深山里
无论开得多么绚丽缤纷
山猫一过，都将成为复仇的花朵

在与你结为夫妇的日子到来之前
我的心只有一个，我的身体已经分在两处
离别的苦楚
好想在梦里跟山猫倾诉

小的时候，每到盂兰盆节，我们就会聚集到文化宫学唱《煤矿歌》。

这是一首从繁重的劳动中诞生的劳动歌。

城市里的人看不起矿井里的矿工，矿工又看不起用船运输自己挖出来的煤炭的小工，小工又看不起编自己脚上穿的草鞋的手艺人。

这些无聊的歧视，无论在哪里、在哪个时代都存在。人就是这样。

部落里不是同一类的人只有贫困，没有职业、没有智慧、没有爱情。这是一个充满歧视的世界。

从出生起就背负着沉重的负担，我们不能去依靠神灵。平等怎么可能存在？

与其依靠神灵，还不如我们一起唱歌、跳舞、饮酒。既然我们无论如何都得辛勤工作一辈子，那我们就来嘲弄一番所谓的神灵吧。

一天二十四个小时，这对所有人都一样，让我们来流血流汗工作吧。

就这样吧，就这样吧。

我越来越想自立。其他的朋友都萌发了性意识，只有我在这方面还跟个小孩似的，根本不明白他们喜欢的是什么。

不过可能也正因为如此，我没头没脑地觉得自己不能一直这样下去，所以一直在思考初中毕业后该怎么办。

虽然我并不讨厌这个小镇，可是学会思考之后，我注意到这里存在着不好的价值观。

这些大人们眼界狭窄，抱着无聊的歧视。

想到将要这样一天天在这里荒废掉，我就感到焦虑和恐惧。

英国、美国的音乐不是都否定这种小气的价值观了吗？他们不是在为此继续战斗吗？他们不是在为此发出哀叹吗？我开始憧憬着一些不太明白、糊里糊涂的事物。

妈妈花了两万日元给我买了一把莫里斯吉他。于是我每天拼命地弹吉他，一直弹到手上长出茧子。而且妈妈每次去镇上都会给我买回来一张甲壳虫乐队的唱片。

我觉得自己在给妈妈增加负担，妈妈每次给我买回某样东西，我的心里都会很难过。

自从我上初中后，妈妈不再去饭店或司机酒店上班了。可能是她不想把青春期的我一个人扔在家里吧。

妈妈开始在家里做一种手艺，往陶制碟子上贴图样。

我最近刚让妈妈给我买了防风短外衣、金属球棒和对襟毛衣。

在荧光灯摇曳的光线下，妈妈用胶水把印有图案的贴纸粘到白色的碟子上。妈妈的手不巧，一不小心就会把贴纸弄皱，要失败好几次。我偶尔也会帮忙，而且我贴得快，干得也更漂亮。

我在自己房间里听唱片的时候，小憩的时候，能听到隔壁房间里叠放碟子的声音，这让我内心很难受。

有一天，妈妈在自己房间里工作的时候喊我："你读一下这个。"然后递给我一个红色封面的小册子。

这是某个教会发行的性教育的小册子。妈妈递给我后害臊地往碟子上贴着贴纸，而我也害臊起来，马上拿着册子回到自己的房间。

为什么天是蓝色的呢？白云在天上飘动，夏天的阳光普照在操场上的每一个地方。

现在是升二年级之前的暑假。三年级那些可怕的师兄在县大赛上第一场比赛中就输了，现在已经退役了。我们终于可以愉快地打棒球，或者说终于可以打棒球了。

我们以前曾经被师兄在眼皮上涂过镇痛剂，也曾经被往裤子里塞过鞭炮。我们被他们打得那么惨，还被命令去偷女生的灯笼裤，不过我现在觉得幸亏当时没退出棒球队。

你看，现在天是如此的蓝。

我们想早点儿给刚长出一小截的头发涂润发油，于是来到操场上。

我们想从自己这一级开始废除"说教"和虐待，使二年级和一年级的学生都能尽情地专注到棒球上。我们的新队长是从小学开始就不停地说"发个硬球吧"的鬼笹冢君。鬼笹冢君对硬球太有热情了，初中的时候我们打的一直是软式棒球，他却坚持用硬式的球棒。

一个夏日，从我们学校的棒球队升到高中棒球队的校友们来我们这里打发时间。

训练之后，校友师兄把我们集合到长椅前，一边请我们喝啤酒，一边跟我们大讲特讲。

"听好了，你们这些人都想不想手淫？想手淫的人举一下手。"

"是！"

啊，二年级的所有人？连一年级也都是？看来没体会到手淫妙处的只有我一个人，这让我吃惊不小。

“你这个家伙竟然不手淫？”

“是的，不好意思。”

“混账，你想干什么？你不学这个能打好棒球啊？你给我在明天之前好好试试！”

“明白！谢谢教导！”

我在一年级学生面前被狠狠地批了一顿。为这种事被批我自然很不服气，可是那个师兄腿受伤了，没法训练，所以明天肯定还会过来。明天如果再说还没手淫过的话……啊，不行不行，又要挨批了。

可是这个时候我还什么都不懂，不知道那些人为什么要谈论田径队的哪个女生乳房大，哪个女生的胸罩比较性感，这些有什么好玩的呢？

其实妈妈给我的册子上也写到了自慰之类的行为，所以说我并不是不知道这些事。可是我并没有把这些事情直接跟我联系到一起。

真是棘手啊。我骑车走在夕阳下的田间小路上，想着这个问题。

那时候我每天吃饭都狼吞虎咽，吃得很多，可还是很快就饿了。我有些不好意思，尽量不看妈妈的脸，不过还是会吃好几碗饭。

我回到家后马上进了自己的房间，脱下内裤仰面躺在床上。我一边看着安格尼丝·林①、大场久美子② 等人的泳装照片，一边摸自己的阴茎。虽然我的阴茎确实变得有精神了，不过并没有发生师兄说的那种现象。

“手淫的话，会射精的。我都射了三米远呢。”

“师兄，您真是太厉害了。”

---

① 安格尼丝·林：即 Agnes Lum，出生于夏威夷、具有中国血统的模特，20 世纪 70 年代在日本十分走红。——编者注

② 大场久美子：日本当时的女影星。——编者注

“其实手淫也跟发射远距离大炮一样。”

我的阴茎就一直竖在那里，不过完全没有要射精的感觉。这个时候我想到了一首川柳[①]。

谷村新司的广播节目里有一个小专题，名字叫“天才、秀才、笨蛋”。我手里有这个节目汇集成的一本书，书里面有一页写的是“手淫川柳”。我想到了其中的一首。

“（男人）十五在船头，河里忽上忽下游……”

我无意中想到了这首川柳，于是试着把阴茎的表皮拉上去又拉下来。就在这个时候！

“哇，师兄，你说的就是这个吧？”

白色液体忽然往上喷，似乎要喷向天花板，然后又落了下来。

我偷偷跑进我们家的幽灵厕所，用手纸擦干净。我决定在现场再验证一回，于是又一次站到了船头。

我感觉这件事妈妈应该不知道，可是几天之后，回到家里的时候，我发现桌子上放着一个装着纸巾的盒子。我羞愧得无地自容。

上了初中以后，球队的练习加强了。现在春假和暑假我都不再去小仓的奶奶家了。筑丰的姥姥家我则偶尔在放学时顺便骑车去看看。

姥姥正一个人在厨房里吃晚饭。我感觉现在的姥姥跟卖鱼时相比身体已经缩小了。

煮竹笋或是煮茄子，姥姥每顿都吃这些东西。

我打开保温桶一看，里面有变黄了的米饭。看来姥姥做了一顿米饭之后，就把剩下的放在保温桶里保温，然后吃上好几天。

“姥姥，您就吃这个？”

“一个人嘛，将就点儿就行了。”

---

① 川柳：一种日本打油诗，每句假名数为五—七—五的格式。——编者注

变质的米饭有膏药的味道。

“烟囱太高了，肯定会熏坏月亮吧。”歌里唱的这种情况已经一去不复返了，现在不再有烟从矿井的烟囱里往上冒了。

现在小仓的炼铁厂的大烟囱也不再冒烟了。矿山关闭了，锅炉也封了，我记忆中的那两根烟囱也不再像过去那样冒烟了。

大人们制造出来的这些东西，看到的东西，在我眼里都显得很凄凉。

所以当中考快要来临的时候，我决定从这个小镇走出去。

我想去一个跟这里不一样的地方，也想让妈妈恢复自由，这两个信念的分量相同，支持着我努力学习。我不打算就这样跟大家一起升入当地的高中。

哪里都可以。那时候有一本参考书的末尾有一栏专门介绍特殊的高中，我从中了解到大分县有一所美术高中。

可以去那里，我当时这样想道。我并不是因为那是一所美术学校而选择了那里，我做出这个决定的最大理由是那所学校是公立的。我的首要目标是离开家一个人生活。

秋虫开始鸣叫的时节，我跟妈妈说了这件事。当时电视里正在播放描写初三学生的《三年 B 班的金八老师》。

“这是你做的决定，照做就行了。”

妈妈冷静地问道：“你一个人生活没问题吗？”

“嗯，我会努力的。”

“早上能起来吗？”

“嗯，能起来。”

我不知道哪种想法才是对的，是扔下妈妈，让她一个人难过地生活？还是必须让妈妈恢复自由身的信念？

听到我这个情况，爸爸的反应跟妈妈不一样，他显得很高兴。

“这可是件好事，我也正想着让你这么做呢。男子汉就是要早点儿出去闯荡，我也是十六岁的时候自己去东京上学的。”

“那是因为你在当地的学校待不下去了。”我在心里反驳道，不过却不明白爸爸为什么会显得很高兴。

那时候爸爸的工作好像进展得很顺利，翅膀也逐渐变硬了。爸爸好像开了一家跟建筑有关的公司，他的名片右上角写着“一级建筑师”，其实完全看不出来他什么时候获得过这样的资格。

可能爸爸的这个称号就像小学生的肩牌一样，是自己发给自己的执照。

爸爸好像给妈妈买了衣柜、戒指、衣服等物品。他自己还说买了车，其实他还没有驾驶执照呢。

可能是姥姥没跟我们一起住在医院这个家里，也可能是因为爸爸生意做得不太顺利，总之我中考前的几个月，他每个月都会来这里一趟，在这里住一晚。

据说爸爸专门建那些给周围居民带来不便的建筑，例如土耳其餐馆、情人旅馆、宗教团体的建筑物。

做这种事业必须精通种种复杂的社会内幕，不然根本不会中标，或许爸爸的“一级”就是这种复杂中所体现出来的能力吧。比起盖房子，前期的准备工作更为重要。

“不过要去别的县的学校上学的话，最好先调查一下那个学校有多大，怎么样才能考上。”

“我觉得这个学校只要参加考试，考不上的概率不大，不过有绘画技巧的考试。”我这样说道。

于是爸爸抽了一会儿烟，然后好像想到了平时那些不够正当的前期工作，对我和妈妈说道：“我们去泡温泉吧，正好顺便去一趟大分。”

“去干什么呢？”

“文化课必须得高分才能考得上。不过绘画这方面不知道你有几斤几两，要有什么样的水平才能考上，这些我们都不知道。不过我们可以先让明白人帮忙看一下，这个主意不错吧？”

“让谁帮忙看一下呢？”

“你就别问这么多了。”

爸爸从小包里取出一个黑色的电话号码本，然后用家里黑色的固定电话打了一通电话。

“妈妈……”

我不安地看着妈妈，结果妈妈竟然激动不已地说道：“哎呀，好久没泡温泉了呀。”看来她已经完全被这种娱乐吸引了。

爸爸挂完电话后对我们说道：“就这么定了，我们下周一起去别府。”

出了别府的车站，我们开始往山里走，这里的山路绵延得很远。道路两旁的小溪里流淌着温泉的热水，往上冒着蒸汽，形成了冬天里特有的白雾。到处都有矿物质泉水的味道。

车站里有一个人全身穿着白色运动套衫，似乎是爸爸的熟人，他开了一辆黑色的车来接我们。

“明天的行程已经安排好了，今天你们就吃点儿好吃的，泡泡温泉，放松一下。好不容易来一趟别府。”

穿着白色运动套衫的人把车开到山里，最后停在了一处隐没在森林深处的山庄，山庄前的招牌上写着“绿林饭店”。

据说这个店有刚勒死的山鸡这道菜，而且生鱼片和烧烤的味道不错。不过老能听到窗外有山鸡临死前的悲鸣，所以我怎么也吃不下这些山中的美味。

“你们家公子明年要来别府？”

“嗯，要是能考上的话。”

“来别府之后什么都不用担心，我一切都会帮你的。”

我忽然有种奇怪的感觉，心神不定，不过看一眼妈妈，发现她正在津津有味地吃着山里的美味。

妈妈肯定很高兴。你想想看，我和爸爸、妈妈这样一家三口出来旅游这是第一次，而且可能也是唯一一次了，所以最高兴的肯定是妈妈。

我们住进温泉旅馆，然后大家都换上浴衣。我洗澡出来的时候，看到妈妈正在给爸爸倒啤酒，这种情景让人觉得他们俩确实像夫妻。

为此我也感到非常高兴。

第二天那个穿白色运动套衫的叔叔又开车来接我们，带我们去了一位跟我要报考的学校有很深因缘的画家老师家里。

那位老师是个年迈的画家，个子不高，看起来很慈祥。他仔细地看了我带去的写生本，之后亲切地对我说道：“画得很不错呢。不过你看这里，柿子确实画得很漂亮，不过柿子树下面这个影子应该是茶色的桌子吧，你却把影子涂成黑色了。这里真的是黑色吗？我想应该不是。这是因为在你的意识里影子都应该画成黑色，所以才画成这样。你应该在动笔画之前好好观察一下，好好观察，好好思考，这样你肯定会画得更好。比起画一幅画的时间，为这幅画做准备时思考的时间、从很多角度观察这个事物的时间更为重要。”

我非常赞同这位老师的说法。可是爸爸和那个白运动套衫叔叔却不想听这些建议，他们想听点儿更实际的东西，所以迫不及待地问那位老师：“对了，老师，您觉得他参加考试会怎么样？”

“这个嘛，也不是说一定就考不上，以后肯定还会画得更好的。”

听到老师这种模棱两可的回答，那两个人似乎很焦躁。这种氛围真让人讨厌。

作为见面礼，爸爸从纸袋子里掏出一样东西，递给老师，说道：“这是玄海滩的腌海胆，就当是我们的一点儿问候。”结果老师连礼物都不收，说道："哎呀，您的心意我领了，请不要为我破费。"

爸爸和那个白运动套衫叔叔看到这位老师跟平时工作中打交道的人很不一样，无可奈何，最后抽起烟来。

"文化课也很重要，一定要好好学习啊。"

老师把我送到大门口的时候这样叮嘱我道。那个叔叔一直缠着老师，从大门口跟到走廊上，嘴里说个不停，真让人觉得害臊，我只盼着能早点儿离开这里。

在回去的车上，爸爸把腌海胆放在膝盖上，问白运动套衫叔叔："怎么样？"

"唉，不行。拼死拼活地想让他收下，可他还是不要。"

原来这些大人竟然偷偷地做了这种事。

"为什么要做这种事？不做这种事我也可以考上的呀。"

我生起气来，结果那个叔叔不说话了。车子里的气氛一下子变得很尴尬，就这样过了一段时间，爸爸又点了一根烟，边打开车窗边说道："不过那位老师真不错呢。一般情况下，不管怎么了不起的人，一旦塞到他手里就不会再还回来了。更何况那上面还写了老师的名字。其实黑心人太多了，这位老师真了不起啊，是个真正的艺术家。"

爸爸说完，把腌海胆放到妈妈的膝盖上，说道："这个拿着，回家吃。"

"要是带相机去就好了。"

妈妈似乎对别府之行感到很满意，好多次后悔没拍点儿照片。

说起来我们一家三口的全家照只有我三岁之前的。我毕业旅行的时候，妈妈在镇上的相机店给我买了一部相机。我感到很新奇，什么都要拍一张，结果洗照片倒花了不少钱。

"那一次要是带相机去了该多好呀"，我现在确实也感到很遗憾。

爸爸的别府阴谋虽然失败了，不过他还是很关心我的考试。我觉得这是他第一次对我感兴趣。

而且现在爸爸看了我写生本里的画，严肃地说道："不能再画得好一点儿吗？"从别府回来一周后，爸爸说要教我素描，于是把我叫到小仓去。

我走到小仓车站附近的土耳其街，给爸爸打了个电话。结果爸爸好像很忙，他告诉我一个土耳其店的名字，让我直接过去。

两侧都是土耳其澡堂，揽客的声音不时传到来来往往的上班族耳朵里。

我拿着写生本，走到爸爸说的那家土耳其店门口，这时一个店长模样的男人一看到我就问道："你是名先生的公子吧？"

"是的。"

"我就说嘛，长得挺像的。"

我不喜欢被人说长得像爸爸。那个店长模样的男人自顾自地打开门，朝旁边的那家店喊爸爸。

"哟，小鬼，来啦？"

爸爸手里拿着卷尺走了过来，他好像在旁边那个土耳其店里搞装潢。据说这家店的经营者没交建筑费就逃走了，于是爸爸过来接管。

"您的儿子长得真像您啊。"

"是啊，是挺像的。"

爸爸很喜欢别人说我长得像他。"来这边。"爸爸说完，把我带到土耳其店的最里面。

毛很长的红色地毯，偏桃色的灯光，店里面的装潢带有希腊风格，同时又显新颖，还带着中东、近东的奇异风情。这里简直是一个异域空间，完全表现出了爸爸的审美观。

走过铺着地毯的走廊，我们走进一个工作人员专用的小房间。这个房间跟整个店里的风格完全不同，非常朴素，一共有六铺席，还带着一个小厨房。

房间中央有一个取暖用的被炉，两个穿着长袍的姑娘坐在那里正在吃橘子。她们看到我后马上异口同声地问:“啊，是名先生的公子吗？长得一模一样呢。”

我被拉到被炉旁坐下，局促不安。那两个穿着性感的土耳其服饰的姑娘不停地问这问那。

“哎呀，你多大了？”

“现在上初三。”

“今天过来玩的？”

“不是，来学习的。”

“噢，这样啊，要不要跟姐姐一起学习？”

“哎呀，真讨厌，谁跟你这个黄脸婆一起呀？还是跟我一起学习吧。”

“不，不是，我是来跟我爸爸学习的。”

“哎呀，太可爱了。对了，你不会还是处男吧？”

“是的。”

“要是想做那个的话，第一次就跟我吧。第一次最好跟一个好女人做哦。”

“你看着就行了，小弟弟还是跟我做吧。”

爸爸到底去哪里了呢？这种不知是快乐还是痛苦的状态我实在受不了了。

“要不要看看我的乳房？”

“这个，不用了。”

“来来，来摸一下嘛。”

“别说啦，你看把他吓着了。”

这间六铺席的房间里充斥着色情的笑声。我什么也做不了，只能盯着被炉被子上的花纹。就在这时爸爸回来了。

“哎呀，名先生的公子真可爱啊，还是处男呢。”

“是呀，我在他这么大的时候都做过不少次了呢。”

“你的公子认真嘛。我刚刚跟他说要是想做的话第一次就跟我做好了。”

“哈哈哈，不过这个家伙还像个小孩子呢。”

爸爸把从工地上拿过来的安全帽砰的一声放到被炉上。

“你画画这个，我待会儿过来看看你画得怎么样。”

“啊？画这个？太好笑了。”

在那之后我不断地跟邪念（指觉得无聊而不想画安全帽的想法）做斗争，努力地用铅笔画着安全帽。那两个姑娘一会儿出去一会儿进来，一会儿坐下一会儿站起来。结果她们一进来就嘲笑我说：“为什么要让小孩在这里画安全帽呀？真是奇怪！”

快要画完的时候，爸爸回来了一趟。他看到我还没画完的安全帽，把我手里的铅笔夺了过去。

“这不是画错了吗？你看这里应该更圆一点儿，跟下面的部分接触的地方是这样的。还有你画的线太细了，要用铅笔芯的肚子，画的时候要用力。”

爸爸开始在我的画上添线，到最后都看不出我画的原形了。黑乎乎的安全帽终于完成了。

确实画得很好，不过爸爸写字、画画都很有个性，画出来的安全帽不像素描，倒像是以安全帽为主题的现代美术手法。学了这个去参加考试的话估计不行。

回到家里之后，妈妈问我今天爸爸教我什么了。

我把写生本递给妈妈，指给她看。

“这是什么呀？”

“安全帽。”

“我还以为画的是毛毛虫呢。”

“这是爸爸在我的画上面画的。”

“你今天在哪儿画的？”

“土耳其店。”

“土耳其店？”

“嗯。”

“你去土耳其店画安全帽？”

“我怎么知道会这样啊？”

考试的日子临近了。因为要考其他县的学校，所以要办很多烦琐的手续。

妈妈把必须准备的文件、工具都写到纸上，又反复确认了几遍。

我也不知道妈妈写的这些是为考试准备的还是为升学的时候准备的，不过她写的东西里面有一项引起了我的兴趣。

“户口本的复印件。”

4

世上所有的思念都是围绕着孩子，没有再比这种思念更深沉、热烈的了。

孩子之所以要离开父母，是为了寻找父母与子女这种关系以外的东西，为了寻找绚丽的其他关系。

朋友、恋人、夫妻。我们为了寻找这些美好而又真实的关系而走出家门。

可是我们越是想追求这些东西，越容易陷入失望。失望，然后心死。

我们想要寻找的温暖、广阔、不变的美好关系，往往是在陷入现实的烦恼和背叛时，痛哭着匍匐在地，双手扒开沙子，直到鲜血从指甲里流出来才能寻找到。

悲观，想放弃，可幻想还是会把这种血淋淋的现实隐蔽起来。空气中充斥着错觉和幻觉，于是我们最后又被带回到现实的铁壁之中。

反复，反复，我们会经历无数次同样的感受。

不停地，不住地，不断地。

被燃烧殆尽，被拖进去，然后又被赶出来。

遍体鳞伤。

这时候孩子已经为人父、为人母了。

人生下来之后，最先接触的就是父母和子女的关系。在那之后我们还会相信其他一些东西，离开父母、展翅翱翔，最后的结局是人会深入骨髓地明白：只有一生下来就明白的、早已认为理所当然的父母与子女的关系才是世上唯一、强有力、不会背叛你的关系。

世上有很多种思念，但是没有哪种思念比得上父母对子女的思念那么强烈、那么执着。

在自己努力追寻的时候还体会不到，只有自己为人父母的时候才会明白父母的爱。只有自己为人父母了，才会知道过去父母是多么的疼爱自己。明白了这些之后，我们自己也会这么做。

或许这时候人真的会获得某种可靠、真实的东西。

自己活着的时候替孩子考虑到了一切，自己死了之后还希望能继续守护孩子。

五月里有人这样说：“就算一个人的躯壳不在了，但是他的思想和灵魂不会消失。如果你双手合十，向神灵祈求说想听到这个人的声音，就可以马上听到。”

“江川还是来福冈了啊。”

“皇冠队已经不行了吧？”

“差不多吧，生产一百日元一只的打火机的公司本来就很难有自己的棒球队嘛。江川也喜欢巨人队吧？”

“喜欢是喜欢，不过现在益力多卖不到一百日元一瓶了吧？”

“益力多每天都要喝，你看打火机只要买一次就很长时间不用买了。这样我们算是赚了呀，这不挺好的吗？”

矿井上的人曾经告诉过我，这个镇上以前有一支强队，叫西铁雄狮队。不过我们小时候只知道太平洋俱乐部、皇冠打火机这些不停转让的本地弱队。

虽然球队在征募过程中指名要政法界的怪才——江川卓，不过江川卓不想加入，所以那个春天人们传言说和平台球场上再也不会有棒球队了。就在这个季节，我们迎来了毕业典礼。

在这之前我们这些人一直上同一所小学、同一所初中，不过以后我们就要靠自己的实力升入不同的学校了。还有的人由于家庭的缘故即将开始工作。我对那些人即将踏入社会这个现实感到很不适应，不过我自己也将离开这个小镇了。

从别府湾延伸出去的缓坡一直绵延到了山里。在这条路上有一栋小型的木造公寓，十五岁的我就要在这里开始一个人的生活了。这栋公寓在别府铁轮温泉的附近，所以周围建有很多旅馆、宾馆，还有游乐园。

这个温泉小镇曾经很繁荣，不过我搬到这里的时候生意已经被由布院温泉抢去了，所以小镇上到处飘散着凄凉的气息。

我从一个长长的烟囱直冲云霄、白色烟雾从烟囱里往上冒的炼铁城市，搬到了从煤矸石堆里溢出有害的白色瓦斯的煤矿小镇，现在又搬到了一个路旁的小溪里散发出硫黄的味道、冒出腾腾热气的温泉小镇。

我好像总在这种地方辗转，从薄薄暮霭下荒凉的城市到失去往日生机、已经废弃了的白色小镇。

“你这个小鬼从小时候起抽奖的运气就很好。”爸爸打电话时得意地说道。

从成绩登出来到入学的短暂时间里，我天天忙于搬家和入住的准备。我租的房间在木制公寓的二层，洗澡间和厕所共用，房租是一个月两万日元。我吃饭是在附近的一个旧套餐店，一个月付给他们伙食费两万日元，他们供我一天的三餐。

这个小镇沉浸在花的香气中。我感觉温泉小镇的春天比煤矿小镇的春天来得柔和、温馨。虽说这里是偏远的旅游景区，不过站在斜坡的顶上可以看到大海，附近还有平整过的公园，热气从泉水里不断往上冒，这一切在我眼中要比筑丰的荒凉街道繁华多了。

从今以后我就要离开妈妈一个人生活了。妈妈用心地帮我打扫我的新房间，给我买来生活用品，还贴上注意火烛的纸条，然后跑到隔壁和附近的人家问候了一遍。

这时候我还不知道不安和寂寞为何物，只是充满了期待和很多预想。其实我并没有什么目标和理想，不过我为自己能够独立感到很高兴，而且也不用担心自己会被那个矿山埋没掉了，所以多少放下心来。

等我们办完学校的手续和完成生活方面的准备工作再回到筑丰的家里时，直到上周我还跟妈妈一起住的房子里已经没有我的东西了。床和桌子都搬到我的新住处了，现在只有榻榻米上还保留了它们曾经存在过的痕迹。

即将离开父母的孩子。我不知道那时候被抛在脑后的父母的心情如何，不过听着妈妈说“得趁现在多吃点儿好吃的”，看着总是为我做好吃的东西的妈妈的表情，还有站在厨房里的妈妈的背影，以及在没有床的房间里铺被子时妈妈的面容，虽然妈妈一直在笑，可是我能感觉出这笑容里有一种无法言明的孤寂。

我和妈妈在这之前一直生活在一起，无论是在狭小的房间里，还是在奇怪的房子里，或是寄居在亲戚家，我们一直生活在一起。难堪、害羞，我和妈妈曾一起经历过，现在我们却要分开了。

除了房租和付给套餐店的伙食费，妈妈还要再给我两万日元。现在每个月妈妈都要给我寄生活费，负担进一步加重了。我的心里既有欢呼雀跃般的兴奋，又觉得痛苦和难受。

出发的那天。樱花纷纷飘落到无人的站台上，如雪花一般轻盈。放眼望去，到处都是田地，再往远处就是煤矿山了。在这片荒凉的景色中，只有隐隐约约的几株樱花。

我和妈妈坐在站台的椅子上，等着一天只运行八趟的火车。

“好好注意身体，还要认真学习。”

“嗯。”

“我在你包里放了饭团，你在车上别忘了吃。”

“嗯。”

我必须说点儿让妈妈放心的话，可是我什么也说不出来。春天的气息和和煦的微风从我的裤腿吹了进来。妈妈的脚看起来好小。妈妈的心情是什么样的呢？不会寂寞吗？不用担心钱的问题吗？就在我什么都没能说出的时候，由两节车厢组成的柴油机火车缓缓驶进了站台。

“到了以后打电话给我。”

“要加油哦。”

乘务员吹响了哨子，旧柴油机火车的车门缓缓地关上了。妈妈跟着驶动的火车，一面走一面朝我挥手。她一直追到站台的前端，站在那里不停地挥手。

我没有挥手，只是默默地看着妈妈的身影变得越来越小。

窗外的风景变成了城市。过了一会儿，我拉开旅行包的拉锁，看到里面装着纸餐盒和新内衣。餐盒里有四个卷着海苔的饭团，还有糖炒鸡块、煎鸡蛋，以及今天早上妈妈从米糠中取出来的腌黄瓜。餐盒下面有一个写着我名字的白色信封。

信的大意是我考上高中妈妈很高兴，让我不要担心她，要多注意身体，好好学习。妈妈在信里面一点儿都没提到她自己的事，写的都是鼓励我的话。以“妈妈”结尾的信纸里夹了一张皱巴巴的一万日元钞票。

我吃着饭团，眼泪再也忍不住了。

血池地狱、僧侣地狱、龙卷地狱、海地狱、鬼山地狱、山地狱。别府县里现在还有很多地狱。

很久很久以前，别府县有很多地方从地下喷出热水、热泥、蒸汽，人们很害怕这些地方，也很忌讳、讨厌，所以把这些地方称为“地狱”。过去人们根据各个地方喷出来的热的特色，取了各种各样的名字，现在这些地方都成了旅游胜地，有不少游客喜欢“地狱游”。随着时间的流逝，人们不再知道这些地狱的含义，甚至专门花钱跑去游玩。连地狱都成了旅游的景点。

刚开学没过多久，我就开始经常逃课。现在也没有妈妈在身边叫我起床了，虽然上了闹钟，可是闹钟一响就会被我按掉，然后接着睡，结果再醒来的时候往往已是午后。

我起床之后也不想去上课，而是跑到游戏厅玩侵略者游戏，或者去弹子房玩弹珠，然后到咖啡馆读读漫画，这样一天就过去了。

我们的班主任只会说几句责备的话。不过我只要说自己感冒了，班主任虽然知道是说谎，也不会再继续问下去。也有高年级的学生把我叫出去，警告我不许烫头发，或者说让我把态度改好一点儿，不过这些人跟我在筑丰初中时的那些师兄比起来根本不值一提，所以我完全无所谓，依然我行我素。

我偶尔会想起妈妈，于是告诫自己不能这样，可是这些思念是如此的软弱无力，最终只会被冲散到自甘堕落的生活中。

学校一点儿也不好玩，美术专业课也很无聊。夜里我漫无目的地在街上闲逛，毫无意义地待到深夜。

没有人责备我，没有人让我害怕，这个年龄的孩子这样放任自流的话，不会有什么出息的。我现在对画画和吉他都提不起兴趣，每天过着过度自由的生活。不过每天晚上九点，我都会到公园一角的公共电话亭去给妈妈打电话。电话里的我不是让班主任棘手的现实中的我，而是被自己说成是努力学习的好孩子。我不想让妈妈担心。

挂掉电话之后，我呼吸着空无一人的公园里的潮湿空气，总是控制不住讨厌自己。

那时候我每年身高要长约十厘米，不管吃多少东西，肚子还是很快会饿。

虽然套餐店的阿姨人很好，不过唯一的一道菜总是飘着回锅油的味道。每周会有好几顿清汤寡水的奶油菜汤，阿姨也鼓励我多吃几碗，可是就着奶油菜汤根本吃不下饭，所以我每天出了套餐店都要去超市买卡乐 B 的薯片，并且当场一气吃完。

由于那段生活造成的后遗症，我现在都不能吃奶油菜汤了。那时候我终于明白了一个人生活时饮食的重要性，以及以前每天给我做可口饭菜的妈妈的可贵了。

我每三天中就会有一整天逃课，所以很担心自己能否升到二年级。不过到最后我竟然顺利升学了，紧接着新一年的春天也到来了。虽然我后来跟学校的朋友一起玩的时间增多了，逃课的次数减少了，不过新学期到来的时候我还是老样子。从我住的公寓走到学校用不了三分钟，可就是这样我也不想去。结果有一天早上，我像往常一样没有按时起床，第一节课下课的时候还躺在床上。这时忽然有人重重地敲门。我穿着运动衫就去开门了，结果一看竟然是我的新班主任。

“快点儿换上衣服，去上课。”

这个老师是个中年妇女，姓村上，个子很矮，不过声音却很大。

不单是那天，从那以后只要我迟到一点点，村上老师就会趁课间来叫我起床，甚至有时候会在去学校之前直接来我住的地方。我被老师拽着，不情愿地穿过学校的操场，然后被拉去上课。正在上课的同学看到我这个样子，哄堂大笑。简直太丢人了。这种令人害羞的上学方式持续了一段时间之后，我在老师来叫我之前就自己去上学了。

妈妈经常这样对我说：“你能高中毕业多亏了村上老师呀。”我也深有同感。

青春简直太简单明了了。我开始每天都去上学，结果不久就有了喜欢的女孩子。虽然一年级起我就没换过班，不过一直以来我只是有兴致的时候才来上学，所以一直没注意到同一个班上的 T。

我的座位在靠近走廊的最后一排，T 的座位在靠近窗户的最后一排。透过窗户照进来的阳光照在 T 那头纤细、柔顺的发丝上，熠熠生辉。从昏暗、潮湿的走廊这边的座位看去，T 的侧脸丰满而又明亮。

我开始为了看 T 而去上学，不过在与很多朋友的交谈中得知，T 在我们班的那群家伙中间好像也很受欢迎。她成绩好，又很优秀，还是镇上珠宝店的大小姐。

“原来是大小姐啊，我还是第一次见到呢。”煤矿镇上没有大小姐，连珠宝店都没有。有的只是钟表店。要是有珠宝店的话，肯定三天两头被盗。

暑假快要到了，期末考试也近了。我们学校会把所有人的成绩从第一名排到最后一名，贴在走廊上。以前我对自己的名次根本不感兴趣，不过我现在得知 T 每次考试都能进前五名。“反正不能让她认为我是一个笨蛋！”我开始积极为考试做准备。虽然我不像漫画里那样认为自己和成绩优秀的大小姐之间有多么不协调，不过感觉其实也差不多。

“你怎么了？”村上老师担心地问我。“我喜欢上 T 了。”我这样回答，结果老师大声笑了出来。

那些家伙都怂恿我表白，可是我觉得这太让人害臊了。我干不来，其他不好的事倒是无所谓，表白这种事我可不在行。

不过那段时间我为期末考试过于用功了，精神也高涨了起来，于是决定在放假前那天表白。之所以决定在那天表白，是因为就算 T 拒绝了我，反正第二天就是暑假了，也不用再见面了。我这是在为消极的结果作积极的准备。

那天，我把 T 约到沿海的公园里。表白这种场合朝向大海要比对着山好。公园里有成排的棕榈树。我们在长椅上坐下后，我开始用含混不清的话向 T 热烈地表达我那种说不清道不明的感觉，一直说到了日落。

不过说完后我嘱咐 T 让她不要在这个公园里就给我答复，因为我想让我们俩第一次单独在一起的时间尽可能地长一些，尽可能地愉快一些。我把 T 送到车站，就在电车快要来的时候我向她讨答复，结果老实的 T 竟然答应了我。

这个世上竟然有这样让人高兴的事？我兴奋地简直想去撞电车。

在我的眼里，车站里的人都是我们主演的这场音乐剧里的配角。即使现在车站的站长、班里的那群家伙从车里一边跳着祝福的舞蹈一边跑过来我也不会觉得奇怪。

明天开始就是暑假了。我得回福冈县了，不过我跟 T 说好会写信给她的。我当时的声音估计都尖得像歌剧里的歌手了吧。T 从包里拿出一本很厚的书，然后递给我。

“这个你读一读吧。”

电车载着 T 走了。我把那本书抱在怀里，挥着手目送 T 远去。下台阶的时候，我一下子蹦了有八格，简直兴奋得平静不下来。后来我漫无目的地在商业街上飞跑起来。

在我的眼里，商业街上的这些人都是我主演的电影里的临时演员。这时比我低一个年级、被人叫作“笨阿凡”的师弟傻乎乎地走了过来，于是心情大好的我对刚吃过拉面的笨阿凡说要请他吃饭，把他带回到他刚才吃面的那家拉面馆。为了让其他客人都成为我的电影里的临时演员，我大声地跟笨阿凡讲着话。结果我讲得过于兴奋，拉面都吃不下去，于是把我的那碗也给了笨阿凡。

我呆呆地抱着 T 给我的那本厚书，这时笨阿凡嘴里还耷拉着拉面，问我道："师兄，这本书是什么呀？"

"哦，这个啊，好像是《圣经》。"

每次我一回到筑丰镇上废弃医院的家里，前野君就会马上来找我。上了高中之后，前野君的身体长高了，还剪了个飞机头。这次他又来邀我出去玩。

"去不去玩弹钢球？"

在这个小镇上，所有上了高中的人都玩弹钢球。

当时我正坐在走廊上读 T 送给我的《圣经》。

前野君一边喝着妈妈给他拿的酸奶，一边等着我站起来。

"去不去玩弹钢球？"

"弹钢球啊？"

"钓鱼也行。"

"钓鱼啊？"

"你在读什么书呀？"

"《圣经》，我在读《圣经》呢。"

"《圣经》？你怎么读这个？是不是你去了别府之后大脑变坏了？我还是第一次看到有人读这种书。"

通过跟 T 的通信，我得知 T 是一个虔诚的摩门教徒。不过管她信的是拜火教还是印度教，都无所谓。对 T 的热烈想念激起了我读这本一千多页的教典的热情。

"书里面写了什么呀？"

"不明白。"

有时候我跟不上书里面的内容快要泄气的时候，我就会翻到书末，盯着 T 的亲笔签名，然后嘿嘿地傻笑，这样一来我又会鼓起干劲把刚才不懂的地方再读一遍。

我年龄也不小了，可还是不好意思跟妈妈说这种事情。可能是因为我希望在妈妈的眼里自己一直是个小孩子吧，或者是不想让妈妈知道我对女人感兴趣这件事。暑假的时候妈妈看到我突然看起《圣经》，却什么都没问。似乎我们都在保持一定距离，来获得青春期的这种平衡。

每天我都在读着这些不明所以的《圣经》，然后把读书的感想和对T的思念写到信里。我写的东西太多了，每次信封都涨得满满的。我写三封信，T大约会回一封。我们约好暑假快要结束的时候一起玩。

开学的前一周，我回到别府，然后跟T约好在别府车站见面，之后去保龄球馆。我想了半天，最后还是觉得约会打保龄球不错。煤矿镇上的唯一一项娱乐设施就是保龄球馆，在整个日本社会的保龄球热冷却了之后，筑丰镇上竟然又建了一家保龄球馆。在这样一个小镇上长大的我，从上小学起就只有保龄球很擅长。

我本来是打算在第一次约会的时候表演一下我的拿手好戏，让T知道我的优点，结果也不知道是这种念头太强了还是读《圣经》中毒了，那天竟然发挥不出平时的水平。不单单是没发挥出平时的水平，我的得分竟然比第一次打保龄球的T还差。我实在不想再待在这里了，于是编出种种理由，说球道上油太多了，球的种类太少了，然后跟T一起朝山上的公园走去。结果中途我们遭到了阵雨，连个躲雨的地方都没有。其实我住的公寓就在附近，所以我本来打算像那些青春剧里的情节那样，把T邀请到我的住所，没想到结果竟然是两个人都淋成了落汤鸡。不过在那之后我又不能像乌七八糟的影片那样，把浴巾借给对方擦头发，然后让对方换衣服之类的，所以最后的结果是我泡了一杯热红茶给T。要是青春剧的话，这种时候主人公可能是什么话都不说，然后呼吸变得粗重起来，不过那时候的我心理方面还跟初中时一样，是个大好青年，根本不会想要接吻呀拥抱什么的。要是放在现在我会怎么做呢？

那天不巧的是笨阿凡也来我这里玩，所以我们三个人在一起喝了茶，然后就宣告这次约会结束了，这个夏天也结束了。表白的日子和这次约会正好在暑假的一头一尾，给我留下了两次深刻的回忆。第二个学期刚开学，我就被T，还有比T表情更严肃的T的女伴叫了出去。

谈话的内容是：约会那天是星期天，本来应该是安息日。花钱就已经很不好了，还喝红茶这样的奢侈品，进单身男性的房间也是戒律严格禁止的。要是在以前，摩门教的教徒只能跟摩门教的异性交往。为了不再重犯几天前那样的错误，如果我还想继续跟T交往的话，那我就必须接受洗礼。不然的话就很难再继续交往下去了。

其实这些话不是T说的，而是同为摩门教教徒的那个女伴说的。T对我似乎有些愧疚，不过还是可怜巴巴地对我说希望我能接受洗礼。

既然T这么说，那无论是洗礼还是割礼我都能接受。可是在这个时候接受洗礼的话，我就无法判断出T跟我在一起是为了恋爱还是为了诱导我加入摩门教。我感到很疑惑，想看看T对我到底是什么样的感情，于是直言不讳地问了以下的问题：“我们能不能先不考虑宗教的障碍，让我这个不信宗教的人跟你这个基督教徒再重新交往一次？我不是对你信仰的宗教有什么偏见，我只是觉得只要有感情，就可以冲破宗教的阻碍。我想弄明白我跟你之间的关系，所以能不能再继续这样交往一段时间？”“不行吗？ T。”我又紧接着问了一句。结果这次是T回答的：“不行。”

夏天就这样结束了，我为这无法释怀的结局伤心不已。

单纯的恋爱在我复杂的眼泪中闭幕了。我突然讨厌起上学，也不想学习了。什么礼貌？什么认真？都是狗屁！虽然我没到深夜里跑去学校砸窗户的程度，但还是伤心地哭了。现在剩下的只有我脑袋里的那本一千多页的《圣经》里的话。

寒假回到筑丰的家里之后，我一整天都待在被炉里，看摩托车的目录。几个月前的暑假，自己的儿子还那么专心地读《圣经》，到了冬天兴趣竟然已经转到摩托车上了。孩子的这种任性、愚蠢在父母的眼里是怎么样的呢？

满十六岁之后，我马上考了机动车的驾照。每次回到筑丰这边我都会借朋友的摩托车骑。

"你想要摩托车吧？"

"嗯，不过不用买。"

"骑别人的车万一发生事故怎么办？"

"不会的。"

"你老是借别人的，肯定会给人添麻烦吧？"

"反正我回到这边才骑。"

新年的时候妈妈给我买了一辆崭新的摩托车，是我喜欢的雅马哈牌。镇上的摩托车店把新摩托车放到轻型货车上送货过来的时候，我既高兴，又有点儿不好意思，连送货来的叔叔的话都没好好听，只是一个劲儿地在家门前摸着妈妈新买给我的摩托车。

"好雅致呀，不愧是新买的。"站在妈妈身边的前野君看着摩托车念叨道。

"要小心事故，安全驾驶哦。"

妈妈说完，把摩托车上的钥匙还有说明书递给了我。我没有目睹妈妈在摩托车店当场付十几万日元的情景。

我发动了引擎，于是摩托车发出单汽缸的、清脆而好听的声音。结了霜的田间小道，只有一条车道的公交车路线，风声呼呼的堤坝还有工棚。摩托车的银色车身闪闪发亮，在乡间道路上狂奔猛跑。

我让妈妈给我买这样贵的东西没关系吗？每个月的生活费都是妈妈打到我的银行账户里的，爸爸从来没给过我。寒冬的冷风和摩托车的引擎声一起从毛衣的缝隙中钻进我的身体。

筑丰的姥姥还跟以前一样，吃着保温桶里发黄的米饭。姥姥的家里充满了焚香和膏药的味道。每次闻到这种味道，我就觉得有些悲哀。姥姥的膝盖不好，所以在日式厕所里的便桶上面安了一个简易的西式马桶。

家具，还有自己的身体都腐朽了，老了。在这个不断老化的过程中，只有日历每天都会翻到新的一页。

姥姥在除了自己再没有其他人的家里，嚼着发黄的米饭，吃着治心脏病的药，看着显像效果很差的电视。在姥姥的一天里，究竟什么时候是快乐的呢？究竟人生的哪些事物会让我们快乐呢？怎么样才能觉得幸福？什么时候会感到悲伤？我把新摩托车的钥匙放到桌子上，姥姥的视线并没有停留在钥匙上。看着姥姥的侧脸，想到我跟姥姥虽然生活在同一个时代，每天的生活却是如此不同，姥姥的样子让我感到无尽的悲哀。

小仓的奶奶也跟姥姥一样，自己独自住在一个房子里。她们的孩子，她们的孙子辈，每天都在过着全新的生活，连停下来喘口气的空闲都没有。而奶奶和姥姥呢，她们每天都生活在同样的风景和同样的余象中，只是在延续着生命罢了，只有日历每天被翻到新的一页。

开始和终了时的这种可悲，在小仓的城市，筑丰的小镇，别府的温泉镇，筑丰的姥姥家，小仓的奶奶家，都无一例外。

听大人说，以前这些地方都很热闹。那时候家里充满了孩子们的欢笑声，街上到处都飘荡着煮米饭的香味。

可能这些地方确实有过繁荣的过去，可是对于十几岁的我来说，无论如何也想象不出那些场景。

我们这代人出生在所有的繁荣闭幕之后，看到的只是靠惯性在运转的环境，现在甚至看不出这里曾经存在过的那一切有什么价值。

废弃掉，荒凉起来，大家都走了，于是没有人了。

最后只剩下了这样的结局。人们不再相信过去曾经存在过的短暂繁荣。

盛衰荣枯是多么无情，家庭的繁荣也只是一刹那。人们理所当然地去追求光辉和温暖，可是自己却不再相信这些，只会把它们当成昙花一现。

庙会后的虚无，害怕事物即将消失，我一直对这些很胆怯。

人们嘲笑表面的理想、惨淡的良知。人们意识不到必将到来的衰败，于是把自己置身于模式化的幸福和大规模生产的生活之中，到处可见那些认为只要有一个家庭就必定会幸福一生的人。

只要不完整，一切都是虚伪；只要不永恒，一切都是幻觉。可是这个世上没有一样东西是永恒的。

每半年一次，妈妈会利用周末来我别府的公寓看看，住上一两晚。妈妈来的时候，我们就不去奶油菜汤的套餐店，而是吃妈妈自己做的饭菜，或是带妈妈去牛排店、鳗鱼店，我特别喜欢这样的时刻。

据说我这个年龄的人，一般都不屑于跟父母一起走路，我却从来没有这样的念头。不仅如此，每次妈妈来的时候我还会带她到别府的街上逛一逛。

虽然这里是没有什么生气的温泉小镇，可是和妈妈现在住的筑丰镇比起来，要算得上大城市了。这里的车站检票口有检票的人，商业街也大，还有拱廊。

带妈妈去铁路附近的百货商店时，我每次都会劝她买些衣服或首饰，可是妈妈一般情况下什么都不买。不过偶尔会在降价的货车上买个手提包，这个时候我似乎终于放下心来，感到特别开心。

有一次妈妈来到我在别府租的房子后似乎发现了什么，于是坐到腿正伸在被炉里的我面前，问道：“你是不是在抽烟？”

“嗯。”

我不知道为什么会被妈妈发现，于是不敢抬头。结果妈妈把自己的烟和打火机拿到我的面前，说："抽吧。"

"啊？"

"抽吧，没关系。"

"我不抽 Mild Seven 的。"

我战战兢兢地站起来，把藏在书桌抽屉里的 Highlight 拿过来，在妈妈面前点上，然后抽了起来。妈妈也点了一根烟，边抽边对我说道："别偷偷摸摸地抽，那样会造成火灾的。千万别搞出火灾，不然会给人造成麻烦。男子汉就要堂堂正正地抽。"

第二天，妈妈在别府的商业街上买了一个大烟灰缸，就是公司领导们房间里的那种雕花玻璃烟灰缸。妈妈把烟灰缸放到被炉上。

三年级的时候，我们学校搬了，我也从别府市搬到大分市内，在那里租了房子。这个房子是同为跨县上学的笨阿凡介绍给我的。这次的房子是新盖的，有洗澡间和厕所，不过房租竟然还是两万。之前住的别府的那家公寓，有一个公共洗澡间，也就是房东家的洗澡间。那个地方的人家都把温泉水引到自己家里，所以我每天都能泡上温泉。

那时候房东家的阿姨经常会在我洗澡的时候说一声"打扰了"，就闯进去跟我混洗。我不知道这是习惯了混浴的别府人的正常行为，还是那个阿姨比较好色。于是我问了也住在那栋公寓里的一个女生，那个女生说房东家的叔叔也会说一声"打扰了"就进去混洗。现在冷静地想想，那个公寓可能已经习惯那样了。

现在住的房间自带洗澡间，想什么时候洗都可以，这一点确实很好，不过我经常让洗澡水烧着，自己不小心就睡着了，结果一年之内我有三次在夜里把浴缸烧爆了，每次都会被房东猛批一顿。

我基本就没认真考虑过将来的出路，天天只是骑着摩托车来回转，然后到一个日本料理店打工刷盘子。我上了美术的夏季讲习班，不过还没考虑过要不要参加考试。

有一次，我租房子的公寓前停了好几辆改造过的摩托车，嘴里叼着空易拉罐、甲苯中毒的一伙人大叫着“把女人交出来”。我出去问他们是怎么回事，没想到跟他们倒是臭味相投。那些人大多是没上过高中又没工作的人，所以夜生活自然持续到很晚。

那些家伙为了得到摩托车上的一根螺丝，竟然把整整一辆车偷来，只拆下上面的一根螺丝，然后把摩托车从桥上扔到河里。你看这些家伙都不是什么好东西吧，但他们竟然无一例外都是处男。他们每天晚上都在一起闲聊处男的事，不过由于甲苯中毒很是烦恼。

“涂了阿拉伯树胶溶液的话，骨头会变软的，说是尸体烧了都不会有灰剩下来。我已经涂过很多，骨头早就变得很软了。要是一次都没做过那里就不行的话，那可怎么办呀？”

“不用担心啦，那里没骨头的。”

这些人都是些兄弟俩姓氏不一样，或者是无缘无故被上班的店解雇的家伙。这些家伙虽然有勇气在红灯的时候全速往前冲，但在情感方面却很害羞、胆怯。他们看到那些上了好学校，天天装着一副正人君子面孔，却只知道做爱的人时总是气愤不过，于是用摩托车来轧跟自己年纪相仿的情侣。一天夜里，我正在屋里画画，那些人则嘴里叼着空易拉罐在旁边看着。他们中有个人咕哝了一句，说：“我要是也能有份正儿八经的工作该多好啊。”

“会画画又有什么用？”我反驳道。我说的是真心话。那些家伙不用说都会发生交通事故，被警察抓住，到头来连跟女孩子怎么交往都不知道，仍然保留着处子之身。之后他们的情况会被通知给家人。

“你毕业了想做什么？”

入秋的时候，我被爸爸叫到小仓。我们两个人坐在前面提过的那家牛排店里。

“我问过你妈妈，她说你自己都还不知道自己想干什么。有什么不明白的？想工作的话就工作，想上学的话就上学，早点儿做决定！不过你还是去考大学吧，不然以后再想上也不容易了。当然考上考不上是由别人决定的，不过你有考试机会的话去考就行了。”

“您的公子都这么大了呀？”

牛排店的老板站在铁板那边，跟爸爸搭话道。

“都到这时候了，还不知道自己要做什么，真是不紧不慢的。他要是不上大学的话，我想让他开饭馆。反正他手也比较巧，还能天天吃到他妈妈做的菜，我觉得这倒是挺适合的。”

“我早上起不来。”

“这可不行，你早上得去买菜。”

“我不知道我想干什么，其实上大学、上职业学校或者工作都行。”

“那你就去念大学吧，上了大学再好好想想。反正有了四年时间，你可以慢慢想。职业学校就算了，就算去上也会马上退学的。”爸爸根据他自己的经验这么说道。

“爸爸你不也是从大学退学的吗？”

“那是因为当时流行这个。”

我还是什么想法都没有。到底是考大学，还是工作？将来的目标、理想也都没有。不过只有一件事我已经决定好了。

“不管我上学还是工作，我都做好了一个决定。”

“哟，什么决定？说来听听。”

爸爸把身体倾过来，看着我的眼睛问道。

“我要去东京。”

听到这个，爸爸不怀好意地笑了，然后把身体缩回铁板那边，点了一根烟，笑着说道：“东京啊，这个不错嘛。”

出了那家牛排店之后，我们又喝了几家店。无论在哪家店里，坐在旁边的老板娘、女招待根本什么都没问，爸爸就自顾自地宣布说：“哎呀，儿子说想去东京呢。”那是高兴的表现？还是觉得我很怪？

我们到的最后一家店是一个同性恋酒吧。店里没有其他客人，只有我和爸爸两个人并排坐在柜台边。柜台里面有一个穿着裙子的男招待，粘着长长的睫毛。这还是我出生以来第一次看到男招待。

“啊，这是名先生的公子？”

“你怎么知道的？”

“当然能看出来了，长得太像了。”

看来小仓这个地方接客行业的人都喜欢说我长得像爸爸。

“你多大了？”

“十八了。”

“啊，这时候正可爱呀。那个做过吗？有经验吧？”

“什么？”

“还是处男？”

“……是的。”

“你还是处男？”

在那之后爸爸的话题又照例转向我还很幼稚，他在我这个年龄的时候早就做过了什么的。

“既然你是处男，那我给你看件好东西吧。”那个男招待在柜台里面掀起裙子，用手扒下小内裤，让我看他的大腿中间。

“你看，没有吧？我很早就割了。”

“哇，好厉害啊。”我是真觉得很厉害。

“你用手来摸摸我这里。”

“啊？”我有一种不好的预感。结果那个男招待强行抓住在柜台这边的我的手腕，然后把我的手拉到他的大腿深处。

“你摸摸看，这里可是个好地方啊，你看。”

“哇，什么？太可怕了！”我是真的觉得很恐怖。

“你可要让他好好摸摸哦。”爸爸边喝着白兰地边笑着说道。我第一次摸到的阴蒂就是这个假阴蒂，以前被称为阴茎的东西。

那个男招待听到爸爸说我们一家分居两地时，开始谈起他自己的身世。

男招待的家在九州的边上，一共有三口人，他、他哥哥还有他们的母亲。他上小学的时候发现了自己的同性恋倾向，从那时起他就觉得自己很难在村子里生活下去，于是初中毕业后就去了福冈的一家工厂上班。在那之后他辗转换过很多工作，在二十好几的时候终于进入了同性恋这个世界。从那之后他平时都打扮成女人的模样，还做了变性手术。他的哥哥发现了生活在福冈的弟弟的变化，对他说道："妈妈知道会伤心的。你以后绝不可以再出现在妈妈面前。"

男招待被迫接受了这个约定，可是他非常想见自己的母亲。于是他以男性的口吻给他母亲写信，撒了很多谎。他每月都会寄钱，并且写信安慰他的母亲。

就这样过了几年，男招待再也抑制不住想见母亲的渴望，终于违背了与哥哥的约定，回到了老家。那是一个下午。

在男招待的眼中，他的家已经破旧不堪，周围的景色也变化了很多。他没敢按门铃，只是绕到后门，从客厅窗户的缝隙里看到了年迈的母亲。

"当时她的身体已经萎缩了，正在看电视。我看着妈妈的背影，眼泪再也控制不住流了下来，我好想喊着'妈妈'跑过去拥抱她，可是我办不到。我这样的身体，有什么脸见妈妈呢？到最后我把装了钱的茶叶袋扔进屋里，然后跑着离开了。当时我觉得自己好没出息，而且伤心难过，觉得对不起妈妈。"

"在那之后，过了约一周的时间，福冈的妈妈来信了。妈妈在信里说谢谢我上次的钱，还说她早就知道我变成这个样子了。她说既然我不想说，那她也说不出口。不过妈妈对我说，我以后想回家的时候随时都可以回，不管我的身体变成什么样，我都是她的孩子。"

说到这里，那个男招待拔下假睫毛，哭了起来。我也哭了，可是爸爸却一直在笑。

“对了，你会唱《妈妈》这首歌吗？森进一的。”

“嗯，差不多吧。”

“你唱给我听听吧。”

卡拉 OK 里传出《妈妈》的音乐，这时店里的灯光暗了下来，玻璃球也开始自动旋转。我在台上唱的时候，那个男招待一直倚着柜台，在呜呜地哭。我一面唱，一面侧眼看着那个男招待，那个瞬间我忽然想到“原来每个人都有自己的妈妈呀”这件天经地义的事。

我唱完后，男招待表扬了我的歌，然后把磁带放进去，店里响起了音乐。

男招待从柜台里走出来，对我说道：“能跟我一起跳个舞吗？”

“啊？跳舞？”我犹豫了一下，这时爸爸插话道：“你会跳吗？我倒是什么玩的都玩过，就是没跳过舞。还是会跳舞比较好，你趁早练练吧。”我和那个男招待在玻璃球下相拥跳了起来。他的妆已经花得不成样子了，身材还很魁梧，我用手揽住他的腰，心里忐忑不安。

“我的爸爸也是个好人。”

男招待在我的脸边低声说道。

这时整个店里都流淌着《月亮河》。

在回去的出租车上，我对爸爸说今天挺好玩的，结果爸爸边抽烟边把车窗打开了一点儿，看着窗外的景色对我说道：“这个世界上有各种各样的人，有不同国家的人，他们都有不同的想法。去东京吧，去东京就能看到更多的人。去看看吧。”

离高考还有两个月。我决定只考一次大学，我可不想当“浪人”（没考上大学，决定第二年接着考的人）。我开始为高考做准备，而且越是学习就越想考上那所学校，其实更准确的说法是我只想早点儿去东京。

这种心情就跟初中的时候一样，那时我想离开筑丰，去其他地方。现在也是，我想去另一个世界，一个更广阔的世界。

有一天我跟笨阿凡一起在住宿那家的食堂吃饭。这时电视里俵孝太郎正在用他那独特的声音播着新闻。

“笨阿凡你明年毕业了想干什么？”

“我不想继续读书了。”

“那你准备留在九州？”

“我还什么都没想好。”爱挑食的笨阿凡把不喜欢吃的菜夹到盘子的一角。

这时俵孝太郎播的一条新闻使我惊呆了。

“原甲壳虫乐队的成员——约翰·列侬在自家公寓的门前被人开枪打死。”

那天是一九八〇年十二月八日。

简直不敢相信！我惊讶过度，身体也变得不舒服起来。刚在几天前，约翰·列侬休整了五年后重返乐坛，并且出了张新专辑。就在刚才我还在听磁带里的他的《双重幻想》（*Double Fantasy*）。

约翰·列侬新专辑的第一首歌名叫 *Starting Over*。这五年来我一直等着列侬重返乐坛，等到了今天。这是因为列侬让我们等待，他休整的理由是抚养孩子。我好羡慕列侬，同时觉得他很伟大，因为我很憧憬他这种做父亲的方式。

Starting Over，也就是“从头再来”的意思。约翰·列侬和这首 *Starting Over* 一起回来了，可是刚刚开始就遭到了罪恶子弹的袭击而倒下了。

那个凶手跟我一样，也是约翰·列侬的歌迷，从心底里喜欢这首 *Starting Over*。就在这个人扣动扳机的几个小时之前，列侬还在他的《双重幻想》磁带封套上签了名。

怎么会有这样的死亡？我能够明白的只有约翰·列侬在今天死了这个事实。

我早就忘了世上还有这样的事情，这样的死亡。我还以为所有的死亡都是在时间的河流中衰老，腐朽，废弃，崩溃，然后倒下。

死亡竟然毫无征兆地到来了。如果总是害怕这样的死亡，那活着本身就会让人觉得恐惧。所有的思考，以及未来，在这样的死亡面前都失去了任何意义。

约翰·列侬的死给全世界的人都造成了某种影响，也在我的心里产生了巨大的影响。

不赶紧的话就要死了，不快点儿去的话就要死了。人总是要死的。

我推开人群，到处找公共电话。有一个公共电话前排起了长龙，可是又没有其他的电话了。

考生在体育馆前的大广告牌前来来往往。

有的人被抛起来，接受众人的祝福。有的人高举双手，有的人垂着肩膀早早地离开，还有的人噙着眼泪，咬着嘴唇。一年来的努力就被这一连串机械的数字下了评语。吹拂着武藏野的二月春风，欣喜的人觉得惬意，不甘的人觉得刺骨。

我昨天用妈妈给我考试的钱买了东西。我去了原宿，给自己买了一双鞋，给妈妈买了一件毛衣。我的包里装着画画的用具、换洗的衣服还有礼物。

那是一件绣着花的胭脂色毛衣，我很想早点儿回去送给妈妈。

电话终于轮到我了。我塞进一个百元硬币，拨了家里的电话，结果那头电话刚一响妈妈就拿起了话筒。看来她一直等在电话机旁。

“喂，是我。”

“考试结果怎么样？”

“妈妈，我考上了。”

“是吗，那太好了。真是太好了，原来考上了呀。”妈妈重复了好几次“太好了”“祝贺你”。我第一次听到妈妈的声音是如此高兴，每听到妈妈说一句“太好了”，我就会越发地高兴。

“我买了件毛衣想送给妈妈。”

“是吗，你早点儿回来，我要做很多好吃的给你。你想吃什么？想吃什么尽管说。”

“我想吃饭团。”

“别的东西也可以啦，要不要吃肉？”

“我要吃妈妈做的饭团和咸菜。”

“好的好的，我知道了。你小心点儿，早点儿回来，我在家等你。”

“嗯。”

我坐飞机回去了，不过后来又坐了火车，到家的时候已经是深夜了。妈妈系着围裙就出来迎接我，向我道贺。

“肚子饿了吧？多吃点儿。”

被炉上放着一个大木桶，里边装着各种各样的饭团，有鸡肉饭的、紫菜卷的、干紫菜末的、抹紫苏的，一共有几十个。还有很多菜，有炒的、有烤的、有煮的，桌子上都放不下了。妈妈又从米糠里拣出腌的蔓菁、黄瓜之类的，盛到碟子里，在碗里盛上猪肉酱汤。

“快点儿吃吧。”我和妈妈在这些菜和饭团的包围中庆祝我高考的胜利。我把合格证书递给妈妈，妈妈则正襟危坐在那里看得出了神。妈妈一直用纱质手帕捂着眼角。

“你做得很好，谢谢。”妈妈竟然向我道谢。过了一会儿爸爸也打来电话。

“哟，考上了？”

“嗯。”

“你这个家伙从小运气就特别好。”

“是呀。”

“真是太好了，去东京之前好好孝顺你妈妈。”

“嗯，我知道。”

毕业典礼也结束了，我从大分的租房搬了回来。第二年春天到来之前我一直是在筑丰镇上过的。前野君加入了自卫队，他的姐姐当上了护士。

将要到镇公务所工作的朋友，决定第二年再高考的朋友，在当地的快餐店里上班的朋友，加入黑社会的朋友，已经为人父母的朋友，继承家里商店的朋友，所有人都开始走上不同的道路。

“你也可以去东京工作呀。”我对前野君说道。

“反正先在自卫队里待一段时间，把驾照考了，然后再想以后的事。”这个镇上的人习惯把自卫队混同于驾驶训练场。

现在不只是我，好多人都要离开这个小镇了。

武藏野的一所美术大学，位于东京的西部。国木田独步曾写过“武藏野的美，不亚于从前”这样的句子，他描写的武藏野到底在哪一带呢？

从车站去学校的路在玉川河的边上。据说以前玉川河里流着清澈的水，现在水量大大减少了，估计已经不再是跳河自杀的中心了吧。

不过春天河道沿岸的樱花确实很美。抬头看着樱花枝条交叠，脚下踏在樱花花瓣铺成的地毯上，人的心情会变得很平静，思如泉涌。

我之所以报考这所大学，一是因为武藏野的名气，二是因为这个学校比其他的美术大学学费要便宜，除此之外再没有其他理由了。不过走在这条樱花小道上的时候，我无数次庆幸自己选择了这里。

这里的风景跟乡下有着不同的味道。即使走在自然风景很美的玉川河边，我也能感觉到城市的气息。

跟学生办公室周旋一番之后，我定下了要租的公寓。那所公寓从学校出发要越过玉川河，再往立川方向走一段距离，是一栋木制的双层公寓。

洗澡间、厕所共用，房租是每个月两万二千日元。这栋公寓跟在别府住的那所房子比较相似，租的人都是学生。青春期的男生运动之后一起洗澡的汗臭味，还有洗澡水的滑溜，这些都比别府的铁轮温泉有过之而无不及。

开学典礼之前的这段时间我每天都到附近散步度日，不过经常会在樱花树下思考来东京前一天妈妈对我说的话。

“我跟你爸爸离婚你同意吗？”

我回答说“随你的便”。反正我三岁时起他们就不住在一起了，就算我户籍会变化，但我想我跟父母之间的关系应该不会变吧。其实他们之前的这些年已经是事实上的离婚了，我的朋友也都这么认为。说实话，他们都分居十五年了，我和妈妈的户籍还在小仓那边，这件事才让人觉得不可思议呢。

而且这个话我也不是第一次听了。

我初中毕业，要去上高中的时候妈妈也这样问过我：“我跟你爸爸离婚你同意吗？”

我当时也回答说：“随便，妈妈想怎么做就怎么做吧。”不过当时我还有些小孩子气，又多说了一句：“那我以后姓什么呢？我可不想改名字。”

每次听到妈妈说这个话题，我就觉得很奇怪，为什么妈妈突然会想到这个呢？就按照现在这种情况下去也没什么呀，两人只是偶尔见上一面，也没发生什么龃龉。

但是站在妈妈的立场想一想的话，我觉得她并不是突然想到要离婚。她两次提到这个话题都是在我毕业的时候，一次是初中毕业，一次是高中毕业。也就是说妈妈平时一直都在想这个问题。

这次妈妈是这样说的：“我本来打算等到你大学毕业的。”

妈妈从来没对我说过和爸爸分居的理由，也没说过爸爸的坏话，所以我想当然地认为这种奇妙的关系可以一直持续下去，现在看来妈妈的心里一直为和爸爸的关系困扰着。

我说随妈妈的便确实是我的心里话。这不是一种随便的态度，而是我觉得我们一家三口的关系已经不能靠一个户口本来解释了。至少对我来说是这样的。

我很小就担心自己到底是不是妈妈的亲生孩子，也曾为此心虚、劳神，不过我现在觉得这都无所谓了，不管是不是都没有关系。

高考的时候我看了户口本的复印本，虽然看到了，可是我也不知道写成什么样才是对的，什么样才是错的，所以从那以后我就不再关心户口本的问题了。“抚养的父母竟然比亲生父母还亲啊”，孩提时代在小仓的奶奶家听到的这句话确实不是我的幻觉，不过这句话在我的心里已经淡漠了很多。

即使说妈妈不是我的亲生母亲，我的亲生母亲在某某地方，可是在我的心里，母亲就是我现在的妈妈。

我觉得爸爸也是，虽然他是个糊涂虫，老让妈妈伤心，可是我的爸爸就是他，再没有其他人了。

即使户口本上爸爸妈妈的名字是分开的，或者说我的户口本上写着我是其他某个人生下来的，对我来说重要的并不是户口本上的这些东西。纸上的东西有什么重要的呢?

就算我跟妈妈没有血缘关系，但我们之间比所有的亲母子还要亲。

相反的情况也一样，如果妈妈跟爸爸不是真正的夫妻，那我可能会讨厌户口本上写着“夫妻”的字样。

即使爸爸妈妈离婚了，他们永世不再相见，我还是会去见他们的，而且我还要一直待在妈妈的身边。如果有人问我会选择妈妈还是爸爸，那我会毫不犹豫地选择妈妈。

因为是妈妈一个人把我抚养大的，虽然爸爸也照顾过我，可是他没有像约翰·列侬那样抚养我，没有花那么多时间跟我在一起。有些东西非常珍贵，光靠嘴和金钱是传达不了的，只有时间和身体才能传达。

爸爸的人生看上去很开阔，而妈妈的人生在十八岁的我的眼中显得很狭窄，因为妈妈把她的人生都分给了我。

5

到了春天，路上会有很多吸尘机来来回回，不断吸进尘土。东京就像这吸尘机，从日本的每个角落聚集来了很多年轻人。

黑暗中细长的水管是通往理想和未来的隧道。一面颠簸摇晃，一面欢喜雀跃，最后期待战胜了不安。我们的心被无来由的一种可能性吸引住了，认为只要到达那里就可以变成一个崭新的自己。

可是穿过隧道之后，展现在面前的竟然是一个垃圾场。

尘土飞扬，连呼吸都很困难。在昏暗而狭窄的地段，只有机器的马达声在轰鸣，在相撞，在搅拌。

不停地，不停地，飞舞，旋转。

那些自己看起来愚钝的四周的灰尘，那些无能的身后的纸屑，以及感觉光彩照人的自己，所有的废屑、尘埃都被不停地刮向同一个方向。

不停地飞舞，旋转，大家都是垃圾。

你看，又有东西过来了。和一秒钟之前、一个小时之前、一年之前的自己一样目光炯炯的废屑、尘埃又从隧道的出口来到这个地方了。

这里是吸尘机的肚子，是一个垃圾场，名字叫东京。

这些人被聚集到这里，然后被挤榨、被定型，最后被混合到一起扔掉。

“人的目标必须是自己为自己定的。”

明治时期的文豪曾这样说过。可是现在这个年代的年轻人内心里根本没有什么目标，没有高涨的热情，只知道随波逐流。即使有人把这个称为“理想”，也只不过是借用电视上、杂志上的话罢了，反而更显示出自己的无知、无聊。

这只是错把被风吹到自己脚下的各种传单当成自己的理想罢了。

如果说这些来自日本每个角落的人有目标的话，那也就是去东京这件事。除此之外其实什么都没有。

他们认为只要去东京就会得到改变，认为自己的未来就会一片开阔，所以才逃到这里。

五月里有人这样说：“东京有那么有趣吗？”

来到东京之后已经过了一段时间，可是我每次乘电车的时候还是觉得不习惯。因为标准语（日本的普通话）我之前只在电视上听过，现在听到电车里难看的中年妇女、恶心的男人也说着电视里的标准语，真是特别不习惯。

我虽然刚高中毕业一个月，现在无论抽烟、喝酒都没人再说什么了。

无论穿什么样的衣服，或者逃课，也什么事都没有。奇怪的不习惯和无聊的自由。

跟我同一年级的同学一般绘画都比我要好。有很多电影、音乐我以前不知道。有很多漂亮的女人，有擅长吉他的人，有大小姐模样的女人，还有莫希干[①]的女人。满是酱油味的拉面，黑乎乎的乌冬面，二十四小时营业的游戏厅，通宵的电影院。这里有的不是乞丐，而是流浪者。跑在流浪者身边的外国汽车，青林堂的漫画，牛肉饭，迪斯科，台球场，MTV，放炮的小船，偶像的演唱会，污浊的大海，冲浪运动员，面积广阔的公园，高层建筑，唠唠叨叨的大人，早熟的孩子。人，人，人，人，人，人，人，物，物，物，物，物，高楼，高楼，高楼，高楼，楼房的火灾。

从未见过的人，从未看过的物，从未听过的声音，从未闻过的香味，从未感觉过的自卑。

每一天都很紧张，抓到什么就痴迷起来，一天就这样浑浑噩噩地过去了。

妈妈每个月的月末会给我汇来生活费，每次都会鼓励我好好加油。可是我根本不知道好好努力做什么，只是每天无所事事，为此感到很对不起妈妈。

去上课又怎么样？画了画又怎么样？我指的不是我自己不认真，而是觉得就算认真上课、画画的学生也没有未来。

而且大家对美术大学的学生都另眼看待，所以这里的学生也抱有一定的优越感，好像只要进了这所大学就成了艺术家。

我很讨厌这样的环境，看不起那些天天口口声声强调“个性”却偏偏一点儿个性都没有的人，可是我自己也看不出我跟他们有什么不一样，所以总是摆脱不了对自己的讨厌和自卑。

大学一年级的秋天，有一天爸爸打电话说他要来东京出差。

“你在学校到底学什么专业？”

---

① 莫希干：原意是美国的莫希干民族。这个词在日语中成了一个网络流行词，指的是老在网上发扫兴的帖子的人。——译者注

“舞台美术。”

“哦，是吗，你好像说过。对了，这个专业一般找什么样的工作？”

“工作的话，好像说可以去电视台做美术。至于舞台美术本身不算什么工作。”

舞台美术好像是世界上那种很不吃香的工作，据说四十岁之前只有吃面包的份儿。听到教授说这个时，我当时还没认真考虑过工作的事，所以觉得无所谓，而且我讨厌视频设计那种特别好找工作的专业。我总感觉要是做视频设计这些工作的话，好像会发生某些事情，这让我感到很害怕。

“哟，这样啊，电视台不错嘛，正好。我下周去东京见个人，正好把你介绍给他吧，你到时候去一趟新宿。”

我跟爸爸约好在位于副市中心——新宿的广场酒店的休息室见面。爸爸两天前又打了一遍电话，嘱咐我千万不要迟到，结果我还是迟到了五十分钟。我刚到休息室时，爸爸的同伴A就迅速站起来，满头大汗地用手招呼我过去。

休息室的椅子上坐着一个老绅士，爸爸则坐在他的前面，抽着烟。

“哟，迟到了呀。”

爸爸的口吻好像是在批评一个迟到五分钟的人。我向那个老绅士道了歉，于是爸爸马上站起来向他介绍道：“这是我的儿子。”

“您儿子真不简单呀。”

好像我让那个老绅士等了半天，弄得他心情不好了。他的话明显带有讽刺的意思，不过爸爸却毫不介意，马上催促那个老绅士说“那我们走吧”，然后往门口走去。

走在他们后面的A一边擦着汗，一边小声地对我说：“就拜托你了哦。”

出租车的目的地是赤坂的一个高级饭店。这是一所大房子，可以看见日本的庭园。那个老绅士坐到上座，把手放在椅子的扶手上。我跟爸爸则相对而坐，A 坐在我的旁边，不过他好几次站起来给那个老绅士斟酒。

“想跟您谈一下那件事。”

虽然我听不明白他们的工作内容是合法的，还是非法的，具体是什么事，不过从谈话的那种氛围来看，我感觉很像黑社会。

我所住的那栋公寓里，隔壁房间住着一桥大学的一个学生，他好像参加了他们大学里的文艺研究班。他们在研究班里发表小型喜剧、小说、评论。他们研究班的人聚到一起之后，总是对文学高谈阔论，这一点跟我们美术大学的学生很不一样，我感觉很新鲜。

不久他们委托我为他们的小型喜剧画插图，这是我第一次被人预约画插图。而且那个研究班猛烈批判当时的作家、文化名人，还发行了单行本，现在想想书里写的那些东西真是太猖狂了。我负责给他们列出的人物画肖像，一共要画三十幅，每画一幅付我三千日元。这是我第一次用专业知识来赚钱。

“妈妈，太好了，我画一张肖像能赚三千日元呢，画八张的话就能赚到房租了，简直太好赚钱了。”

“是很厉害呢，要是每天都有这种事做的话，就能赚到伙食费了。书出来的话寄一本回来，我给你姥姥他们也瞧瞧。”

妈妈是个特别认真的人，每个月都要写好几封信给我。每封信的内容都一样，让我注意身体呀，好好用功学习呀。不过不擅长写字的我基本不写回信，有什么喜事的话就直接打电话告诉她。

那时候妈妈在小仓的妹妹——阿布姨妈的店里帮忙，筑丰的房子还一直租着，不过妈妈一周的大部分时间都住在阿布姨妈家里，她们姐妹俩一起生活。

妈妈这时已经五十多岁了，每见一次就觉得她又老了许多。我们半年见一次面，感觉每次看到妈妈的时候她的身体就缩了一截。每每看到妈妈这个样子我就很心痛。

妈妈就像一直工作最后会被用尽的橡皮，而我则在东京吃喝玩乐，像个傻瓜。虽然我也会打一些工，但都做不长。我用分期付款的方式买吉他、西装，这样就可以延期付款了，也就不用打电话给妈妈让她汇钱过来了。

可是我心里的愧疚和难过都被淹没到音乐和玩乐中，不知不觉我已经不感到难受了。似乎我在东京的时候都是自己努力过来的，脸皮变得特别厚。

后来我给妈妈打电话的次数少了，放长假的时候也不回家了。我结识了不少朋友，还交了女朋友。我越来越觉得待在东京是理所当然的，连家乡话都快不会说了。

而且那时候东京的迪士尼乐园开放了，即使我不回家，前野君、九州的朋友和表姐妹也会利用假期来我的住处住些日子。高中时候的师弟笨阿凡毕业后当了摩托车维修工，后来他看了《闪舞》（*Flash Dance*）这部电影，竟然想要当舞蹈家，于是来到东京，寄居在我这里。

我现在已经不再感到孤单，也很少想妈妈，考虑妈妈的问题的时间也大大减少了。

连妈妈发生车祸的时候我也没回去。他们通知我的时候，说妈妈没受什么严重的伤，不过那起事故本身倒是挺严重的。阿布姨妈的店打烊后，妈妈她们和工作人员一起乘车回家，在路上对面冲过来一辆卡车，卡车司机正在打盹。结果两车相撞，阿布姨妈和其他人的脸、身上都受了重伤，不过妈妈只掉了几颗牙。

据说医院出事故诊断书的时候，妈妈的弟弟伸一舅舅看到妈妈的诊断书后对医院提出了抗议。

据说保险的支付额是根据牙齿掉了几颗，掉的牙具体是哪部分来决定用什么质量的假牙。伸一舅舅个子很高，脸长得像克林特·伊斯特伍德，围裙里面总是放着在赛艇中赢了的号码券。

舅舅拿着诊断书去找医生算账。

“你这个家伙，我姐姐遇到这样的车祸，受了这么多痛苦，你们这算什么？你给我写成最好的！”

妈妈说多亏了舅舅，她才能够装上质量好的假牙。

那场事故过去不久，也不知道是不是我的不孝所受到的惩罚，我竟然患上了风疹。其实这都怪寄居在我这里的笨阿凡，他都这么大年龄了竟然得了风疹。他那些朋友都害怕被传染上，把他看成瘟神似的，纷纷离他远远的，可是我跟他住在一起，不能这样做。而且我以为会没事的，因为我小的时候患过一次流行性腮腺炎，所以认为不会被他传染上，就一直照顾他。笨阿凡的风疹好了之后，又过了几天。那天我正在上体育课，忽然发现周围乱哄哄的一片。

大家都指着我，让我照照镜子，于是我跑到厕所里，发现脸上长出了无数的红色斑点。

咦，这种斑点几天前我们屋的那个家伙不是也出过吗？其实我大概能猜得出是怎么一回事，但又不太放心，怕万一不是，不，其实是希望别人能告诉我这不是风疹。于是我直接去了医务室，医务室的大夫直截了当地告诉我说：“是风疹。”

我刚回到家就发起了高烧。大家都知道这是笨阿凡传染给我的，所以没有一个朋友愿意接近我。我想吃点儿东西，就是水果也行，于是打电话给对面公寓的朋友，让他给我弄点儿吃的。电话里的朋友似乎很不情愿，几分钟之后，我正躺在床上，这时门打开了。“我就放这儿了。”那个朋友把食物放在门口，就直接回去了。

那时候我想道：“朋友这种东西真是越多越让人觉得难过。”到了夜里，我实在受不了了，于是打电话给妈妈，结果妈妈平静地对我说道：“没事的，明天一早我就过去，你等着我。”

我在迷迷糊糊中进入了梦乡，等到第二天中午醒来的时候，发现头上放着毛巾，妈妈就在我的床边。就跟六岁那次一样，我患了赤痢，妈妈跟我一起被隔离起来，那时候妈妈一直住在我的隔离房间里，好像这是再正常不过的事情。

“你什么时候来的？”

“我坐早上第一班新干线过来的。”

厨房里传来妈妈削苹果的声音。听着这个声音，我全身都放松下来，不知不觉睡着了。

第二天，虽然我的烧基本退了，不过还是一直躺在床上。我中午迷迷糊糊醒来的时候，听到了熟悉的啪啪声。

我扭头看了看床边，发现妈妈和早苗阿姨正在玩花骨牌。早苗阿姨原来是九州人，是妈妈的老朋友，现在住在横滨的女儿家。她自称是花骨牌大学首席毕业生。这次她听说妈妈过来了，于是马上过来跟妈妈一起练花骨牌。其实在赌博和简单的魔术方面，我从小就受到了早苗阿姨的严格指导。

“小间，听说你高烧接近四十度啊。你的宝贝蛋蛋会不会被烧化了呀，摸摸看。”

之后我像小时候一样，听着摇篮曲般的出牌声，不久又睡着了。

好像在我睡着的时候我的朋友和女友过来看我了，不过打开门之后看到两个老阿姨在这儿打花骨牌，他们都吓了一跳，很快就回去了。第二天来的朋友跟妈妈她们学玩花骨牌，妈妈还逼他们陪着她们玩。因为这个缘故，在那之后有一段时间花骨牌在大学里很流行。

想当舞蹈家的笨阿凡来到东京后一次也没跳过舞，后来回九州了。我知道好几个朋友都像笨阿凡这样，为了追求某种东西而来到东京，结果一无所成又回去了。不过这并不是因为他们懒，而是有一定的缘故。无论如何努力，都不会有成果，即使有开始也马上就结束了。无论你怎么有才能，在这里也没人关注你。

在这个过程中我一如既往，什么目标都没有，就这么混了四年，而且最后不得不留级。我不打算用老绅士的这层关系，也不想努力。那个老绅士的名片我都不知道放哪儿了。

这个时期就业也处于泡沫之中，无论多么不成材的学生，也总能找到两三个工作。班里的人都一个个定下工作了，而我面临着尴尬的抉择，究竟是留级，还是退学。

我再也不能给妈妈造成负担了，而且也不知道留在大学里有什么意义。这四年来我就是这么过来的，画也没画什么，只是吃喝玩乐。可是就这么退学的话，那以后又做什么呢？

“为什么呢？”

“反正我已经念了四年，不用留级，直接退学好了。”

“那就不能毕业了？”

“嗯，不过没关系，反正已经这样了。”

“为什么呢？”

我把留级的事情告诉妈妈，结果她好像很不高兴。可能妈妈这四年来一直以我的毕业为目标坚持过来。她的声音听上去好伤心。

“你再好好想一想。”

妈妈无力地挂上电话，之后的两三天一直没再打电话过来。“是不是我做了件很不好的事呢？”我想到妈妈失望的样子，觉得自己好像做错了。

不过几天之后，妈妈忽然精神抖擞地给我打来电话，似乎已经调整好心情了。

“我也会再努力一年的，你也好好加油，多坚持一年，到你毕业。能做到吧？”

“啊，嗯，应该能做到。”

“没办法，你留级吧。”

四年之后的现在，我再怎么着急也没用，由于学分不够的缘故，我念了大五。虽然我也觉得愧疚，心里强烈地自责，可是已经形成懒惰习惯的我，只反省了一会儿，就想到第二年春天之前这段时间没事可干，于是每天继续往弹子房跑，继续过我的堕落生活。

大五的春天到了，可是就像被拉长了的橡皮筋，一点儿紧张感都没有。这一年只要修满几个学分就够了，其实什么事都不用干。妈妈让我在这一年里好好想想将来的出路问题，但是这段时间筑丰的朋友时枝君搞到了一种玩弹珠的方法，跑来东京。有趣的是我竟然赚到了七位数，所以我不但没学好，反而变本加厉。如果玩弹珠这么容易赚钱的话，那我还不如就这么玩弹珠好了。我曾经认真地这样想过。虽然这种方法不能保证稳赚，但肯定不会输。现在可以说去弹珠房就是去“赚银子”，我得意得不得了。我为什么要留级呢？简直毫无意义。不过我没有认真做过大学生，也不敢断言说上大学就没有意义。

那段时间妈妈在筑丰镇上开了家小饭店。那个店本来是一个熟人开的，后来直接转让给妈妈了。妈妈最喜欢做菜了，估计她一直很想自己开家饭店。妈妈写信告诉我这个消息时，似乎很兴奋，竟然写了好几页纸。

小镇的近郊有一条河，名字叫远贺河。那条河一直很平静，经常有人在河堤上放牛。不过妈妈的信里提到了一个传说，说远贺河里有河童。

妈妈借鉴了这个传说，把店的名字叫“河童”。这个时候我好像明白了为什么日本有一些酒馆的名字叫“河童”，估计是因为那些乡下人都认为自己镇上的河里有河童吧。

然后妈妈委托我设计店招牌上的“河童”两个字，而贴在店里面的菜单册子上的文字则委托给了爸爸。这是一场父子之间的竞赛。我在大学食堂的桌子上写了好几张“河童”。

“你写的是什么呀，课题？”

“不是。”

“那是什么，乐团的名字？”

“我妈妈要开一家小饭店。”

“为什么要起‘河童’这个名字呢？”

“好像说我们那附近有河童。”

“哇，好厉害啊。”

我东京的朋友根本不相信河童的存在。暑假回家的时候，我直接从车站去了刚开张的“河童”。虽然饭店的房子挺旧的，不过布置得很漂亮。门口招牌的底色是蓝色的，上面刷着白色的“河童”字样，也就是我设计的字。

我自己感觉很不错。穿着白点花纹和服的妈妈站在柜台里，不好意思地笑着，似乎很开心。

爸爸坐在桌子边。他听说大五的儿子要回来，于是从小仓赶了过来。

“妈妈，这个店不错嘛。”我对妈妈说道。于是妈妈对我说了声“谢谢”。

爸爸抽着烟坐在桌子旁。我跟他打了声招呼，说“好久没看到爸爸了”，结果爸爸的第一句话竟然是这样的：“你不行啊。”

我一下子没反应过来，爸爸指的是什么呢？我感觉能指代的事情太多了。

“还不行啊，你学了什么？你写的是什么字呀？”

原来爸爸不是在说工作或留级的事，而是在说我设计的“河童”两个字。

“不好吗？为什么呀？”

“写得太认真了，过于生硬了。看到这样的招牌，没人愿意进来的。”

爸爸这样解释道，可是我不敢苟同。我看了看饭店的墙壁，发现墙上挂了几份菜单册子。

可是里面的内容基本不认识。难道是“筑前煮”？那个字会不会是“荀”？

……里面的字差不多都这样。看来这个人不让菜单册子爆发出艺术的感觉就誓不罢休。

“根本就不知道写的是什么嘛。”

“有必要知道吗？”

不，有必要。你看，由于爸爸写的菜单根本看不懂，所以妈妈自己写了一个小的菜单，放在桌子或柜台上。

不过我现在终于明白了，明白了爸爸所谓的我的字的“不行”，还有他写的让人读不懂的菜单的“好”。

我们关上店，三个人一起回到医院里的家。这样一家三口在一起都不知道是多久以前的事了。爸爸倒是若无其事，我和妈妈却有些心神不定。

爸爸来看我们的时候肯定会在小仓的叔外公开的日式点心店里买些点心。

我们三个人吃了点心。风从纱窗里吹进来，吹来蚊香的气味。

我至今还没听说爸爸妈妈离婚的事，我看着眼前这两个人，心里想道:“怎么回事呀？这两个人不是还生活在一起嘛！”其实我一直都希望他们能这样。

我终于可以从大学顺利毕业了。周围同年级的人又开始为找工作而忙忙碌碌。“这个公司有可能”“我一直在做些有意义的事”，之前蠢相尽出的大学生朋友们到了这个时期，也突然变成了大人。朋友之间说话就跟同面试官说话一样，已经区分不出来了。

到现在我还是没有找工作的打算。我到底想做些什么？看着众生百相，我还是不明白工作有什么意义。

"反正现在能毕业了，以后的事等毕业之后再说吧。"

我这样对妈妈说道，妈妈则回答说："好不容易到了现在，你就找找看吧。"于是我跑到学生办公室，浏览了一下招聘信息，到最后还是觉得不想工作。

"应届生啊，不找工作就浪费了。"

妈妈留级也让我留了，我心里感到非常愧疚，想找个理由来说服自己找工作，可是我竟然连一个理由都找不到。

于是我决定参加一个大型音乐制作公司的招聘。

"随便什么都行，你就参加看看。"

到哪里工作都行，总之能先定下单位的话，父母就放心了。

我只有一件米色的衣服，于是就穿着去应聘了。到了那里发现笔试的会场里都是些穿着面试正装的学生。搞音乐工作为什么要弄这么难的笔试呢？我中间休息的时候感到很疑惑，于是跟其他学生攀谈起来，发现东京大学的学生尤其多。我更加不解了，从东大毕业出来为什么要来这种公司应聘呢？第一场面试的时候，面试官告诉我从这家公司开业以来，我是第一个从美术大学毕业来这里应聘的人。

三个考官中间有一个男的没系领带，他一面看着我填的表一面向我提问。这个家伙穿着花哨的衣服，还戴着一副红色眼镜，真让人讨厌。

"你写这些东西不觉得害臊吗？"

那个戴红眼镜的男人看到我写的"喜欢的话"里的第一行，好像感到不满意。突然问我"喜欢的话"，我能想到什么呀？考虑到这是家音乐制作公司，于是我想写首歌名。不过要是写点儿有气势或者拍马屁的倒还好，可我在招聘考试中竟然写了这样一首歌名：

All You Need Is Love.

"你的审美真是太土了，我就直说吧，你这样的审美能力不行，太土了。你不觉得很古老吗？"

“Beatles（披头士）很土吗？”

“咦，是 Beatles 的歌？不过就算这样你不觉得害臊吗？”

我忽然觉得自己是个傻瓜，竟然专程跑到这样一个地方。是这种人在写歌吗？太无聊了，我举了他们公司创作的一些作品，都是些当时流行的歌。不过我说他们的歌不过三年就会被淘汰，然后被扔进垃圾箱里。这些歌才让人觉得害臊呢。

“不过我倒觉得你的审美能力才让人害羞呢。”

“啊？什么地方？你根本什么都不懂！”

“你就不能听一遍 *All You Need Is Love* 吗？可是首好歌呢，非常有名。”

应聘过这一次之后，我决定不工作了。我也对妈妈表明了我的意愿，结果她让我跟爸爸说一下。于是我打电话到爸爸的办公室。

“哟，我从你妈那儿听说了，说你不准备工作了。”

“嗯，不找工作了。”

“那你想干什么呢？”

“先打打工吧，反正我现在还什么都不想干。”

“哦，这样啊，你要是想好了也行，按你自己想的做就行了。不过呢，不管你是画画，还是什么都不干，不管怎么样都要最少花上五年时间。一旦开始了，就必须坚持五年。你什么都不想干也行，你就五年什么都不干试试，在这五年里好好想想一些事。其实这件事本身就不容易，如果你中途后悔当初没工作的话，这就说明你连吃白饭的才能都没有。”

大学毕业典礼那天，妈妈和小仓的奶奶过来了。我想应该没有哪个人的父母、亲戚会来参加大学的毕业典礼吧。

不过我并不觉得丢人。妈妈和奶奶很紧张，对着教授、学生，所有动的东西不住地点头。

对于这次毕业，妈妈可能比我更有成就感吧。我把毕业证书递给她后，她就开始跟奶奶一起盯着看，高兴得眼泪都流下来了。妈妈和奶奶住在新宿的一个酒店里，所以毕业典礼结束后我就跟她们一起去了新宿。据说妈妈她们住的那个酒店是爸爸安排的。

妈妈说要庆祝我毕业，一起吃一顿。不过妈妈以前没来过新宿，就连我也没在这里吃过饭，所以我决定不去那些陌生的店，而是带着妈妈和奶奶去了回忆胡同里的吉祥饭店。

干烧羊栖菜、盐烤鲫鱼，这个狭小的大众饭馆里有各种各样的家常菜。在新宿这边我只知道这个店，虽然我也想带好不容易来一趟东京的妈妈吃点儿她爱吃的，可是我对其他店都非常不熟悉。

我们要了几个家常菜，然后用啤酒干了杯。

“祝贺你毕业了，这是你努力的成果。”

“谢谢。”

那天我也住在爸爸安排的那家酒店里，第二天我们一起坐上了公交车。奶奶在车上说了好几遍，说多亏我她才能到东京玩一趟。

在东京这个地方，你的归属非常重要。你是在学校也好，在公司也好，无论你多么无能，这个地方都会对这些有归属的人很宽容。

可是像我这样没有工作的人只会受到歧视，特别是不动产公司，对我尤其苛刻。虽然我打工一个月赚十五万日元，他们却连一间三万日元的房子都不肯租给我。

我从立川搬到了国分寺。不过我毕业的时候在国分寺租的房子也到期了。所以我打算趁这个机会搬到市中心，结果走了很多家不动产公司，都因为我没有职业而不肯租房子给我。

而且本来打算跟我一起住的笨阿凡是个莫希干。他想当舞蹈家的梦想破灭之后，曾经回到九州。他闷在乡下的那段时间里，有一天忽然听到电影《初生之犊》(*Absolute Beginners*)里的一句台词，于是又回到东京了。

“不从这里踏出去一步的话，那肯定一事无成。”

我也不知道这句极其普通的话哪一点打动了笨阿凡，也不知道他究竟想踏出哪一步，总之笨阿凡这次回来后为了给自己打气，剃了个莫希干头，显得意气风发。

“你想当莫希干？”

“师兄你不也是没工作吗？”

“可是你这个家伙又是莫希干，又没工作呀。”

这样一来我必须继续付在国分寺租的房子的房租了。但是与其重新付房租，我情愿把这些钱用在搬家上。

高田马场那里有一个老女人经营一家小的不动产公司。那里正好有处房子，里面的装潢也弄好了。这个房子在中野，是一栋混居的楼房。这栋楼里有两个房间，一间八铺席，一间四铺半席，还有洗澡间和厕所。这栋房子已经盖了三十多年了，所以房租只有八万五千日元，相当便宜。两个人住的话，每个人只要四万二千日元就行了。

那个老女人热情地接待了我们，还给我们端来了茶和点心。可是如果我说自己没有职业的话，她可能就不肯租给我了。按照惯例，我又被问到了工作的事。

“您在哪儿工作呀？”

“我在出版社上班。”

我毫不犹豫地这样回答，结果笨阿凡惊讶地看着我。

“哎呀，真了不起。那具体是哪个出版社呀？”

“其实是个小公司，叫讲谈社。”

“哎呀，这个地方我也知道呢，很了不起啊。”

之后我又说旁边的这个莫希干（指笨阿凡）是我亲戚家的孩子，要暂时跟我住在一起，不过他以后会出国留学。我编了这些谎话，好让老女人放心。她听了我的介绍，马上给房主打了电话。结果房主同意把房子租给我们。

当那个老女人让我们填申请入住的文件时，我把笨阿凡手里攥的《少年杂志》夺下来，一面看着背面的底页，一面把公司的住址、董事长的电话号码写上，终于完成了这次欺骗活动。

“没关系的。只要我们不拖欠房租，应该不会暴露的。”我安慰笨阿凡道。可是没过多久第一次房租就拖欠了。

虽然我在浅草桥的广告公司打工，笨阿凡在中野的录像厅打工，可是要赚够房租，必须安排好支出，不然钱一眨眼就用光了。

而且这次我们是两个人一起合租，即使有一个人有四万二千日元，另一个人不够的话，那也没法付房租。当然要是一个人交八万五千日元，那我们肯定都没那么多钱。

结果从一开始我们就拖欠了三个月的房租。不动产公司打来的电话我们就当没听见，结果有一天那个老女人直接来到了我们的房间。

“到底是怎么回事啊？给这里打电话也打不通，给公司打电话对方竟然说不知道中川这个人，真是搞得我不知道怎么办好。”

没办法，可能还是把话说清楚比较好。我把老女人让进屋，给她泡了杯茶，然后调整呼吸说道：“其实我辞职了。”

“原来是这样啊，怪不得打不通呢。那以后的工作找好了吗？”

老女人很为我们的事担心，最后她从手提包里拿出两块点心给我们，说道：“那就得打工了呀。”

我和笨阿凡吃着点心，一句话也没说。

为了把拖欠的房租交上，我到中野车站前的消费者金融公司贷了二十万日元。然后在保证人一栏里写了爸爸的名字，并且事先给他打了电话。

“不用担心，我会马上还掉的。”

我现在跟工作了的朋友基本不见面了。自己的生活环境改变了，接触的人也会改变。而且就算偶尔见一次面，他们也只得请我吃饭，所以都不怎么肯接近我了。

我平时就是打打工，偶尔做点儿插画的工作。可是到最后增加的只有高利贷。

“河童”的情况似乎也不好，因为那个镇上基本没什么人了。就算你有好东西，也不意味着你就能做好生意。

我经常让工作了的女友给我买饭吃，最后甚至向她借钱。她在一边高高兴兴地谈着单位的事，我却郁郁寡欢。

而且我现在连一杯咖啡都请不起，所以我们的关系也越来越差。

自己喜欢做什么？自己打算干什么？我现在已经没有精力去思考这些问题了，摆在面前的最大问题是生存，是每天如何活下去。

笨阿凡的家里给他寄来了一个纸箱，一直被放在一边。有一天他在纸箱里面找到了火腿。

这个纸箱已经寄来好久了，而且现在是夏天。火腿的外层变得黏黏糊糊的，就跟生鱼的表皮似的，好像在说“绝对不能吃”。

“说不定把外面的弄掉，里面的还可以吃。”

笨阿凡饿得有气无力，像削苹果一样把火腿的外层削掉。

“不行，这个怎么看都已经腐烂了。就算你把外面的削掉，也不知道从哪里开始能吃呀。”

可是对于一个饥肠辘辘的人来说，变质的火腿也可以削着吃。那天夜里我们自然都食物中毒了。几个月前自来水就被停了，就是这样我们还是拼命地拧水龙头，结果发现水龙头几天前被水道局没收了。

最近我们上厕所都是去中野的阳光广场，或者是周围的公园。可是我们现在上吐下泻，身体极其虚弱，连出门的力气都没有。笨阿凡在没水的厕所里拉了一通，而我则在上面继续拉。

我们在厕所里拉了半天，结果都快不成人形了。到最后我们被朋友带到了附近的医院。

也不知道是不是这次事件造成的打击，笨阿凡又决定回九州了。

虽然我也不知道自己到底在这里做什么，但还是劝他再努力努力。

“到底努力什么呢？”

说得太对了。我们之所以会变成这样就是因为这个问题——我们根本不知道自己要干什么。

笨阿凡走了，我又找了一个合租的朋友。可是为了清算之前拖欠的房租，我又不得不来到高利贷的窗口。

那时候从九州来的表妹在下北泽租了一个房子，她隔壁的房间正好空着。表妹对房东说了一番好话，没收中介费就让我搬进去了。可是我的生活和收入并没有发生变化。

我还是过着一如既往的生活。

女友跟我分手了，因为我连份工作也没有。可是就算这样，就算是这样一种困窘的生活，我竟然变成了这样一种人——没有钱却每天去下北泽的酒馆喝酒，一直喝到天亮。

我自己也承认我的大脑糊涂了，都没有人样了。我也只是在赌场的时候才很卖力，其他的时候为了让自己什么都不想，每天灌得烂醉，堕落得不行。我的吉他当掉了，相机也当掉了，连电视、录像机也都当掉了。

就算我现在想弹吉他，想照相，这些东西也都不在了。不，其实我根本就不想弹吉他、照相。我等着表妹的发薪日，发了钱之后就去喝酒。不知不觉间连我的朋友也都在等着表妹的发薪日。这种无耻的生活，简直一点儿意义都没有。

我现在打电话给妈妈也只是让她给我汇个一两万日元，每次都是这样。连代替新干线乘车费的普通邮费都是妈妈寄给我的。

妈妈的一封信里写到让我夏天回一次家。

我隔了这么长时间回到医院里的家，妈妈却一点儿也没问我工作的事和平时的生活。

筑丰的姥姥患心脏病已经有一段时间了，现在住进了山腰上的医院。妈妈让我去看看姥姥。

朋友时枝君这时正好来找我玩。我这些同学竟然都开上自己的车了。

“你送我到姥姥的医院吧。”

自从毕业后，我就再也没见过姥姥。姥姥躺在床上，脸上一点儿肉也没有，简直就像一具木乃伊。姥姥的嘴里面也没装假牙，嘴一张一合的时候特别像鱼。

我再也看不到在盛夏的烈日下、在寒冬的冷风中拉着装鱼的两轮拖车的姥姥了。

姥姥一个人躺在这间阴暗的病房里，静静地呼吸着。

“姥姥……”

我向姥姥打了声招呼，姥姥笑了笑，对我说了好几遍同样的话：“是小间吧。怎么样？你有没有好好努力啊？”

“嗯，我在努力呢。”

“哦，对了，那是我留给你的。旁边有一百万日元吧？你用这一百万日元去买锅吧。”

其实旁边连一百万日元的影子都没有。姥姥的意识已经不清醒了，说了好几次要给我一百万日元让我买锅，说这是专门为我存的。

我每次都会附和着说：“谢谢姥姥，我会到东京买锅的。”

我含着眼泪从病房走了出去，坐到台阶的休息台上哭了起来。太没出息了，太难过了。而且最使我伤心的是我预感到这将是我见到姥姥的最后一面了。

6

东京的自由简直是太多了，可以说你随便走在大街上就能踩到好多。

自由就像落叶、像空易拉罐一样，到处都是。

讨厌家乡，想逃离父母的监视，为了追求美妙的自由而来到东京。可是忽然一下子看到这么多自由，感到很扫兴，于是想将自由戏弄一番。

一些缺乏自控的人所拥有的低级的自由，把他们的思维和感情麻痹掉，把他们引到了路旁的阴沟里。

这些人弄得全身湿漉漉、脏兮兮，然后顺流而下，慢慢地靠近下水道的处理场。

过去自己想追求什么呢？为了什么而哭泣呢？所有这些本应很重要的东西都在所谓的自由中淹没了，临死前还带着嘲笑。阴沟里的自由不受道德、法律的约束，可以说已经没有任何东西可以控制它。所剩下的自由其实只是违反道德、违反法律。

再没有像自由这样让人不自由了。当我发现这个道理的时候，自己已经被层层的自由所束缚，动弹不得。

渴望自己能在空中自由飞翔。可就算这个愿望能实现，这就是幸福吗？就可以给你带来快乐吗？其实没有人知道。

当我们在鸟笼中渴望飞向蓝天，我们会最大限度地利用现在所拥有的自由，有限的自由，其实这个时候才是最自由的时候，才是自由的真正含义。

就业，结婚，法律，道德。这些烦琐的约束，被固定了的道路。我们只有在这些约束中追寻自由才有意义。

在自由泛滥的地方，其实根本没有真正的自由，只有貌似自由的幻想。

我们从遥远的家乡来到这里，来寻找自由。我们当时认为东京的自由肯定非常美妙。

但是所有人都走了同一条道路，然后回到同一个地方。

为了追求自由而出发，结果寻找到的是不自由，所以最后都会回到出发点。

五月里有人这样说:“你去做你喜欢做的事吧，不过从今以后才是真正的考验。”

妈妈刚开“河童”这个小饭店的时候，无论是她给我打电话的声音也好，每个月写的信里的内容也好，我都感觉充满了生气。从她的话里我听出了高涨的自信。酒馆、快餐店、司机旅馆等等，妈妈曾经为了抚养我到过很多很多地方上班。现在她终于有一家自己的店了，肯定会非常高兴，肯定每天都为自己能做自己想做的菜、想让别人品尝的菜而开心不已。

直到五十五岁才等到了自己的店。儿子写的招牌、丈夫写的菜单，妈妈肯定每天都在这些东西的包围中做着自己拿手的好菜。

可是在筑丰镇上，商业街的门市一个个都关闭了，出租的房子也拆了一处又一处。所以说虽然妈妈付出了努力，却没有回报，不到两年，“河童”也关门了。原来花了三百万日元买下的店现在竟然以二百五十万日元出手了，可见妈妈这样的人可能做菜还行，做生意却不适合。

就是这样妈妈还是不愿意放弃。妈妈把店关了之后，又借了一个熟人以前开饭店后废弃的一处小地方，开起了套餐店。

筑丰镇上的人越来越少。妈妈在这个小镇的角落里每天坚持做着五百日元的套餐。

妈妈以前的同学都在照顾着孙子辈，一面过着年老后安稳的日子。只有妈妈一个人在腰上贴着膏药，继续工作。

而我呢，被陷在东京这座自由的牢笼里，每天沉迷于赌博，在深夜里游荡。这样的我还要让妈妈每月寄生活费。

借高利贷的卡已经多达八张了。每四天就会有一次还款日，可是我连利息都还不上，房租也拖欠着，最后我被赶出了下北泽的房子。我现在也基本没事可做。一个月里面可能有一两次画插画或原稿的事，不过赚的钱也只够花上三天，我现在严重沉迷于赌博，连工作方面的电话都让人打到赌场。

我靠打一些对妈妈难以启齿的工来赚钱度日，同时赚赌博的资本。我自己觉得很尴尬，于是给妈妈打电话的次数骤减。

我租了同学的男友在自由之丘的房子，那个地方他以前用作办公室。房间里面很冷清，只有三张办公桌。我把被子铺到房间的一角，开始在这里生活。

这里没通电，没有煤气，没有自来水，就连厕所也要跑到九品佛的公共厕所。我用公共电话给以前的朋友打电话，把他们叫到自由之丘，然后让他们请我吃饭。我又打电话给以前的女友，说有事跟她商量，结果她来了之后我又向她借了钱。

现在谁也不愿意接近我了。学生时代，我还自作多情地认为自己的朋友很多，结果就因为这些事，我终于看清了事实。

其实我并不觉得自己能过上正常的生活，我真的这么觉得。在我眼里，那些能够按时交房租、每天用自己的钱吃着三餐、开着自己的车、跟女人在饭店里喝酒的同学就像是好莱坞电影里的人物。

极端的焦躁感、无力感，使我冲向没有水的厨房。这样的情况照出了穷困潦倒的我，但事实上我的身体里还潜藏着力量。

黏黏糊糊，我的每一天都像阴沟里的污水，不断地流走。

就在我认为我的这种生活将永远持续下去的那段时间里，滚石乐队初次来日本公演。

据说有一个工作了的朋友连续十天都要去东京剧院看公演，所以一共买了十张一万日元的票。那次公演简直像万国博览会，热闹非凡，来的不只有滚石乐队的“粉丝”，有些人连 The Rolling Stones（滚石乐队）和 Rosetta Stone（罗塞塔石碑）都区分不了，竟然也跑到东京来凑热闹。

就连上厕所还要去寺院公共厕所的我也想去看这场演出，于是借了些钱，拜托一个音乐杂志的编辑帮我搞到票。之后就是等着那天的到来。我自以为是地认为只有自己才有资格看这场演出。

演出的第一天将在毫无摇滚气氛的自由之丘进行。这一天的早晨，车站前到处是穿着不合身的滚石乐队 T 恤的人。

我买的票就是那天的。

那天早上，我正裹着毯子在那间空空如也的房间里睡觉，忽然听到敲铁门的声音。是来要房租的？还是来要债的？我钻进毯子里，屏住呼吸。

门外面有人说话。原来是电报局的人，他们给我送来了一份蓝色的电报。电报是妈妈发给我的。

电报上说筑丰的姥姥去世了。

就在那天早上，姥姥在医院里停止了呼吸。

最后一次看到姥姥的时候，姥姥躺在病床上，全身虚白，瘦得不成人形。那时我就预感到了这样的结局，可是这是我第一次经历亲人的离去，沉重的悲伤压得我异常难受，这个现实对我来说是个不小的打击。

姥姥躺在病床上、意识已经模糊的时候还在为我着想，说为我准备了一百万日元，让我拿去买锅。对我如此好的姥姥竟然就这么走了。

灼热的夏日，彻骨的寒冬，姥姥都拉着装鱼的两轮拖车，走在大街小巷里。姥姥的手上长满了茧子，硬邦邦的。

姥姥就这样靠卖鱼抚养大了九个孩子，老了之后却是一个人吃着泛黄的米饭。

当历史剧和棒球比赛的直播冲突的时候，我经常跟姥姥争频道。姥姥这个人不会说话，连哄小孩子都不会，可是我对她说话的时候，她总是害羞地微笑着。

我小的时候有时特别怕姥姥，所以当小仓的奶奶问我喜欢谁的时候，我有时候都不会提到姥姥。

兔子死了的时候，姥姥和我一起去了田里，用铁锹帮我给兔子挖了个坑。

从学校回家的路上，我只要看到姥姥，就会坐上她拉的两轮拖车，跟她一起回家。

上坡的时候我帮姥姥推车，她会给我十日元。

雨靴，橡胶水管，蓝色的两轮拖车，香烟，干烧竹笋，海参醋，焖鸡蛋，烧汽油的怀炉，煮大锅菜，心脏病的药，膏药和鱼的腥味。

姥姥去了。

我那天没去听滚石的音乐会。我从电信局打了封唁电。我没有钱回家，于是跟妈妈撒谎说我有事要做。我不知道怎么发唁电，结果不是发给舅舅，而是发到了姥姥的地址。

我还未曾报答姥姥，姥姥就去了。与其说我是悲伤，其实更多的是悔恨，我因悔恨而泪流不止。我意识到人是会死的，于是惊讶，恐惧。

我想说的话不是“永别了”或者是“谢谢”。这种心情是我从未体验过的，根本无法用语言表达出来。

姥姥去世之后，妈妈基本都住在九州若松的阿布姨妈家。阿布姨妈一直单身，也没有孩子。妈妈就这样寄居到独自生活的妹妹家里。

妈妈的大姐野笛姨妈和弟弟京一舅舅、伸一舅舅也都住在若松。他们住的地方走着就可以到，兄弟姐妹之间的关系好得令人吃惊。妈妈关了套餐店之后，寄居到阿布姨妈家。后来她在若松找到了一家租衣店的工作，开始在那里上班。

有一段时间妈妈寄了很多纸箱到我住的自由之丘的房子。好像是那个租衣店要处理大部分衣服，妈妈和阿布姨妈接手了这些衣服。

据说妈妈和阿布姨妈把和式罩衫、长袖的衣服、裙子之类都送给了近亲、远亲，剩下的在义卖市场上卖了。妈妈同时还写了封信，说她们自己也搞义卖，赚了点儿钱，于是寄了些东西给我，让我处理掉，换些钱用。

有四个大纸箱。我打开第一个箱子，发现里面装的是婚礼上穿的白色燕尾服，第二个箱子里装的也是白色燕尾服，而第三个、第四个里面也都装着白色燕尾服。

妈妈的信里还写到“你也可以自己穿”，可是这样的衣服就算是有钱人平时也不会穿吧。

最后我数了数，发现四个箱子里面一共装了三十套白色燕尾服。有燕尾服上衣和裤子，还有裤带，里面的衬衣，装饰用的腰带，嵌着黑色丝线边角的，还有带着奶油色的。反正都是白色的。要是黑色的还好，这种白色的燕尾服除了婚礼上的新郎，谁还会穿呀？

但是如果把这些白色的燕尾服放在这个房间里的话，两年没买衣服的我最后肯定会没衣服穿，所以可能会穿着这个去吉野家餐馆。

必须早点儿处理掉。于是我找了一个朋友商量，据说这个朋友在日本青年会馆旁边的公园里的自由市场有个摊位。我请求他在他摊位的旁边借点儿地方给我，我准备试卖。

那天是个大热天，不过我自己为了当模特，穿了整套的白色燕尾服。我决定以一套八千日元的价格卖，结果跟我预想的一样，根本卖不出去。

我想了半天还是不想要这些燕尾服，其实就算想要，也没有我穿的场合。这些东西不入年轻人的眼，不过还是有中年男人表示出了一定的兴趣。只要有这样的男人把衣服拿到手里，我就怂恿他们试穿一下。有一个男人试穿了，我看到后随便奉承几句，说他简直像多米尼加的情歌王子胡里奥·伊格莱西亚斯，结果那个男人开始掏钱包，说准备买一件。我感到很吃惊，问那个想买衣服的男人："您准备什么时候穿这个呀？"

那个男人想了一会儿。然后说他在一个卡拉 OK 厅上班，最近正好有表演，所以他一直在找到时候穿的衣服。

原来如此！原来可以利用这个呀！那个男人是我的第一笔生意，在那之后我的衣服开始卖出去了。一个中规中矩的男人问能不能两件卖一万五千日元，结果我说道："您说什么呀？三件一万日元都可以。"之后我就开始清仓甩卖了。

后来我为了回去的时候能少拿点儿东西，连三千日元、一千日元的价格都卖了。到最后我一共卖了二十多套，手里也有了七八万日元的现金。

"妈妈，卖得很好呢，赚了不少。"

我打电话给妈妈报告这次卖衣服的收入，结果妈妈惊讶地说道："啊？卖了七八万日元？果然是上年纪的人在自己的婚礼上没穿过这种衣服，所以想穿一回试试。"

妈妈对她的兄弟姐妹都敞开心扉，不过她认为再亲近的人也要讲礼貌。所以虽然她现在寄居在妹妹家，每晚都能打花骨牌，但是她肯定认为不能一直这样下去。

从阿布姨妈家走一分钟，就可以到野笛姨妈家。野笛姨妈家旁边有一个平房，妈妈把那个房子租下来，搬了进去。那个房子并不宽敞，不过带个院子，设备也很齐全，是个典雅的旧式日本房子。

这是因为这个房子归若松出身的作家——火野苇平的兄弟所有，连家具都保留了下来。这个房子里的书架上竟然有很多旧的文学全集。

“你知道《花和龟》吗？”

“嗯。”

“它的作者可是一个很了不起的作家呀。他的亲戚也都是好人，你可以向他们借借看。”

火野苇平在生前因喜欢各种各样的河童而著名。他以《粪尿谈》获得文学新人奖芥川奖，之后又写了《麦田和军队》等军队小说，还有以他的父亲、母亲动荡的人生为原型写的《花与龟》。他还写了很多以河童为题材的小说和诗。

在若松高塔山上的一座祠堂里，有一尊地藏菩萨的像，佛像的背后被钉进了一根很粗的钉子。据说这根钉子是火野苇平钉的，他仿照自己写的故事，为了不让河童做坏事，转而可以除灾，于是在佛像的后背钉上钉子。

现在还有很多人来参拜这尊地藏，为了除灾摸它背后的钉子。

说不定相信河童的妈妈是冥冥之中被比任何人都更相信河童存在的火野苇平召唤而来的呢。

自由之丘的房租我照旧拖欠，而且房东知道我是转租的，到最后我不得不离开这里。

我现在做事要比以前认真一些了，可是不管我认真还是不认真，没有事干还是没用的。

连放高利贷的人都不肯贷给我了。我向违法营业的骗子中介请求帮忙，可竟然遭到了拒绝。我好不容易准备了一半的钱，另一半是向妈妈要的，最后终于凑齐了十五万日元。我想用这十五万日元在今天或者明天之内找到一处可以搬过去的房子，于是直接向不动产公司表明了我的意思。不动产公司给我找了一处房子，在都立大学那里，一个四铺半席的房间，没有洗澡间，厕所共用。我连房子都没去过，就直接跟他们签了合同。

我在夜里差不多把所有的家具都丢弃了。不过因为电视、录像机、音响设备这些值钱的东西都被我当掉了，所以现在所剩的家具本来就不多。我找了两个没有工作的朋友帮我搬了家。

从自由之丘到都立大学，中间是一站的距离。我的行李不多，所以也用不着租辆卡车，而且我也没有这闲钱。我从附近的木材店借了一辆两轮拖车，逃荒似的在当天就把行李搬了过去。

我现在租的地方是一栋独门独户的旧房子，一共两层，在高级住宅区里显得很刺眼。这栋房子现在都出租出去了，每一间租给一个人。一层有两间，二层也有两间，这些房间的面积都一样大。整栋房子只有一处狭窄的玄关，住在这栋房子里的所有人都在这里脱鞋。没想到在治安和卫生这么差的破房子里，除了我，其他三个租房子的人都是独自生活的年轻女性。

我还以为这些女人要不就是勤奋学习的女学生，要不就是给父母寄钱的孝顺 OL，可一到玄关就可以看到散乱放着 Charles Jourdan 的尖头皮鞋。

而且这三个人都不怎么回公寓。可能是她们都瞒着父母在外面跟人同居，而这个地方只是她们名义上的“住址”。

这样一来，这一栋房子大多数时间都是我一个人住，不过有时候会有人寄包裹给那些女人，所以都是一天到晚待在家里的我帮她们暂时保存。

我保存的东西里有来自 Cecile（赛诗丽）的包裹，还有一些很奇怪的邮购商品。她们每两周会回来一次，所以我都瞅准那时候把东西交给她们。可是这些女人不但不道谢，反而只是把门开一点点，然后就像抢东西似的从我手里把包裹夺过去，那种感觉就像面前站的是一个变态。

虽然我们都住在一栋房子里，不过她们的心里可能是这么想的："像他这样住在这种破房子里的人肯定是变态，而且只要想到我邮购的内裤曾经在这个男人的房间里待过，就会感到恶心。啊，简直受不了了。都一大把年纪了，还住在这样没洗澡间、没厕所的房子里，而且也没有工作，一整天都待在这里，肯定是属于犯罪者预备队里的堕落之人。简直是恶心死了。"

人总是更愿意鄙视他人，而不是钦佩。

不过我房间里的现状确实只能让她们鄙视、恶心。因为我把一个没有工作、名叫江本的男人带到这个房租三万的房子，现在是我们两个人住在一个房间里。

江本是我以前打工时教的肖像画学习班里画得最差的一个学生。我后来不做那份工作了，就一直没见到他，不过前几天我在通往神社的大路旁发现了蹲在那里的江本。

"好久不见了啊，你怎么会在这儿？"我跟江本打了声招呼，这应该就是缘分吧。江本仍然低着头，回答道："我饿了。"

这是一个经典的场面。于是我对他说道："那来我家吧。"结果江本开始过来跟我一起住。他几天之后从在三鹰租的一个月三万日元的房子搬了过来，连行李也都一起带来了。虽说我们两个都没什么家具，可是现在一个四铺半席的房间里放了两个人的行李，屋里显得空间不够。我们睡觉的时候，一个睡在桌子上面，一个睡在桌子下面，简直就像一张上下床。

而且江本的纸箱上面全都有打印的"radishbo-ya"字样。

"radishbo-ya 是什么呀？"我问江本。他告诉我说这是一个送蔬菜上门的店。这个男人真是麻烦。

不过有时候江本也能给我一些安慰。例如我们去走路要十五分钟的澡堂时，或者我把手伸到自动售货机的返钱口摸零钱时，由于江本的存在，我都顺利地挺了过来。

“我想当一个插图画家。”

江本竟然毫不知耻地说出这种不知天高地厚的话。

“别想啦，放弃吧”，我这样劝他，结果他反而更不愿放弃了。

我每个月都有几次工作。剪辑单色画，这个我自己做只要三十分钟就能完成了。不过我会留下涂色这一项让江本干。我们就这样玩着插画家的游戏。

那段时间我们眼里看到的都是些什么呢？虽然我们愁吃愁穿，可是并没有因为担心自己的未来而感到沉重。

这或许是因为我们正在努力做好眼前的事情吧，不过我们当时肯定认为以后的生活至少会比那时候要好，虽然没什么依据，却这样坚信不疑。

什么都没开始的时候，也就没有什么好恐惧的。

我们的生活里没有一件事情是确定的，可是我们并不觉得生活很枯燥。

只有得到某些东西的人才会感到乏味、恐惧。

“妈妈，我要跟单位里的人去一趟九州，到时候去你那儿住。”

其实我现在基本没有工作上的熟人或朋友，不过我跟在出版社工作的 W 正好是在两人都郁闷的时候认识的，结果两人一拍即合。

我们刚认识不到两周，W 就邀我一起旅游，而我也接受了。

其实 W 本来是打算跟他的女友一起去海外旅游的，所以请了一周的假，结果前几天他刚跟女友分手，现在只剩下请的假了。可是 W 这个家伙觉得跟我一起去海外旅游有点儿不妥，于是决定开车绕九州一周。这个计划让人觉得有点儿破罐子破摔，而且很有所谓的男人味。

W 虽然出生于横滨，不过当银行职员的父亲曾经调到小仓的银行工作过，所以他想去小仓看看，于是把这次旅行定位成“九州之旅”。

我正好也好久没回福冈了，而且觉得这次不花钱的旅游很有意思，于是决定跟 W 一起去。我跟 W 在一起做的是海外旅游杂志方面的工作，我在这个杂志上写专栏，不过我自己不但没去过海外，就连护照都没有。

我们从东京出发后，W 的丰田海拉克斯就驶上了东名（东京和名古屋）高速公路。我没有驾照，所以只是选选歌，或者睡觉。来兴致的时候会在副座上跟 W 东侃西侃一番。就当我们马不停蹄地赶到广岛那一带时，高速公路竟然全面停止通车了。这部分高速公路建在山里，气温较低，路面因为下雪结冰了。如果不是装上防滑链的汽车，或者不使用防滑轮胎，就没法在路面上跑。

由于长距离驾驶的疲劳，W 变得有些任性。他缠着收费处的人不放，说他的车装的是防滑轮胎，没问题。不过最后还是没得到允许，我们只好在旁边的服务区停留了几个小时。

“都要到九州了，没想到这里竟然在下雪。我还以为这里收费处的男人都穿着夏威夷衫呢。”

W 之前好像把九州的情况估算错误了，现在终于一下子倒在座位上，似乎不再幻想了。

我们渡过关门海峡、踏上九州的时候是早晨，之后我们直接赶去住在若松的妈妈家里。若松有一座很长的红色铁桥，名叫若户大桥。这座桥穿过工业区，连接了户畑区和若松区，全长两公里。

在一个孩子的眼里，蓝色铜海湾上，那一座大红的桥，宛若将东京塔横放下来一样。下了桥，就是妈妈租住的房子。我也是第一次来到这个火野苇平先生的家。

一来到这里，妈妈就扎着围裙飞奔出来，朝 W 深深地点头鞠躬。

“特意远道而来，一定累坏了。洗澡水烧好了，赶快去冲个澡吧。

这孩子开着车，一个人一定筋疲力尽了。”

妈妈初次见到儿子的同事，好像很紧张。

我这个儿子一门心思要赚钱，连在东京要做什么都不知道，就这样带着同事来了。而妈妈好像是了解儿子在做什么工作似的，很开心地、周到细致地忙碌起来。

在W洗澡期间，妈妈已经将早餐满满地摆了一桌子。

“也不知道合不合城里人的胃口。”妈妈说。W连忙说：“哪里，很好吃的。大婶。”我们多次地添饭。我的被子和W的被子紧挨着铺着，被子好像是在睡觉前用被褥干燥机烘烤过，松软而温暖。

在寒冷的冬天，在我睡前，妈妈总是使用干燥机烘暖我的被子。

W进了被窝，就立即鼾声如雷。妈妈叠着他的衣服，说：“可怜的孩子，一定是累坏了。”

我一边听着W的鼾声，一边和妈妈聊天，不知不觉中疲劳袭来，慢慢钻进了被窝里。

在这么温暖柔软的被子里睡觉的美妙感觉真是久违了。

我们醒来的时候，早已过了晚餐的时间，饭桌上摆满了饭菜。不知什么时候，爸爸已经坐到电视机前面，吐着烟。

W慌忙同我父亲打招呼，“啊！您好！”其余的话说不出来。

我从外表和态度上都可以客观地看出，W很恐慌。他附在我的耳边，悄悄地嘀咕着：“你爸爸很凶啊！”

似乎是听到了W已经睡醒了，奶奶过来同W打招呼。

“您好！是孙子的同事啊。请多多关照我孙子。”晚饭准备好了，W在妈妈和奶奶火辣辣的注视下拿起了筷子。W每说一句话，妈妈、奶奶和爸爸三个人就各自回应一句。

吃完晚饭，闲躺着看电视的爸爸看我们在喝茶，站起来，说道：“我们出去吧。”

“去哪里啊？”

“出去一下。”

一边说着，一边连商量的余地都没有似的，穿上自己的夹克，似乎是想要带我和 W 去小仓。这是爸爸接待 W 的独有方式。

“这是去哪里啊？”

W 不安地问道。

“嗯。大概是去小仓的俱乐部。”我回答。

爸爸拿起我和 W 的上衣，说道：“难得来一趟。去小仓那里好好玩玩儿。”

爸爸的朋友——光头 A 在第一家俱乐部里面等着我们。

爸爸一般带我出去喝酒的时候，都邀请自己的朋友一起去。他让朋友打听我的事情及东京的状况，自己则在旁边默不作声地侧耳细听。

每到一家店，他就会对老板娘说：“这是我儿子的同事，在工作上经常照顾我儿子。”W虽然听不懂爸爸的话，也茫然不知所措地跟爸爸说话。光头 A 体型匀称，身材高大，比乐队的少年还要高出一点儿。那些少年不约而同地多次同光头 A 点头示意打招呼。光头 A 对人家进行一番“吉他撞坏了”及其他说教之后，说些乐队要加油啊之类的话，然后若无其事地走向下一家店。

爸爸毫无兴致地看着他们，也走向下一家店。

W 和那些少年以相同的表情从头至尾看着一切，指着走在前面的爸爸的背影说：“你爸爸玩摇滚音乐吗？”

在下一家店，光头 A 问了 W 的姓名以后，说小仓有三个大名鼎鼎的跟 W 同名的兄弟。是三个很有趣的兄弟。老大、老二、老三都是无恶不作的坏家伙，老三被抓进监狱的时候，两个哥哥驾着直升机在监狱上空盘旋，对着监狱里的弟弟用扩音器喊着“我们救你出来”。“有意思吧。他们跟你同名。”

W 早已习惯了光头 A 的故弄玄虚，依旧兴高采烈地同 A 嘻嘻哈哈之时，爸爸跟我说："你这位朋友在哪个公司？"

"出版社。"

"你在出版社做什么？"

"画漫画，或者原创稿子。"

"干这个能吃上饭吗？"

"嗯。比以前好多了。"

"是吗？那你再忍耐忍耐吧。"

"嗯。"

爸爸跟酒吧老板娘借电话，说是给妈妈打个电话。

"我们这就要回去了。跟你妈妈说给我们准备茶水泡饭。"

当时是凌晨两点。我们回到妈妈家里的时候，茶水泡饭和腌黄瓜已经摆在桌上了。

"你们赶紧饱餐一顿吧。"妈妈笑着对我和 W 说。

如果只热衷于自己的事情，就会感到被追赶着跑，总是跌倒，感觉时间停止了。如果只看见自己，只看见自己身体内的钟表，就如同世界的时间停止不动一样。

可是，猛然停下脚步看看周围，这样的余裕即便拥有一瞬间，你甚至也能觉察到时间的流逝和动感。

当关注对象不是自己的时候，时间就会匆匆流逝。时间确实就像日历一样一页页地翻过。这时候，就会发现一切都来不及了。

等你意识到，时间已经无法挽回地流走了。

妈妈已经年过花甲。我才二十八岁，而妈妈已经年过花甲，知道这一点，让我强烈地感觉到时间的流逝。

"已经是老奶奶了。"

"是啊。不知什么时候就会死了。"

在这样无意之间的对话中，时间哗哗地流过了。

我最后一次打工是在海苔公司的仓库里，负责堆货物。自从辞了这份工作之后，我就没再打工，不过就算这样我也还能勉强生活下去。

我按爸爸说的那样，吃喝玩乐了五年，现在可能已经厌倦了这种行为，在接触了各种工作之后，我终于对工作有了些兴趣，不再反感了。

我手里还有贷款，不过我每个月把高利贷的卡和钱给江本，让他帮我还。

W 在三田的一栋能看到东京塔的单间公寓里租了个房间，以此为基地，当作自己的办公室。后来聚集的人多了，于是把办公室转移到了神社前的街道上。

无论是在三田的时候，还是在神社前的街道上，我每天都待在 W 的办公室里。我待在这里不是跟女人玩乐，也不是喝酒，可能是对以前懒惰的反抗吧，我就算没事做也会留在办公室里，拼命地画画，拼命地写字。

不久 W 租的办公室解散了，我和江本都搬到了都立大学附近的公寓。

我在方南町上租了一处限期的房子。由于是限期的，中介费和租金都很便宜。一层是我跟江本共用的工作室和起居室，二层的两个房间我们各用一间。我们现在已经不用睡“上下铺”了。

这里通了电，有煤气，装了电话，厕所也可以用水冲。我已经好久没住过这样的房子了。“我的生活在逐渐变好。”我这样觉得。

妈妈经常跟她的姐妹一起出去旅游，似乎她们很喜欢这种一年一度的旅行。

“我感觉脖子这儿鼓鼓的。”妈妈在去别府旅游的时候这样说道。

妈妈的姐妹让她回去之后去医院看病，于是妈妈看了镇上的一个大夫，结果马上被介绍到了九州大学的附属医院。

妈妈住进九州大学的医院后，过了一段时间，她打了一个电话给我。

“我得了癌症。”妈妈用极其平常的语气说道。

“什么地方有问题啊？”

“是甲状腺癌。”

“那能治好吗？”

“你不用担心，好像说不会有生命危险。”

听到妈妈说的这个消息，我一下子觉得胸口好堵，好像心脏都被人揉碎了。不过妈妈显得很镇定，所以我以为病情并不是很严重。

“要做手术吗？”

“要做。好像甲状腺和声带上都长了癌细胞，不过做手术的时候只割甲状腺，不切声带。因为切掉声带就没法说话了呀。”

听妈妈说她跟医生商量了一下，决定做手术，不过做手术的条件是不切声带，声带那部分的癌细胞妈妈想用其他方法治疗。

要是摘除声带，就没法说话。可是如果保留声带上的癌细胞，那这个病就不能被治愈。两相选择下妈妈坚持要保留声带。

我觉得妈妈做这个选择也很容易理解。以前一直正常地说话、正常地笑、正常地唱歌的人，现在一下子被人说以后不能发出声音了，当然不能轻易地接受。

妈妈住进了九大的医院，准备做手术。不过她倒是更担心同时在若松住院的京一舅舅。

“上了年纪之后大家都要生病，真不好啊。”

妈妈通过手术摘除了整个甲状腺，声带上的癌细胞则留到手术以后用碘疗法治。

妈妈做完手术后，我马上回到福冈，赶到九大的附属医院。进了妈妈的病房后我看到她正坐在床上，而阿布姨妈还有花骨牌大学的朋友早苗阿姨等人坐在床边。

“没事吧？”

“嗯，没事，不用担心。”

“不是没全治好吗？”

“以后会比较麻烦，不过不用做手术了。做手术真是讨厌啊。”

我给妈妈买来了她托我买的带耳机的小型收音机，并且教了她怎么用。

早苗阿姨笑着对我说道：“小间，听到你妈得了癌症的时候吓了一跳吧？”

“嗯，不过妈妈说没有生命危险，还好。”

“你妈妈命大着呢，一点儿小毛病是死不了的，你就放心吧。”

妈妈和早苗阿姨对望了一眼，都笑了。我亲眼看到妈妈这种情况，总算放下心来。

这时阿布姨妈把我叫到病房外，在走廊的角落里小声地对我说道：“小间，其实你妈妈还不知道，你京一舅舅已经去世了。”

“啊？怎么会这样？”

“就在你妈妈做手术的前一天，也就是一月三十日在医院里去世的。当时你妈就要做手术了，而且身体也虚弱，我想等她身体好一点儿再告诉她，所以一直都瞒着她。小间，你也不要告诉你妈。”

京一舅舅是个很有男人气概的人，他在若松开了个公司，兢兢业业地操持着。舅舅梳一个大背头，戴着一副带颜色的眼镜，叫我妈妈的时候还老喊“姐姐，姐姐”，就像个小孩子似的。

“京一和伸一上高中的时候，他们竟然带铁链去学校打架呢。”

妈妈经常提到舅舅们的事。

京一舅舅有两个女儿——京子和小百合，她们跟我年龄差不多大，在表兄妹中跟我关系是最好的。小的时候，我们两家很近，一到夏天我们三个人就会做一个塑料游泳池，在里面泡水。长大以后，我每次回福冈的时候，除了见以前的朋友，还会去找京子玩，一起聊天。去东京之后，当了 OL 的小百合还给我介绍了下北泽的房子，我们做了邻居。她不仅帮我付喝酒的钱，连我朋友那份都会一起付。

我自己没有兄弟姐妹，不过我觉得如果有也应该就是这个样子。我一直把京子和小百合当作我的亲妹妹看待。

京子的结婚典礼上，京一舅舅作为新娘的父亲，撑着油纸伞缓缓地出场。京一舅舅这个人本来就比较容易落泪，那天他捂着眼睛，不停地掉着眼泪，仍然慢腾腾地走着。看到他这个样子我也忍不住哭了起来。

京一舅舅也患了癌症。到最后癌细胞扩散到了身体的各个部位，都不好说是哪个部位的癌了。据说京一舅舅患了腹膜癌，腹腔里积了很多水。腹部膨胀得像一只青蛙，里面竟然积了有三升的水，还并发了肝硬化。舅舅是在无尽的痛苦中去世的。姨妈们哭着说都不忍心看到跟病痛做斗争的京一舅舅。

“喂，小间，把色子拿过来。”

盂兰盆节或者新年的时候，我们这些亲戚一聚到一起，就大人小孩一块儿掷色子。京一舅舅半蹲着身子掷色子，连我这个小孩看来也觉得非常潇洒。每次见到京一舅舅，他都会从腰包里拿出钞票，给我零花钱。

妈妈看到我拿了那么多钱，就会训我说:“你要得太多了，还一半给你舅舅。”不过舅舅每次都会这么说:“不用啦，拿着吧。不过你可不要让你妈担心哦。”

京一舅舅竟然去世了。

摘除了甲状腺的妈妈以后必须一直吃激素，因为摘除了甲状腺，没法自己分泌出激素了。

在开始碘疗法之前的这段准备时间里不能服用激素制剂。可是妈妈说不吃激素身体就特别没劲儿，而且大夫禁止她吃海带、海苔、凉粉等海藻类的食物，所有以“海”字开头的菜都不能吃。

开始碘疗法之后，由于进行放射治疗，妈妈要在隔离的病房里待三周，不能出来。

我六岁时患了赤痢，被送进了隔离病房楼，当时妈妈自己没被传染却也跟我一起住了进去。

二十多年之后，妈妈这次要进行放射治疗了，却只有一个人被隔离在病房里。

这个治疗要一年做一次，一直到杀死声带附近的癌细胞。大夫说这种疗法很适合妈妈的体质。

我知道放疗很痛苦，可是如果能够治好的话，我只能让妈妈多忍受一下。

第一次碘疗终于结束了，妈妈总算恢复了一点儿健康。上了年纪之后，就不能指望治好病，而是要学会跟病魔一起生存。可是想到妈妈的体内还带着癌细胞，我就心痛、焦急、懊恼。

亲人去世了，母亲也病倒了。虽然这种事在任何人身上都会发生，可是如果不是到了这一步，没有人会有切身感受。

我现在不能只考虑自己了。虽说遇到什么样的状况都算正常，可是实实在在地感受到这一切的时候，我还是觉得很压抑、很沉重。

我并没有失去什么，却有这样的感觉；没有人要求我做什么，我却像被戴上了脚镣。对妈妈的担心，必须解决这种现实情况的焦虑，使我在夹缝中深深地困惑，苦苦地思索。

刚解决了三餐，就面临了另一个问题。而且这次问题比以往任何一次都要艰巨、困难。

不，比以往任何一次都要痛苦。

“我们想在你妈妈去世之前去一趟夏威夷，你也一起去吧。”

阿布姨妈给我打来电话，这样说道。

“怎么着都想在死之前去一趟夏威夷呀。”

妈妈好像也特别想去。恢复了健康的妈妈和姨妈们把癌症转化成了一种动力。

我从未想到我的第一次海外旅行竟然是跟妈妈和姨妈们一起四晚六天的夏威夷之行。

夏威夷很好玩吗？其实这个时候已经不是好不好玩的问题了，因为她们打出了“带去黄泉的礼物”这个撒手锏，我还能怎么拒绝呢？

我急急忙忙跑去办护照。妈妈跟姨妈她们一起去了趟政府部门，已经领到了护照。

虽然她们姐妹几个在国内旅游过好几次，不过海外旅游还是第一次。几个姨妈老挂在嘴上，说“这是第一次，也是最后一次”。

最大的野笛姨妈，第二的惠美子姨妈，妈妈下面的阿布姨妈，还有惠美子姨妈的丈夫本田姨父，以及他们的孩子修。

修也就是我的表兄，比我大很多，我们也没怎么一块儿玩过。据说这次夏威夷之行是做导游的修安排的，他也顺便当我们的导游。如果不是这样，估计我们连国都出不了。

反正怎么着也是去一趟，而且去的人中大多数都是老年人，所以这次夏威夷之行安排了昂贵、豪华的行程。

我的贷款虽说还得差不多，可是银行存款的余额从来没有富余。我把所有的钱都取了出来，又借了一些，终于筹齐了妈妈和我的旅费。

一九九三年的秋天，这一年妈妈做了甲状腺癌的手术，这一年妈妈六十二岁，我也马上就要到三十岁了。

这一年我们母子俩一起去了海外旅游，这是我们的第一次。

这是我们母子的第一次，也是最后一次海外旅游。

“九大的大夫说是沿着脖子上的皱纹切的，所以疤不太明显。”

妈妈笑着说道，可是看来她还是很在意手术后的伤疤。你看我们现在去的是南方，她脖子上竟然还围着个围巾。

“就跟弗兰肯[1]似的。”

我开玩笑地说道。后来我画妈妈的肖像时，总是在她脖子上画一条缝了线之后留下的疤痕，就像怪物弗兰肯那样。

这次我们还一起坐了飞机，这也是我们的第一次。妈妈除了这次就没坐过飞机。

飞机起飞的时候妈妈表情僵硬，由于紧张和恐惧而紧绷着脸。当然坐在旁边的我也一样。

空姐每次给我们拿来饮料或糖果的时候，我们都像受了恩惠似的，不住地点好几次头。

“妈妈，坐飞机很害怕吧？我也害怕呢，我不喜欢飞机晃得这么厉害。”

“一个大男人竟然也怕这个。”

雨季的夏威夷并没有我们想象得那么热，有的时候还下起了小雨。

修兴奋地说道：“我因为导游的工作来过好多次夏威夷，不过很少住在这个酒店里。”我们住进了修所说的 Halekulani 酒店。

我和妈妈住的是双人间，看到房间里的一篮子水果，我们感动得不行，同时又有些紧张。

站在观海的凸窗前，可以看到大海透出一种从未见过的颜色。

妈妈走到阳台上，两手扶着前面的扶手，静静地眺望大海，吹着海风。

那个样子简直像一个上小学的小女生。

---

① 弗兰肯：怪诞小说中的人物，杀了很多人，最后逃到了北冰洋。——译者注

妈妈她们姐妹几个不久就出去购物了，说要买牡木[①]，买回来后立马穿到了身上。在夏威夷的这段时间她们好像就打算穿着牡木过了。

“怎么样？不错吧？”

“不管怎么样，反正凉快就行。”

妈妈从装饰在房间里的花瓶里拔出一枝花，夹在耳朵上，在我面前跳起了类似草裙舞的舞蹈。

“怎么样？哦哦哦！”

可能妈妈比我想得还要高兴吧。

说到这里，我忽然想到我还没见过留着长发的妈妈。以前的照片也好，单身时的黑白照片也好，妈妈的头发都没有长到肩膀的。可能是妈妈的头发特别软，不剪短的话容易乱吧。

我的头发也很软。

“听说牡木里面什么也不穿才是最正统的。”

“那你里面什么都没穿？”

“是呀。”

“你听谁说的？快点儿穿上啦。”

也不知道妈妈在哪里听错了，听成里面不穿衣服才是“最正统”的。就算这是“最正统”的穿法，我想夏威夷的人也都不会这么要求吧。

我们吃饭都是在观光船上的餐厅，或者是高级饭馆。这里明明是夏威夷，却有很多地方不得不穿短外套。

我本来还想让她们吃汉堡的，结果妈妈她们姐妹几个第一次看到那么大的龙虾，嬉笑个不停。

白天姨妈们和妈妈去购物中心，我一个人留在酒店里，有时候会到酒店周边散散步，有时候会一面眺望着远方的 Diamond Head[②]，一

---

① 牡木：夏威夷人穿的一种宽大的女装。——译者注

② 夏威夷的一座山，戴蒙德角。——译者注

面听着随身听里的 *Diamond Head*。跟妈妈在一起的时候，就算看到穿着比基尼的女人，或者是晒着大太阳，我的心情也兴奋不起来。

我回到酒店后，发现妈妈她们好像回来了一次，不过马上又跑去游泳池那边了。

我之所以知道她们去游泳池了，是因为就算站在阳台上也能听到妈妈她们的喧闹声。

我在阳台上搜寻了一番，发现她们果然在那里。池底画有 Halekulani 标记的游泳池里，有一群说着筑丰方言的人在嬉闹着。

我也去了游泳池，发现妈妈她们正在游泳池里游泳，头上戴着夏威夷随处可见的连锁便利店“ABC Store”的塑料袋，可能是不喜欢把头发弄得湿漉漉的吧。

妈妈她们在游泳池里大喊大叫，玩得不亦乐乎。露出水面的 ABC 店的塑料袋在池里游来游去。

戴着太阳镜、喝着热带鸡尾酒的白人躺在游泳池旁的躺椅上，不高兴地看着妈妈她们。那种目光就算是语言不通也能向我们表达出他们的意思。

听修说，住在这家酒店，在画有 Halekulani 标记的游泳池里游泳在美国人中间已经成为一种地位的象征。

可是穿着游泳比赛中穿的泳装，头上套着塑料袋，用筑丰方言大喊大叫的妈妈她们现在竟然在象征他们美国人地位的游泳池中游泳。

我觉得美国人也真可怜，不过更多的是“走着瞧”这种心理。

妈妈她们根本不在意那些美国人什么态度，就像小孩子在自家附近的游泳池里一样，玩得兴致勃勃。

我对游泳不太擅长，不过妈妈似乎完全不会游。我跳到游泳池里，把妈妈的两只手臂拉直，教她蛙泳。打水溅起的水花落到 ABC 店的塑料袋上，发出啪啪的响声。

旅行度过了一半之后，我们住进了一栋大型的分售公寓里。似乎是妈妈她们习惯有厨房的地方，比较喜欢这种形式。

修告诉我们有一处又安静、又漂亮的海滨，于是把我们带到了那里。那里的海滨人影稀疏，确实很漂亮。从怀基基坐车走了一段距离之后才到了那处海滨。

我和妈妈还有姨妈她们一起坐到舒适的海滩上，忽然产生一种错觉：这里不是夏威夷，而是福冈的海滨浴场，于是乎觉得无拘无束。

午饭的时候，我们打开妈妈和姨妈她们在分售公寓的厨房里做的午餐，大家一起分着吃。还是自带的饭好吃，比在任何观光船上的餐厅里吃得都要好。

从大海上吹来的风让人心旷神怡。夕阳西下，海面上一片平静。

饭也吃完了，我们开始收拾东西准备回去。这时忽然听到修训斥惠美子姨妈的声音。

“好不容易大家来一趟夏威夷，不要做这么寒酸的事，真是太丢人了。”

原来惠美子姨妈把我们用过的一次性筷子放到水里洗了洗，准备带回去。这些筷子应该是惠美子姨妈从日本带过来的，除此之外她还带了咸菜、酸梅干。

惠美子姨妈可能是考虑到我们现在所处的这个国家不用筷子，如果以后再要用就比较麻烦了，所以才想把用过的筷子洗洗带回去。

“我怕回宾馆以后还要用到，所以……对不起。”

惠美子姨妈一边道歉一边哭。一个穿着泳衣的六十多岁的老人在夏威夷的海边握着一次性筷子哭个不停。

大家看着事情的原委，之后年龄最长的野笛姨妈用代表所有人的口吻说道：“阿修，你怎么能这么说话？你妈年轻时辛辛苦苦才把你们这些小孩抚养大的。她省吃俭用，都舍不得给自己买件衣服，来供你上学。你怎么能这么说你妈呢？”

可是惠美子姨妈却像自己做错事似的，道歉说“不是不是，是我不好，对不起了”，然后开始慌慌张张地收拾东西。

东京有一个关照过我的中年女性，她年轻的时候丈夫就去世了。他们一共有三个孩子，她丈夫死的时候最小的女儿才刚满一岁。之后她一个人把这三个孩子拉扯大。

她曾经这样对我说过：“其实孩子只有在小的时候才可爱，可是一眨眼就过去了。长大以后就变得任性，不听话了，还经常给我惹麻烦，真的很不容易。痛苦的事要比高兴的事多好几倍。

“甚至我有时候会想：真是受够了，要是没他们该多好。可是孩子嘛，有时又会做一些事，让我觉得生下他们真是幸运，有时候真的会这样。其实抚养孩子就是这种幸福和辛苦的不断重复。”

我们回到了日本，回到了东京。妈妈在夏威夷只买了一件牡木，回来时包里鼓鼓的，不过装的都是送人的礼物。妈妈和阿布姨妈借这个机会来到我租的房子，准备在这里住一段时间。现在租的方南町的房子还好，能让她们住，要是以前的就不行了。

妈妈在公交车上一直说要吃寿司，所以我们在去我的住处之前进了一家方南町商业街上的寿司店。

“夏威夷真好玩。”

有些晒黑了的妈妈满足地说道。

“我们还以为姐姐不久会死，所以一起去夏威夷的，你看看现在！姐姐你竟然是最健康的。”

我和妈妈都快要忘记她的病了。

“这里的星鳗好大啊，真厉害，难道是一整只？”

看来妈妈比较喜欢大的东西。

“妈妈，我现在就住在这儿。”

我打开小门，向玄关走去。江本把门打开，说了句“欢迎”。妈妈她们正要进屋，就在这个时候……

“啊，好痛哦。”

我回头一看，发现阿布姨妈被石阶绊了一跤，正躺在地上。

“阿布姨妈，没事吧？”

“啊，好疼。可能是在夏威夷玩得太累了。”阿布姨妈不好意思地笑道。

“哎呀，怎么回事啊？怎么是你有毛病了呀？”妈妈也笑着说道。

阿布姨妈当时只说扭伤了脚，没想到第二天早上脚腕竟然肿得老高。于是我让阿布姨妈坐到自行车的后座上，载着她去了附近的医院。检查的结果是脚腕处骨折了。

阿布姨妈的脚腕上缠着绷带，里面裹着石膏。妈妈看到阿布姨妈回来时这副模样，笑个不停。也正因为这个，妈妈和阿布姨妈在东京待的时间比预期的要长。

妈妈在九大做手术之前，回到了筑丰的姥姥家里。因为她在若松租的房子的主人回来了，所以不得不回到自己出生的家里。

这个家也就是我小学的时候我和姥姥、妈妈三个人一起生活的地方，也就是妈妈他们九个兄弟姐妹出生的地方。姥爷去世之后，他们九个孩子各自离开了这个家，孤身一人的姥姥也过世了，现在这里已经成了一所空房子。

妈妈孤身一人回到了这个家，住在这所房子里，在套餐店里上班。

妈妈一个人在这所房子里生活了一段时间之后，住在镰仓的舅舅，也就是妈妈下边的弟弟，被我称为镰仓舅舅的亲戚也回到了这所房子。舅舅在镰仓的银行工作了好多年，现在退休了，准备回老家过晚年，于是和他的妻子一起回到了筑丰的家。他们的两个儿子都在神奈川组建了各自的家庭。

可是妈妈无处可去，还要继续去上班。

可能是他们之间商量好了吧，镰仓舅舅夫妻俩回来之后，妈妈开始跟他们一起生活。

而我这边呢，方南町房子的房主也快要回来了。因为租的时候就是有限期的，当时房主调到外地工作了，所以租的时候房租也相当便宜。

据说房主的外调快要满期了，之后就要回到我租的这个房子。我的情况跟妈妈的不同，我不能跟房主一起生活，彼此也都不想这样。

我和江本现在必须为以后的住处重新找房子。

乘圆内线的话，方南町在杉并区里面，不过我住的地方离车站很远，走到涩谷区的京王线笹冢车站只需要十分钟，所以我一直都是到笹冢车站坐车，而不是方南町。再说江本以前租的房子就在笹冢车站附近的养老瀑。

我们来到笹冢车站的不动产公司找房子。我来到东京以后已经搬了无数次家。有个说法叫“搬家穷”，人们一般把这个词用在搬家次数太多、把自己搞穷了的情况。真的是这种意思吗？其实我也经常被人称为“搬家穷”。

可是对“穷”和“搬家”两方面都有过体验的我来说，这种用法并不正确。不是因为搬家而造成贫穷，而是因为贫穷不得不搬家。

要是能继续住的话，我当然想在一个地方常住下去。可是我没钱，只能搬家，也就是说我是被赶出去的。于是我在找房子的时候会找那种必须马上搬进去的。

这个社会就是有这样一种情况：越是没钱，越是要多花钱。

像我这样短时间内要搬好多次家的人，已经不觉得搬家有什么特别的了。我不会再去看杂志上的广告，也不会再转很多家不动产公司。

我现在进第一家不动产公司就会把房子定下来。因为看多了会眼花缭乱，会想看更多，结果到最后就不知道什么样才是好的了。其实只要确定了房租的上限，无论你到哪儿都差不多。

其实比起选房子，去麦当劳这种事倒是更让我犯愁。

我们到了笹冢的不动产公司后，说了自己预算的房租，他们提供几处符合条件的房子。其中第一处是："钢琴厅。"

"有隔音设施吗？"我问不动产公司的人。结果那个人满不在乎地回答道："没有。"

我喜欢这个人的态度，觉得这种随意的语气很好。我又问了详细情况，知道这处房子在笹冢车站的旁边，走路只要五秒钟，其实都可以称为"车站建筑"了。

这栋杂居建筑正好夹在车站和甲州街道的中间，甲州街道的上方是首都高速公路。另外这栋楼的三层和四层是保龄球馆。

也就是说在这栋楼里可以听到无数种声音，有从车站的站台传来的列车汽笛声、广播声，有从车流量大的甲州街道传来的汽车喇叭声，有从首都高速公路传来的高速奔跑的汽车、卡车的引擎声。除此之外，地板下面还有保龄球滚来滚去的声音，然后是啷的一声——保龄球瓶被击中的声音。

由于这个环境的噪音太多了，就像是钢琴的声音，所以这里被称作"钢琴厅"。

在此之前，我的邻居老是嫌我的房间太吵，所以这处房子简直是太适合我了。没听完他们的介绍，我就迫不及待地说道："我们签合同吧。"

可是仔细考虑一下的话，押金要两万，酬谢金要两万，还有中介费和以前的房租，而且需要一次付六个月的房租，我根本没有这么多钱。

这处房子在十二层楼房的第七层，是 2DK（两厅一厨），房租要十四万多一点儿。我要是住进来必须准备一百万。我并不是付不起每个月的房租，可是一下子要一百万，我到哪里找去？我又看了看银行里少得可怜的存款。

我之前的贷款都还完了，不过我没有信心还能再贷到。

我试着去了趟银行，看看能不能贷到款，结果五分钟都没到就被人赶出来了。

好几天我都在大脑里反复考虑怎么筹钱，结果还是看不到任何希望。有一天我都躺下准备睡觉的时候，江本递给我一个装了一百万的信封。

“你用这个吧。”

“这个钱是怎么弄到的？”

“我向我爸妈借的，说好了每月还一点儿。”

“可是，这不太好……”

“反正我也一起住，你就先用吧。”

虽然我非常过意不去，可是实在没有办法了，于是我向江本道了谢，跟他约好每个月还一定的钱给他。这种尴尬的师生关系估计很少有吧。

搬家之后的第二天，刚睡了一晚，我就忍不住抱怨道：“太吵了，这个房间。”要是早上起床、晚上睡觉这种规律的生活还好，像我这样生活不规律的人老在最吵的时候睡，而且楼里的保龄球馆从早上七点就开始营业，虽说我住在七层，可是还能听到褥子下方传来保龄球骨碌骨碌的滚动声和瓶被撞倒的响声。七层都这样，那住在五层的人听到的保龄球声该有多吵呀？

但是人的适应能力实在很了不起，还没到两周我就适应了这样的环境。保龄球的声音，站台传来的声音，首都高速公路上的汽车呼啸声，甲州街道上的汽车喇叭声，街上的噪音，所有这些声音都统统成了我生活中的背景音乐。

妈妈那时候也正在为住处犯愁。

妈妈肯定也考虑到了舅舅他们。舅舅肯定想在退休后过安逸的夫妻生活，所以才回到福冈的。舅舅夫妻俩都是老实、善良的人，不过这个跟妈妈自己的想法无关。

妈妈这个人以前从来没在我面前表现过低落的情绪，这次打电话时我竟然能够明显地听出她声音中的无助。

“要不去阿布姨妈那儿住？”

“也不能老麻烦她呀。”

“那怎么办呢？”

“是呀，怎么办呢？”

我似乎是第一次听到妈妈的叹气声。

妈妈都六十多岁了，还患上了癌症，正在接受治疗。她的朋友们自然都跟家人一起生活，还有很多人都有孙子了。这么大年纪还到外面工作的应该非常少见吧。

妈妈看到这样的情景，是以什么样的心情继续工作的呢？

疾病缠身，情绪低沉，在妈妈眼里，她以后的人生是什么样子呢？

在这样愁苦的生活中，妈妈竟然连让人感觉安定的最低需要——自己的家，自己的住处都没有。

妈妈小的时候，这个小镇因为煤矿而繁荣，到处都充满了人、活力和希望。妈妈生在这样的环境中，在有九个孩子的大家庭中长大，她曾经想过将来的自己会是什么样子吗？

从那时候算起，已经过去了五十年的岁月，妈妈却还待在原来的地方。煤矿关闭了，竖井上冒烟的烟囱不见了，爆破的声音也消失了。

人们纷纷离开小镇，过去的辉煌早已找不到踪影。

可是这样的变迁对妈妈来说可能没有任何意义，因为这已经超出了妈妈的想象，她在目光炯炯的儿童时代做梦都没想到会变成这样。

五十年后，垂垂老矣的自己孤身一人生活在小镇上，疾病缠身，拼死拼活地工作，不安、无助地度日。妈妈肯定没想到这一切。

妈妈不会想到现在所做的事。

不会想到自己会叹气。

快要挂电话的时候，妈妈像往常一样叮嘱了我一番：“工作怎么样？”“注意身体，好好加油！”然后准备挂电话。这个时候我无意识地喊了一句：“妈妈……”

“怎么了？”

“你来东京吧？”

“这个嘛……”

“你来东京跟我一起住吧！”

虽然这是我条件反射说出的话，其实在这之前我已经考虑了很多次，从小学开始我就意识到了这件事。

我一直都是跟妈妈一起生活的，我也没有什么兄弟姐妹。我的心里早就有这个意识：我将来必须照顾妈妈。

但是我一直下不了决心。原因之一是现在我自己的生活都只是勉勉强强，我担心自己照顾不好妈妈，另外一个是我还想再自由自在地多玩一些时间。

更重要的是我以为爸爸、妈妈以后会一起生活，虽然至今还没表现出来，这肯定是他们两个人死要面子。而且现在也差不多到时候了，他们两个都不年轻了，老了以后肯定是他们两个一起生活最好。

而且虽然妈妈以前问过我同不同意她跟爸爸离婚，但他们现在的户口还在一起。

这个事实让我想当然地认为他们两个以后还会走到一起生活。

“来东京跟我一起住，好吗？”

我这么问妈妈，结果妈妈严肃地反问道：“我去那儿不会打扰你吗？”

“不会的，没事。”

“谢谢哦，那我考虑考虑。”

妈妈挂完电话后，我还以为她不会来呢。

考虑到妈妈这个人不为自己考虑、只为别人着想的性格，我觉得虽然我们是母子，她也不太有可能会来东京让我照顾。

“我的事你不用担心，你的心意我领了，谢谢你哦。”

我还以为下次打电话时妈妈会这样说。如果妈妈真的这么说，那我以后要想办法寄钱给她，贴补她的生活。

大概过了一周，妈妈打来了电话。

“我去了没关系吗？”

“嗯，当然没关系了。”

“那我就去东京吧。”

“嗯，你过来吧。”

没想到会是这样的回答。可是以妈妈那样的性格，既然她这么说，那肯定是她在精神上确实非常苦闷。

不过据说姨妈她们都反对妈妈这种做法。“这么大年纪了跑到一个人生地不熟的地方，而且身上还带着病。以前一直住在乡下，现在老了还要去东京，这不是让人担心吗？而且小间现在正是奋斗的时候，你去肯定会给他增加负担。你先别过去，以后的事好好想想再说。”

听到姨妈们这么反对，妈妈这次却很固执，毅然决然地还是要来东京。

姨妈们也给我打了电话。

“小间，你妈说要去东京，不会给你添麻烦吧？”

“不会的，你们把不会坏掉的东西用快递寄过来。”

“可是你妈身上还有病呢。”

姨妈们一直都很担心我妈妈，不过最后她们这样对我说道：“不过你妈肯定最想跟你住一起，那她就拜托给你了。”

妈妈决定来东京之后，我们迅速计划安排，准备一个月之后让妈妈搬过来。

我向江本征求意见，问他介不介意我妈妈过来跟我们一起住。

“我没事的，你们还是母子俩一起住吧，好不容易能住到一起了，就你们母子俩比较好。”

“那你怎么办呢？”

“我到附近找个简单点儿的房子，能够经常过来。”

我现在租的房子还是用江本借给我的钱租下来的，现在他却当没这回事。

他肯定是考虑到我妈妈生病了，这个家伙真是个好人。

“钱我会快点儿还的，不好意思，这样行吗？饭你就来这儿一起吃，洗澡也是。”

“嗯，这样也行。”

妈妈来之前，我跟她通了几次电话。

“家具什么的带来也没地方放的。”

“没事，我什么也不带，就带些换洗衣服。”

虽然已经说好了，也开始了具体的实施，并且在迅速地进行之中，我却怎么也没有妈妈要过来跟我一起住的真实感。

我也明白妈妈会过来住，但是又有种错觉，认为她会像我做学生时那样，来东京住一段时间之后还会回到九州。

可能还是因为爸爸的存在吧。我一直认为对妈妈和爸爸来说，他们两个人一起生活是最好的，所以我感觉这段时间只是一种过渡而已。

妈妈来东京的日子就快要到了。

我装作无意地说起这件事。我和妈妈之间还从来没谈到过他们夫妻的事情，还有爸爸的事情。这不知不觉已经成了我们的一种约定，因为妈妈基本不跟我提起她和爸爸之间的事。

“当然来东京也没有任何问题。不过爸爸他怎么办呢？你们两个都这么大年纪了，再回到一起住不是挺好的吗？我一直觉得这样比较好。”

在电话里我装着大人的口吻说道，我本来认为这对妈妈来说是件好事。

隔着电话的妈妈突然一瞬间说不出话来。过了一会儿，妈妈用有些尖的语调说道:“你爸爸跟其他女人住在一起呢，早就住到一起了。”

我怎么会想不到这么简单的问题！从妈妈的嘴里听到这个消息时，我忽然感到自己之前一直是个大傻瓜，胸口特别堵得慌。

我原来一点儿也不了解妈妈。

可是听到这个事实时，听到这个我第一次了解到的事实时，我忽然对跟苦撑到现在的妈妈一起生活这件事鼓起了干劲。

妈妈说了那句话后，沉默了一会儿。这时我鼓足力气对妈妈说道:“那你就来东京住吧，一直住到死为止。”

7

孤独，能让人的感伤得到愉悦的迷醉；内心隐隐的不安，是诉说梦想时最必不可少的佐餐。

此时独自一人，苦于孤单、时时不安地活着；此时却并无任何畏惧，内心坚定地活着。

日子从不停歇，蜷缩着草草逝去。季节的更替也早已厌倦。也许这一切将没完没了，终年重复，我关注着，目光却充满厌腻。我想，每一天，只是缓慢而又毫无新意的循环罢了。

一切，尚未开始。自己的人生本该开始些什么的。这是一种总不开始的急躁，一种无法出发的焦虑。

然而，若是真正开始后再回顾此时的苦楚，想必已远没有此时浪漫。

真正的孤独存在于寻常普通的社会中，真实的不安存在于平凡生活的角落里。即使酒后流露，也只会形同抱怨。它们如此沉重，它们并无特征。

想要面向某方展翅飞翔。比起在跑道上滑动的飞机，那些在空中反复盘旋，却不知飞向何处的飞机，才更是彷徨不安。

在世界与自己的暧昧联系之间，时间正没有终点地畅快流逝。然而，无论是谁，不知何时，都将接受时光使者的访问。

装扮成滑稽演员的男人一身黑衣，面无表情地出现，触动某处的开关。那瞬间开始，时间的足音响起，如同马拉松冲刺般飞驰而去。

曾在此前对不可知的未来倾其所思、缓缓流淌的时间，开始倒逆回转。从此时开始，并非他处。时间从终点朝着现在流淌，逼迫而来。

这时，倒数人生的倒计时开始了。自己的死，某人的死，无法再像过去那样回避，也无法逃离。那一刻，任何人都将面临。只要你由某人生下，或与某人相关。命运并不会因你自己的腕表而予以饶恕，这就是光阴。

五月里有人这样说:“东京也好，乡下的小镇也罢，哪里都一样。与谁在一起，才是最重要的。”

十五岁起离开妈妈身边至今，已有十五年。在东京租的房子里，我和妈妈再次开始共同生活。

房子狭窄，是2DK式房间，我和妈妈同我儿时一样，开始了母子二人的生活。在此之前，我们曾辗转居住过食堂角落里的屋子、废弃的医院楼、亲戚家等等，但于每一处都有所顾忌，两个人彼此都没有把那些地方当作是自己真正的家。

虽然这回仍住在喧哗聒噪的保龄球馆上方这样看起来很奇怪的地方，我们却丝毫没有为此羞愧，或者不够安定的感觉。至少，这种住法没有接受亲戚或朋友的照顾，也并非寄人篱下。

这是靠借款租住的地方，但已向房屋中介交了合同金，每月自己缴纳房租。这里是不需要向任何人低头便可生活的家。这种感觉，我想妈妈的体会会更加深刻。

妈妈年岁大了，却连一个能称为家的地方都没有，一直靠亲友的善意辗转居所。对她来说，这筐家的房子，一定是至今为止最让她舒适不过的地方了。

我和妈妈第一次发自内心地感觉，这里是我们自己的家。

“过去一直都是个乡下人，想不到过了六十岁，一下子成了涉谷区的居民。”

妈妈的户口迁移过来，成了我的抚养家属。保险证上名字的顺序，也变为十五年前的样子。

与此同时，再也没有能称为我老家的地方了，就算回到福冈县，也没有可回的家。妈妈的情况也是如此。我们再也没有什么老家了。这个“飘浮”于保龄球馆上方的屋子，就是我们的老家。

“行李拿过来也没有安置的地方。”

虽然搬家之前我这样嘱咐过，不过实际运送过来的却真的只有几个纸箱而已，东西比想象中少了许多。大概是刻意地把大部分东西都处理了吧。而且，前些年在医院的楼里住的时候，家里曾失窃过，妈妈心爱的衣物几乎都被偷光了，现在也没什么值钱的东西了。

不过在乡下，这个年代还有连衣物都要偷走的小偷，这未免有些悲哀。

靠里的六叠大小的房间里放着我的床，作为妈妈的房间。另外一个六叠的房间放着电视、桌子、书架，我买了睡觉用的沙发床。床是铁架式的便宜货，躺下后折叠的部分顶住后背很疼，不过，已经没有空间放得下席梦思床了。

妈妈来东京这天，我站在东京站的站台等待着妈妈乘坐的那班新干线。站台于我毫不陌生。我已经在这城市住了十二年。不知不觉地，比任何地方待得都要久。

在此之前，妈妈曾无数次在车站站台为我送行，目送我进入车厢。今天我在东京站站台上，为了迎接妈妈。一年四季的景致都别无他样的站台上，光号列车滑行进站了。在西装革履的人丛之间，我看见裹着围巾、胸前别着胸针、个子矮小的妈妈拎着旅行包从车上走下来。

找到我的身影，妈妈有点儿不好意思地笑了，向我招手。不知道车站的名字，也不知道电车怎么坐，在这个城市连个熟人都没有的年过六十的妈妈终于到了。就像十八岁的自己一样，提着一个小包从车上走下，站在东京站的站台上。

她站在那里，表情像一个无助的孩子。以前的自己和妈妈的区别就在于，妈妈对于这个城市不抱有任何目的和感情。因为，若不是我在这里，她根本没有理由到东京来。

想到这里，我的心里涨满了悲哀，混杂着沉重的情绪。

从东京站乘坐JR中央线，又在新宿换乘京王线，到达笹冢的家后，她在不大的屋子里转了转，说“不怎么宽敞呢”，走出屋子到狭小的阳台上，又指着面前耸立的巨大的物体说:“这个，是什么？”

“保龄球的瓶子。下面是保龄球馆……”

“这么热闹挺好的，离车站也近。一楼就是超市倒是方便啊。”

那天晚上，我说还是去外面吃吧，可她说想去下面的超市看看，结果，就开始做上了糖醋猪肉。

在狭窄的厨房里，一晃一晃的荧光灯下，她一边切着菜一边念叨着:“东京蔬菜很贵啊，真让人吃惊……”

我们略显生硬地举起啤酒碰杯。我已经好久没有吃到妈妈做的菜了。

“妈妈在这里一直待下去……合适吗？”

是想事先把话说在这儿吧，才用这种很巧妙的语气开了个头儿。

“好也罢坏也罢反正已经都过来了。到东京的医院去看看，说不定病也能治好，也不用担心了。”

“要是，妈妈死了呢……”

“别说这种让人烦心的话，死还早着呢。一直活着不好吗？”

“那么……”

妈妈重新调整了坐姿，像个外人似的，垂下头说道:“那一切就拜托了……”

在九大医院已经准备好介绍信的妈妈开始定期到表参道的甲状腺专科医院做检查。

在甲状腺治疗方面颇有名气的这个医院，连续几日都络绎不绝地挤满从全日本来的病人。

从那时起，我的工作也开始多了起来，不知怎么每天忙得团团转。虽然还不能说收入完全稳定，不过也不会为两人吃饭发愁，也不再发生以前经常出现的拖欠房租的事情。我早晨开始去汽车驾校学习，就好像回到中学时代一样。

“快起来！再不上学就迟到了！”

被妈妈叫起来，一睁眼就能闻到从隔壁厨房飘来大酱汤和米糠腌菜的香味。在妈妈少之又少的行李里，理所当然地塞着她唯一的宝贝：米糠腌菜的缸。从妈妈到来的那个瞬间开始，我们每天都有当天拌好的腌菜。

沉溺于堕落生活的自己，以前无论有多重要的事情，仍然一次一次地起不来、迟到、爽约，然而在妈妈做的早饭还有配合自己的起床时间做好的腌菜的威力下，不可思议地，我就醒来了。

热气腾腾的洗澡水，叠放好的衣物，清理过的房间，厨房里总是洋溢着食物的香味。

这是有热气和灯光的生活，与此前完全相反的日子。我想，在那时之所以能全心投入工作中去，全是因为有那样的生活。

只有认真地做好寻常生活中的事情，人的能量才可以得以发挥吧。

“吃好了，我走了。”

我抱着工作的工具、驾校的教材还有摩托车的安全帽走出家门。

“今天晚上回来晚吗？”

每天出门的时候妈妈都会问到晚饭的安排。

妈妈刚来不久时，我们互相都觉得不好意思，但又享受着这一切。上了年纪的母亲和年过三十的独身儿子在陈旧的集体大楼里过着略感羞涩的生活，这样的情形从旁人看来，或许要感到有些难为情吧。

即使如此我们仍然这样，感觉像是在把那些曾经淡忘的、遗憾的事情，一件一件弥补回来。

妈妈一边去医院看病，一边积极地融入东京的生活。她在手提包里放着电车的路线图，逐渐地一个人也能去新宿和涉谷了。她记住怎么坐公共汽车，到处找小区的报纸来读，好像连图书馆和当地的义卖活动她都成了常客。

她说想做定期的志愿者去照顾卧床不起的老人，所以我们两个人走了很多地方去了解相关的办法。

“连你自己都已经是老人了，能行吗？”

“你听我说啊，我并不知道人家能不能让我去做，可是在我自己能动弹的时候还是想做些对别人有用的事儿。”

说着这话的妈妈，从侧面看上去，脸上的表情不知哪里让我想起了筑丰的姥姥。

妈妈和我，母亲和儿子，这种关系和立场在逐渐地变化，与此同时，妈妈仅是作为一个普通人的瞬间时常出现。曾经的坎坷不堪，曾经的心存不甘……我偶尔会察觉她为不圆满的人生而发出的叹息。

我在十五岁时离家，到与妈妈再次共同生活前的十五年间，我经历了青春期和二十几岁的全部岁月。儿子生活最杂乱的年代，妈妈并没在身边看过，我也没有让她看到，就这样过去了。对母子来说，进行交流最好也是最坏的时期，彻底地缺失了。这缺失的部分里，我们还有很多话要说，而且由于关系的变化，我有时也能像对朋友说话一样，问起妈妈的事情来。

和江本还有她一起到附近的小酒馆，我一边劝酒一边问起各种各样的事情，小时候的事情，学生时代的事情，对妈妈的依恋。我像对待朋友一样让她接二连三地喝下去，让她尽情倾诉。

“以前啊，有那么一个舞场呢。为了跳舞我总到那儿去，在那儿学了跳舞。”

“按现在来说，就跟俱乐部似的吧。”

“可没有陪酒女郎哦。”

“和那种俱乐部不一样啊。”

“而且，不知哪天，有一个看着感觉不对的男人。那个人对我说你过来一下，然后牵着我的手把我拉到卫生间里。”

“听起来挺有意思的，这事儿。”

“到了角落里，又对我说，把胳膊伸出来。他从口袋里掏出一个注射器，是一个卖菲洛本毒品的人……”

“菲洛本？!”

“他说打了这个以后，心情会变好，舞也能跳得更漂亮。”

“那你打了？! 菲洛本呀？!”

“面前就站着个卖菲洛本的人呢。我怕极了，什么都说不出来。”

“那就打了？!”

“然后呢，另外一个男的来到卫生间里，说你要干什么！用手把注射器猛推到一边去了。要是没有那个人在，肯定危险。真是怕死了。”

“什么啊，怎么结局跟电影似的，其实还是打过了吧？菲洛本。”

“没有。不过说起来，当时要是被注射了那个，最后也不知会怎么样呢。想起来就害怕。”

“不过满不在乎地跟着那个毒贩子走的话，也正常。我这个妈妈，可是个瘾君子啊。”

“我跟你说了没打的。”

“妈妈是个瘾君子哦，拍成电影好了。”

“你别跟别人说啦。”

“我来写稿子。”

“别胡闹了。”

江本一边笑着给妈妈的杯子倒满酒，一边说道：“那可不行，阿姨。

再喝一点儿吧。”

妈妈，爸爸，大家，所有的父母，都不是生来就为人父母的。理所当然地，他们都同我们一样，经历过无知懵懂的日子，也经历了苦辣酸甜的岁月，才最终成为父母。如此想来，竟有一种怜爱的心情，虽然有些羞涩。

如果像《回到未来》中那样，做一次跨时空旅行，与年轻时的妈妈相见，我也会喜欢上当时的她吧？听着妈妈讲过去的事情，我时不时会如此想象。

在我身边的这些人，朋友、晚辈、助手、女友、工作伙伴，妈妈逐渐地与他们亲密起来。大家为了来吃妈妈的饭凑到一起。不知何时，只住着两个人的家里每天却要做好五个人的饭。一旦谁要是来的话，妈妈这么想，并如此准备着。

后来，变成就算我不在家，朋友或是工作伙伴也会来和妈妈一起吃晚饭，此类情形也没什么好奇怪的了。

到家里来的人是音乐家也好，演员也好，有钱人也好，出版社打工的学生也好，对妈妈来说都没什么区别，无非是“年轻人总是饿着肚子”，这样想着给来的人做饭菜吃。

这样做，能让大部分人很高兴，不过偶尔也有不那么想的人。做好菜，做好寿司想拿去分给邻居吃的时候，也有人并不接受。

“东京这里的邻居交往跟乡下可不一样，给不认识的大妈东西吃，她们就觉得里面放了毒药似的。”

“哪能有什么毒药啊。”

“你是不那么想。不过，有人是那么想的呢。”

有个女学生在女子大学上学，通过研究室的前辈介绍得到机会，来出版社打工。她有时会来取插画资料，来之前把插画画家工作的地方想象得高雅至极，结果来到之后眼前却是如此景象：在昏暗的集体大楼的小屋子里，母子一起生活，还在放满筷笼啊酱油啊菜的小饭桌上画插画。

在等待上色的时间里，她坐在桌子的对面，为了不让这时间显得过于漫长，妈妈本着“年轻人总是饿着肚子”的想法，拿出饭菜来给她吃。

看着女学生对茶水和饭菜都一碰不碰的样子，妈妈说了好几次“千万别客气啊”。不过一直默不作声的我能看出，那样子绝对不是客气。她是觉得别扭和麻烦。她离开时妈妈不肯罢休地又说:“想带走也没关系，我给你包起来。”女学生只是说:“不，真的不用了。”妈妈只能看着凉下来的饭菜，略显失落地说:“真是太客气了。”

我看着她对热腾腾的饭菜碰都不碰任其冷却的样子，突然感到非常愤怒和悲哀。也许确实有些麻烦，也可能觉得不对口味，哪怕只吃一口剩在那里也好。可是，她对为她做这些的人毫不领情，反而像是对待什么肮脏的东西一样，视若不见。这让我极为愤慨。

这样的时候我一般都会给住在下北泽的助手何赛打电话。号称饿肚子大王的何赛骑车不用十分钟就赶过来了。家里剩下的饭菜，都让何赛全部吃光。

“你们好！打扰了。”

“何赛，快要凉透了，都吃了吧。这可是有志从事媒体事业的狐朋狗友吃剩的东西。”

“我说你，怎么能那么讲话呢。”

“哎没什么没什么，哇，看上去好吃得一塌糊涂啊。我都吃啦。”

慢慢地学会开车了，我渐渐喜欢上了东京的风景。从首都高速路上看得到大楼此起彼伏，在西新宿、市政府的近代风格建筑，多摩河的沿岸，笼罩于皇宫的雾气。我曾经认为自己一辈子都不可能学会开车这种本事，那时起至今也有好多年了。

一边感受着自己驾车于东京街道上的不可思议，一边感叹从车窗里再次看到的东京的景色显得是那么新鲜。

刚拿到驾照时，总是忍不住想要开车出去，于是带着妈妈走过形形色色的街道。

银座、六本木、青山、原宿、新宿……我沿着环线不停绕着，向她介绍东京。我们去吃寿司、去吃中餐、去吃烤肉。到了贵的店里妈妈总想知道价钱，不过告诉她以后她又像是无法消化吃下的东西一样长吁短叹的，我也就不再告诉她了。

晚上我们驱车到芝公园去。

笼罩于墨绿色中的树木前方是东京塔，橙红色的灯光将周围照耀得明亮而夺目。经由坡路，从塔的正下方通过，抬头向上看去，那壮丽而又具有透视效果的巨大桥梁，像是为了通往月亮而搭建的。

我问妈妈:“我虽然来东京有十几年了，却从来没上过东京塔的上面，也没登过那个瞭望台。妈妈也没有去过吧？”

“啊，不过视野应该不错，能让人心情舒畅吧。”

“现在已经关闭了，下次带你上去看看吧。”

“好。很期待啊。”

妈妈来东京已过一年，习惯了一起生活的我，也感觉几乎所有的事情都运转良好。

为了实施碘治疗，妈妈也曾有几个星期住院，不过身体状况并不差。不对，与其他六十岁的人比起来，应该算身体好的吧。虽说疾病并未痊愈，不过也没听说转移到声带附近的肿瘤变大什么的。

妈妈参加了一个叫作“白桦会”的老年人圈子，是在小区报纸上看到的。她每个月出门一两次参加那里的聚会，好像是凑到一起跳交谊舞、去卡拉 OK 唱歌。每回交两千日元左右的活动费，能唱歌、跳舞，好像连点心都发，还能把布丁啊江米糖啊香蕉什么的带回家来，好像是小孩子聚会似的。

妈妈回忆起自己的学生时代时常常会说“那时也想去好的学校学习英文……”像是为了重温校园生活一样。妈妈去参加白桦会的活动时，总是化着较浓的妆，胸前别的胸针几乎要把衣服都扯下去似的。

今天有乐队的现场演出啦，七十五岁的大爷送了一串项链啦，妈妈回来的时候总是乐颠颠地向我做白桦会的报告，就好像家里住了一个女大学生一样。

不仅是妈妈如此，那个小圈子里的所有老人，都在享受着这些迟来的校园生活吧。

另外，老人们毕竟还是要做老人们才做的事情，或者年纪大了都是千篇一律，妈妈也不可避免地经常往返于老太太常去的原宿、巢鸭地区。在那里和朋友一起吃吃什锦凉粉，淘一淘不知是印着什么动物图样的毛衣，还买回来十个不粘米粒的饭勺，让我“分发给工作中照顾过我的人”，没有办法，只能送出去。人家冷不防地收到作为礼物的饭勺，常常用不明所以的表情看着我。

住在町田的美津表姐夫妇、阿修，住在横滨女儿家的花札大学的老师早苗太太，住在东京近郊的妈妈的亲戚朋友们都记挂妈妈，常来走动。住在九州的妈妈的姐姐野笛姨妈时不时地在箱子里装满各种做饭材料或是给妈妈的毛衣，就像是给在东京念书的孩子一样往这里寄送包裹。惠美子姨妈也常寄来诚恳的信件。收到的“图案信”要是很有意思的话，妈妈自己也跟着开始试着那么写。阿布姨妈则频繁来电，每回都要说好久。

不知为什么，我感觉一切都运转良好。甚至让人觉得，对妈妈来讲东京比乡下要更适合她。她与他人的关系也因为来到了东京，反而比以前显得更有平衡感了。

她的疾病并无恶化。她一直去有名的医院，还参加乡下所没有的娱乐活动。

我的工作忙碌起来，借江本的钱也还完了。妈妈睡觉的时间里，工作生活兼用的家里仍有人进进出出的。对声响极为敏感的妈妈穿着睡衣就出来给人家倒茶。我考虑到工作的空间过于逼仄，于是在同一个大楼的十一层又租了一个房间。

在保龄球馆更上方的一层，从窗户看得见首都高速四号线朝着新宿笔直地延伸而去。夜里的车辆发出红与白的灯光，无数的车辆川流不息，煞是好看。

我把办公桌和书还有床搬到十一楼，给妈妈买了电视。我吃饭洗澡在七楼，工作睡觉在十一楼。虽然像是多盖了一个儿童房，不过于我而言这环境已是相当舒适了。

我从十五岁开始独自生活，从不顾忌任何人的想法，我行我素，出来之后长年过着随心所欲的生活，三十岁后却要只隔着一扇门和妈妈一起过。电视的声音太大会被抱怨，看色情电影也是忐忑不安，只能戴着耳机看，备感紧张。即使工作到深夜，也要被提醒早点儿睡觉，让人无可奈何。度过了十五年自由放浪的生活之后，年过三十的自己甚至连手淫都要像忍者似的踮着脚尖到洗澡间里，就像要用淋浴销毁犯罪证据似的，俨然才十几岁的青年人。这样的生活我从未想象过，那时真是让人备感拘束。

而妈妈因此才能安然入睡吧。

一切都在逐渐好转。

缴税的确定申报下来了，曾经以为自己这辈子都不可能会缴税的，不想这天却不知不觉来到了。

申报可以追溯到两年前。账本是妈妈戴着眼镜记录并订好的。

好几年的小区税和保险税都攒到一起来了，就连吸烟也要限量。

对此，我视若不见。不过，妈妈像是在政府里办好了分期付款的手续。

我睡在十一楼的房间里之后不久，有一天午饭时妈妈对我说："我给你呀，买了一张床。"

"啊？为什么？"

"那个折叠床顶着后背太疼了吧，你睡不好觉会休息不好的。在笹冢的商业街上的家具店里有床，我在那儿已经预订好了。有好多种呢，不过这东西每天都用嘛，干脆豁出去买个好的。就睡那个吧。”

“花了多少钱？……”

“大概十四万吧。”

“你有那么多钱？”

“啊，这些就是全部了。”

平时的生活费都是我在月末把房租那部分交给妈妈，由她交给大楼的管理办公室。饭费及零碎的花销那些，都是妈妈在没有钱的时候就告诉我“生活费没有了”，我再适量地给她三万或是两万这样的零用钱。

此时我又接着向妈妈问起了很久以前就想知道的事情。

“妈妈并没什么存款吧？”

“啊，已经都花光了。”

“那么，养老保险是怎么交的呢？”

“养老金也是，本来一直交着的，后来中途手头太紧，就停下来了……虽然可惜，也只能那样了。”

这并非是妈妈不好，而是养老金制度不好。像妈妈这样直到六十岁都靠打短工勤奋工作着，生活也总是精打细算，却只能靠低工资过日子的人，又怎么能够月月上缴养老保险呢？

也有人说不交不好，可是对于把每个月的一万日元都作为直接关系到能否活过当日的一笔大钱的人来说，要交付给那并不知道是否存在的未来，这在情理上也说不过去。

巧妇难为无米之炊。短袖的衣裳无论怎么伸展都无法变成长袖的。若是知道人生百态，工作也有形形色色这回事，就应为那些孤独的老人和病人，以及低收入的劳动者做些不同方式的事情，多给他们些什么。在靠占用养老保险金而造出来的大厅里举办摇滚音乐会这种事，即使听了也只能制造出兴奋罢了，要把这样的形式摧毁，重新分配。

我虽然没有指望妈妈自己有钱，但不得不承认，在内心的某处我还是很世故地期待着她多少有些积蓄。并非想让她把钱给自己，我这里也根本没有所谓积蓄这个东西。只是考虑到她在医院的消费，觉得还是有点儿比较好。果然还是没有的。

“是吗？这样子啊……”

看到我抿着浓茶表情也不自在起来，妈妈回到自己的房间，从抽屉里取出装有证书的纸筒来，拿到我面前坐下。里面装着我上了五年学的大学毕业证书。

妈妈把它展开后，说：“积蓄还有其他的一切，都用在这个上面了。这个就是我全部的财产。”

在京王线笹冢车站坐快车到新宿只要一站，坐普通的电车，也只经过初台、幡之谷，接下来就是笹冢了，虽然我们住在涉谷区，不过还是在新宿站下车最合适。这里与中野区和世田谷区的交接处邻近，而且去下北泽或是代代木上原也只有步行那么远的距离。

商业街是一条令生活极为便利的小街。向上原的方向沿路走去，有一条从幡之谷延至茶泽大路的步行路，沿途都是樱花。这并非是多么引人注意的一条路，不过在樱花开放的季节里，妈妈很喜欢每天在那条小路上散步。

自从开始住在东京，让我觉得不可思议的，就是大人们总待在公园里。没有任何玩乐设施，无非只是一个树木繁茂的公园，人们在看着树而已。这些人平时都在做什么呢？他们又以何为乐呢？我总是这样想着，看着他们。

乡下的公园里没有大人，只有生锈的锁和腐烂的坐椅，带有漏洞的滑梯，涂料剥落、发出铁锈味道的攀登架。孩子们就聚集在如此简陋的玩具旁，在细菌繁殖的沙坑里玩着泥巴。

公园里的大人们不知是醉了还是怎么，总显得有些古怪，所以我们很怕那些来到公园里的大人们。

可是，在东京一无所有的公园里却只有大人。他们各自注视着远处的树木，那目光仿佛是想到了什么，或是像要忘记什么一样，只是安静地待在那里。

住在东京的大多数人，以前都是在色彩匮乏的大自然中长大的。他们逐渐厌倦了那种色调，被牵拉到色彩斑斓的城市中去。

然而，当他们气喘吁吁地奔走过七彩缤纷的街道之间时，本应呈现绚烂色彩的万花筒中却开始映射出如同烟熏的颜色。灰中带着红，灰中带着橙，灰中带着天蓝，所有的颜色都与灰色相混杂，浑浊不堪。

筑丰的夜空是那种无限接近于黑的普鲁士蓝。星月的光辉止于光源周边，令其局部浮现出深邃而美丽的蓝色。

东京的夜空，是绝非黑色的灰色，灯饰的三原色犹如洗笔器中的水，最后，无论混合进什么，无论怎么光照，都只能无法改变地继续加深其灰色的浓度而已。

虽说东京的街道饱含着原色，其实，所有的色彩都混沌了，没有一处可以挤出颜料管里的调料进行描绘。风景也好，思考方式也好，呈现的都是那种在调色板上将油与灰色混合，变成的那种叫不出色号的灰色。

欧美的电影导演在拍摄未来故事的时候，会将日本或是亚洲国家里到处有霓虹灯的街道作为外景场地，这并不少见。我不认为这是因为他们对充满极度光彩及人的能量的街道感到好奇和刺激才选这里的。

即将来临的未来，哪怕仅被如此的色彩和营利主义塞满，街道与人就都被熏黑了。他们该是想说这些的。

追寻色彩，追求没有极限的颜色，将这一切用调色板混合的人，不知何时也将沉溺于洗笔器的水中。本该持有的金色也好，光彩夺目的玫瑰色也罢，如今不知已溶解于何处，置于灰色之中，一圈又一圈地徘徊于灰色的树海之间罢了。

另外，人们在追求真正的原色。我坐在公园的椅子上，想起还是小学生的时候，买到十二色的颜料，从中取出简单的颜色，还有单纯的心情。我不禁怀念起来，当时一种深绿色不知能调和出多少种绿色来，然而如今无论我多想再次找到，在这个城市中却再也看不见了。

我在车站前的宠物店里买了两只兔子。本是穿着拖鞋出门想买些文具，却突然想要饲养小动物。

“你啊，又搞这个。”

对着突然之间把兔子带回家的我，妈妈冷不防地这么说，有些奇怪。

其实妈妈所说的“又”，是指我还是小学生时就这么做过。

白色的兔子叫作“面包”，黑色的兔子叫作“葡萄”，我把它们放养在七楼的阳台上。

结果，喂食也好，打扫笼子也好，都由妈妈亲力亲为。她每天清扫兔子的笼子，按摩它们的头和耳朵，甚至不知从哪里学会和它们对话。

在晒洗的衣服飘扬的阳台上，妈妈坐在小椅子上和兔子讲话。

悠闲而又平稳的时光流淌而去。不知何时，家里的门把手、纸巾盒都被布包好。超市特卖品的传单也被磁铁扣在了冰箱上。

一派平和的景象，并且，妈妈患癌的事情也被全然忘记了。

不过，癌细胞自身似乎并没有忘记吞噬妈妈的健康。“有时，觉得喘不上气”，起初妈妈这样讲，后来，妈妈逐渐频频地在深夜醒来，无法呼吸、难受异常。妈妈的房间响起似蟾蜍一样的叫声，我急忙拉开扇门，看见妈妈俯卧在床上，呼吸困难地挣扎着。

“妈妈，怎么了，喘不上来气吗？”

这样问，她也不回答，喉咙继续发出声音。我把她的脖子镇凉，不停地摩挲后背，发现湿漉漉的汗水都把她的睡衣浸湿了。

这样的发作断断续续地逐渐增多，间隔的时间也越来越短。在家里睡觉也好，到町田的美津家里留宿也好，都会发作。

“还以为要死了呢……”

在此期间，妈妈常常把同样的话挂在嘴上。医院里说，大概是之前的手术留下的后遗症发作了吧。不过做过精密检查之后的结果，是癌细胞转移到声带附近及食道上，其中一部分变大膨胀，阻碍了呼吸道的原因。

在九大医院接受了甲状腺切除手术两年后，妈妈又一次不得不接受痛苦的碘治疗，然而，这对妈妈的癌症却好似毫无效果。

我和妈妈一起去表参道听医院的解释，说是除了手术别无他法。再一次做手术把脖子上的伤口切开，将声带也摘除。医生让我们做好心理准备，说百分之九十的可能妈妈将失去声音。癌细胞已经扩散到如此地步。

如此下去病状将极易发展到关乎生命的地步。回家后，我和妈妈商量，没有二话地坚持劝她做手术。只有这个办法了。

“做手术吧。虽然可能会失声，那也是没有办法。就这么下去会死的。而且这个样子，会经常觉得呼吸困难。”

可是，知道将要无法讲话，妈妈像是受到了极大的打击，对做手术一事怎么都想不通。

“……不能讲话，还要麻烦别人，这样不如不活下去……不做手术……”

“你将失去声音。”若是被如此宣判，不仅是妈妈，任谁都会变得自暴自弃吧。尤其是妈妈，喜欢说话，又唱又笑的，无论何时都是开朗向上地生活着。回顾此前的人生，其中得助于自己声音的日子也绝不会少吧。

无论从此被宣告无声的人生将换来多少生命，我想这也并非是轻易就能够接受的。

可是，我却不能和理所当然退却的妈妈做出同样的姿态。

“说什么呢？在这个世界里不能讲话的、听不见的、看不见的、走不了的，各种各样有缺陷的人不知有多少，那些人不都在拼命努力着吗？妈妈来到东京的时候，还说要给那些有困难的人做志愿服务者呢，自己有一些缺陷不是也好吗？不站在他们的角度也理解不了他们啊。还有人比这更不好过的呢。不做手术可不行。已经决定了。这不是妈妈说了算的。”

以前，妈妈说要给老人看护所做志愿服务，但却怎么都找不到她能做的差事，而且，切除了甲状腺以后，人也容易疲劳，所以，其他的志愿者活动也未能参加。尽管我对这一切了如指掌，不过为了能够说服妈妈接受手术，还是滔滔不绝地说了一堆不搭调的话。

“不然就学着用手语，我也去学。”

“……总觉得是别人的事儿。”

“唉！别人的事儿！你要是不在了才让人为难呢。”

听说妈妈要切除声带的事情，妈妈的妹妹阿布姨妈特意从若松赶来了。横滨的早苗太太好像也要过来。

除了劝她手术，我再也说不出别的话来。因为不能忍受这种压抑而沉闷的气氛，我从家里出去了。我找不到合适的词汇。剩下的事情，只有全都交给姨妈们去做了。

在附近一边玩着弹珠，凝视着那些滚落下的珠子，我一边在头脑中想象妈妈在失声之后的生活。

弹珠命中得奖完全是随机的，怎么样都无所谓。可是今天，弹珠撞在玻璃上的声音听起来却格外清晰。

往往都是在人即将失去耐性时，号码才能最终凑齐。我玩到很晚才离开，回到家里时，妈妈、阿布姨妈还有早苗太太正在放电视的屋子里，坐在铺开的白色坐垫上，玩着花骨牌。

“雅也，你妈妈说要去做手术了。”早苗太太一边翻开纸牌，一边对我说道。

“这么想想，就算不说话也还能玩牌啊！”

三个人哄地大笑起来。

妈妈的精神看起来好多了，在这个时候，姐妹和朋友的力量真的是无可替代的。

无论发生什么都以微笑面对，妈妈和我都尽力如此。

“就算不会讲话，也能玩弹珠呢。”

“弹珠是不讲话才能玩的吧。”

妈妈从座位上起身，开始给我做饭。阿布姨妈好像是自己创造了手语似的，一边比画着一边对我说：“这个是‘吃饭’‘洗澡’，还有这样的话，就是‘给钱’。”

“嗯，很容易懂的嘛。”

“知道这些不就足够了吗？”妈妈一边笑着，一边忙着做饭。

大概，姨妈们是在告诉我不要过于担心吧。那晚，妈妈她们几个多年罕有地玩牌直至天亮。

因为妈妈将要无法唱歌，我和江本、何赛、阿豪还有很多朋友们想为妈妈举办一个告别演唱会，地点选在筐冢一家新开业的卡拉OK厅。

“吃饱喝足唱歌啦。”

我们把歌本堆在妈妈面前，妈妈表情紧张地演唱了几首歌曲，还一直小口地喝冷酒。

我也唱了齐条史郎的《夜之银狐》。这首歌我在卡拉OK经常唱。此时妈妈就紧盯着屏幕上滚动的歌词，跟着我低声哼着。

“这首歌，你爸爸过去经常唱。”

“咦？我怎么不知道。”

我从未和爸爸一起去过卡拉OK厅。当然，我也从来没见过他唱这首歌的样子。尽管我们几乎从未在一起生活过，DNA却连唱歌这一爱好都遗传下来了。

不过，爸爸现在正在做什么呢？妈妈刚来东京的时候，还有电话挂到家里讲过话，不过那根本算不得是认真的通话。

“哎，过得怎么样？”

“嗯。凑合吧。”

“噢，那挺好。东京那边有很多工作机会吧，小仓这里根本不景气，一点儿办法都没有。”

在此之前的对话，不论何时爸爸说的都是一样的话。

“你妈妈那边，替我带好。”

“嗯。”

“那好了。”

完全是事不关己的样子。

尽管这样，妈妈还是偶尔和他联系着，不过我从来没给爸爸去过电话。因为，我根本不知道电话号码。

妈妈决定接受声带切除手术大概过了几天的时候，喜讯不期而至。

好像是有一个甲状腺方面的专家最近刚从法国留学归来。据说，这个医师经历过很多类似妈妈情况的案例，医术高超。负责的医生想拜托他再次诊断一回，并为我们写好了介绍信。本来，妈妈就医的这个医院并非外科手术的专门医院，只是碰巧在这个合适的时间，把这位法国留学归来的T医生介绍给我们而已。

这个综合性医院坐落于东京塔下。在医院正门的入口处，东京塔如同彩色明信片一样笔直而立，清晰可见。

T医生与想象中全然不同，恐怕连四十岁都没有，嘴上蓄着髭须，表情充满自信。

X光片放在光箱里，T医生坐在旁边一边扫视着病历，一边用一种极为平淡的语气对坐在一旁的妈妈和我说：“没什么事儿，切除吧。”

“声带，也要全都切除是吗？”

“不用，保留。不切除声带，只切除癌细胞。”

“那说话……”

“我想没问题。”

“啊……太好了。”

若是在漫画里，估计此时将是母子二人大喊“啊！太棒了！”的画面，同时紧握对方双手泪流满面，要不然就是两个人击掌庆祝的一番场面。可是现实中我们却为此前错得有些离谱的判断而感到沮丧。

按照医生的解释，将切除掉声带附近和食道里的癌细胞，但声带会竭力保留，并把妈妈身体其他部位的皮肤、软骨移植到切掉的地方。之后在喉咙上开孔，做成气管孔……

专业的解释并不易懂，总之，是保留声带、切除癌细胞。所谓的一箭双雕正是如此，我们当即欢欣鼓舞而且放下心来，连解释也听不下去了。

然而，医生的诊断和技艺之间，竟差异到如此地步，这又如何解释呢？这一回，妈妈是得益于上任医师有心关照的介绍信和恰逢 T 医生回国这双重的“幸运”，可说到底，人生也好奋斗也罢，还都是要被技巧和运气所左右的。

手术的日期立即确定下来，妈妈将在术前两周开始住院。无论如何，这对上了年纪的人来说，也是个大手术。不要说精力心情，就是体力这方面，也让人丝毫放不下心来。

然后，听说妈妈即将手术的消息，爸爸也在妈妈住院前两天赶到了东京。最近一次见到他大概是五年以前吧？上回在东京碰面，还是我十八岁，两人在赤坂的日式料理店里，那次气氛怪异的会谈。

连爸爸都特意赶来，这手术看样子还是极为重要的，我又想。

妈妈比平时更加细致地化了妆，从那天一早开始就心神不宁的。我去东京站接了爸爸，开着自己的车向笹冢奔去。他并没有打听妈妈的病情，反而一如既往，开始谈论小仓的经济是多么不景气。接下来，又用熟悉的口吻问我在东京过得怎么样，最终老调重弹地说在东京多多少少还有些可做之事什么的。之后，他透过墨镜向开着车的自己的儿子瞥了一眼，沉默了一会儿，不紧不慢地问我在做什么样的工作。

“喂，怎么样了？”

见到妈妈，爸爸不咸不淡地这样说道。几天后，妈妈的脖子可是要被咔地切一刀呢。

这么说着，他麻利地走进房间，挂起夹克衫，就在我以为他要给烟点火的时候，他又说：“来杯茶。”

相当我行我素。一切照旧。而且是完全没有任何掩饰的我行我素。

就算买了菜妈妈也还是要住院的，所以我决定到外面吃饭。不过多年未曾全家三口一起吃饭，我对三人面面相觑的情形未免心存顾忌，于是又照例叫来附近的年轻人，一群人到下北泽一家干净的杂煮店去吃。

“叔叔，初次见面……”

当然，冷漠而又嫌麻烦的爸爸对此问候视若不见。他留着背头，戴着像美国歌手鲍比·布朗一样的墨镜，身着香奈尔牌夹克衫，右手小拇指留着长指甲，抽一根细长的 Mr. Slim，只夹自己喜欢吃的东西放到面前，不向任何人劝食，只顾自己吃自己的。

他吃了一口生鱼片就随意地说：“东京的鱼简直不能吃。”大家还都在吃着他又说：“去喝杯咖啡吧。”结果何赛慌里慌张地把煮鸡蛋一口都吞了下去。

谁都比不了，这个人。

我回到十一楼的房间，爸爸妈妈在七楼就下了电梯。

不久，我到大楼旁边的便利店去，看到了非常有趣的一幕。我像平时一样站在杂志架前看成人杂志的时候，爸爸和妈妈一起出现了。

我心想怎么搞的，连忙用杂志把脸挡住，目光却跟着他们的身影。

爸爸拿着筐，妈妈紧随其后向点心货架走去。妈妈一边说着什么，一边把脆饼放进筐里，还买了瓶装的大麦茶。

我几乎没有见过他们形如夫妇的这般场景。在我的记忆里，像这样能让人相信我的父亲和母亲确实是夫妻的景象少之又少。

我也不能忘记妈妈此时的神情。

跟癌症毫无关联似的，非常开心的样子。

妈妈手术前几个月。

晚上我在饭桌旁一个人吃晚饭时，电话响了。看电视的妈妈接起来，听着像是惯常的姐妹来电。这样不在意地过了一会儿，突然间，妈妈声调高起来，对着话筒就哭了出来。

妈妈像孩子一样啜泣着，反复地说：“为什么，要做那样的事情……为什么，要做那样的事情……”

我放下筷子，等待妈妈把话筒放下。

这种状态一直持续了三十分钟，她一放下话筒，我就问：“怎么回事？”可是她又一次放声趴在那里哭起来。

镰仓的舅舅死了，好像是自杀。

人的死亡不是论资排辈。身为姐姐的妈妈正与病魔做着殊死的斗争，身体健康的弟弟却突然之间命丧黄泉。

葬礼只在亲戚间举行。可是妈妈却哭着说不回去了。

“他自己这样死掉的，我不回去……”

舅舅为人和善，与世无争。每次回去的时候，都给我带鸽形脆饼当礼物。晚年，舅舅夫妇在筑丰和妈妈一起住在姥姥家，就在不久之前，妈妈还一直和他们住。

我并不知晓原因。虽然听说他身体并不尽如人意，但也并非是得了什么大病。

“回去吧，见最后一面。”

“……不，我不回去。”

“表弟不是还在很努力地工作，抚养着孩子吗？葬礼不是表弟能操办得了的，那和年轻人都在做的事儿完全不一样。明天早上坐第一班新干线去一趟吧。成年人能那样好好地活到现在，年岁大了才去世，不管怎么死的，就是寿命到了。你回去的话，表弟也会很高兴的。你只要对他说声‘辛苦了’就够了。”

妈妈一晚上都哭泣不止。第二天早上拿着我给的路费，乘坐第一班新干线回到筑丰。

妈妈手术这天。

早上九点到了医院，妈妈已经躺在手术床上了。在术前准备的两周住院时间里，她好像和同室的阿姨们聊得很好，手术床的周围有很多穿着睡衣的阿姨们一边说着鼓励的话一边在哭。病人之间的友情不存在利害关系，非常简单，可是这种友情的缘起却并不吉利。

双耳不知戴了多少耳环的黄发护士战战兢兢地用一支长针头将预备麻醉药扎在妈妈的肩膀上。

就算你平常在 JULIANA’S TOKYO 歌厅里舞弄着扇子跳脱衣舞，我只求你把这一针好好地给我注射啊，我在心中强烈地祈祷。

我和曾一度返回九州、前几天回来的爸爸一起，跟在手术床的后面。同一病房的阿姨们一直跟着送到手术室门前，边哭边摆手：“加油啊！”病人之间的同情心极为强烈。

麻醉开始奏效，我用纱布擦去妈妈嘴角流下的口水。

手术室的自动门打开了，手术床及妈妈就像电视剧里的一个镜头似的，被吞入其中。

对着眼神空虚、一直看着我的妈妈，我找不到合适的词语可说，只能看着手术室的自动门慢慢关上，还紧紧地握着手里的纱布。

我正忐忑不安呆立在那里，这时，爸爸从后面喊了一声：“哎，我想来根烟。”

真是非常喜欢抽烟啊，这个人。

手术结束的时候，已经是十五个小时之后的深夜了。

若在电视剧里，家人们应在等候厅的长椅上睡意浓浓地守候着，待手术室的灯一灭，立刻凑到走出来的医生面前，焦急地询问:“大夫，妈妈怎么样了？”然而，护士对我们说:“要过很长的时间，所以先回去吧。”我们只能从赤羽桥的医院回到笹冢的家里，在无所事事的等待之中，我和爸爸都不知不觉沉睡过去，等到我们再次来到医院的时候，手术已经结束了。

“手术进行得怎么样啊？……”

在无人过往的医院走廊里，爸爸有一搭没一搭地说着。不过，看起来T医生早就已经回家了。

在护士中心问出妈妈的去向，结果在一个堆满医疗仪器的单独病房里找到像提线木偶一样的妈妈。

管子无所不至地插满身体。不过，妈妈的意识似乎已经恢复，用一种“你们怎么才……”的眼神看向这边。

“还活着？”

这样问话，妈妈似乎很微妙地点了点头。从护士中心的护士那里得到了消息，手术还是成功的。

太好了……境况虽然极为糟糕，但真的是太好了。

“让我看看……”

我想透过裹在妈妈脖子的绷带看看伤口，但是她却拿起放在手边的小白板，写上“很疼，别看了”这样的信息给我看。

在枕边有扇很大的窗，旁边的架子上放着我给妈妈买的康复后穿的粉色旅游鞋。

妈妈拿着手镜，看着插在自己脖子上、鼻子和手腕等各个部位的管子。在脖子被切开的洞口，突着一个自行车打气筒用手握住那部分一样的T字形阀门。

那个部位可没什么对心脏有好处的视觉效果。为了不让她看见那个部分，我想把镜子拿过来。

“还是别看的好。”

可是，妈妈却拿着镜子不撒手，还把镜面朝向我，像是要给我看什么。于是，我朝妈妈拿着的镜子看去，在那里，反射出在窗户对面灯火衬托出的漂亮的东京塔。

“啊，东京塔啊。”

妈妈一边用手描着镜子里映出的东京塔，脸上浮现出一种像在感叹“好美啊”似的微笑。

东京塔反射在镜子里竟仍如此好看，爸爸也从窗口向那里望去。

脑袋被固定在砂囊里的妈妈能够看见的，只有反射在天花板和镜子里的东京塔。

看着镜子里的东京塔微笑着的妈妈，从窗口直接看着那里的爸爸，还有，看着他们，同时看着两个东京塔的自己。

如今，我们为何身居此处？在此之前还天各一方的三个人，就好像是被东京塔牵引到一起似的，在这里相聚。

两个月后，妈妈出院了。

脖子中间伸出一个直径大约两厘米的塑料管。一段时间里，要通过这个空气孔进行呼吸。

从孔里看去能看到喉咙里面。我每天都要用小手电看里面好多次。

我的工作就是把堵在那里的痰和血块用镊子和棉棒清除干净。

“妈妈，我要取啦。”

这么说着，妈妈嗓子呼呼作响，然后头仰过去。若是不把里面的异物取出，很可能又造成呼吸困难。

起初我也会觉得不太舒服，逐渐习惯了之后，反而会因为痰越来越少而觉得不够满足似的。

从塑料管的一部分里，多少能发出点儿声音了。就好像是朝着电风扇说话的声音，听着像是漏风，而且细小。

妈妈需要长时间讲话时会使用笔记本，短小的言语已经可以自己传达了。

“就像是达斯·维德[①]一样。”

妈妈或许并不知道达斯·维德。无所谓。能够这样活下来已经是千金不换了。

医生提醒说要注意别让细菌进入喉咙，所以妈妈几乎不怎么出门。

要出去买东西时，用围巾围住脖子，小心翼翼不让细菌进入，也不让别人看到。无论如何，感冒是不行的。

T 医生把自己的手机号码告诉我们，说一旦有什么事情请联系他。不过术后以来始终很顺利，几个月后，就能把塑料管取下来了。

妈妈已经能够正常地发声了。尽管声色有些变化，不过我逐渐习惯了，把现在的声音作为妈妈真正的声音，过去的声音连想都想不起来了。

妈妈能够聊天，也有笑声。就连过去唱不好的歌曲也因为声音沙哑而唱得别有风味，我这样想。

癌细胞也远离了妈妈。虽然并非食道部位里连微如飞沫的癌细胞都消失不见，不过至少医生跟我们说，现在还不用担心。

妈妈的病痊愈了。

很多人到我家来吃妈妈做的饭菜的日子又来了。就算我不在，也总有人坐在饭桌旁。

有从附近赶来的早苗太太、在医院结识的人、白桦会的人、我的朋友、那些朋友带来的朋友的朋友。何赛和阿豪几乎每顿饭都在。江本则不知为何，在插画方面被妈妈批评了。

“江本君啊，画画不怎么样，人却是好人啊。”

---

① 达斯·维德：电影《星球大战》里的人物。——译者注

女孩子们都在跟妈妈学习做菜。妈妈以前好像想要个女儿。

圣诞节和生日，这些本来应当和女友两人一起度过的日子，妈妈却也总在。妈妈虽有些顾忌，可女友却总对我说："让妈妈一起来吧。"这句话无论交往的对象如何更换，每个人都是这样说的。

就算朋友家举行聚会，在十几个人里，仍有一个阿姨出场。那就是我妈妈。并非是我带着过去的，而是朋友夫妇二人直接跟妈妈联系邀请的。

有时，和妈妈边喝酒边聊天的时候，会打听这样的事情。

"你其实还有兄弟姐妹的。"

"啊？那个，是怎么回事？"

"在你三岁的时候啊，妈妈又怀孕了。"

"是吗？那后来怎么样了，那个孩子？"

"其实我，很想生下来的……可是呢，小仓的奶奶说是丙午年，怎么都不好。在若松的姐姐说，别太在乎那个，既然已经怀上了那就要了吧。不过小仓的奶奶一直说丙午年不好，要是个女孩儿可不得了……我是很想把她生下来的。"

妈妈的眼睛里闪了闪，像是一下子想起了当年的事情。

"丙午"的干支六十年来一回，民间说这是一个具有很强生命力的干支。过去有民俗说这一年出生的女孩子会把男人杀掉。当然这只是不科学的民俗，这种说法放在这个年代里的话，应是无人相信的。

我出生三年后，昭和四十一年（1966 年）就是六十年一回的丙午年。

那种说法并非只有出生于大正时代的奶奶才会盲目相信，从现实来看，那一年的出生率确实很低。

"是嘛，我要是有个妹妹就好了。"

"是啊……"

"哎？可是，不是吧？那时候，你和爸爸不是已经分开住了吗？怎么会有那种事情？很奇怪啊。”

“啊，就是那样啊。就算不住在一起，该做的事情，也在做啊。”

“什么啊……”

我终于明白小时候去小仓的寺庙时，妈妈和奶奶去参拜水子菩萨的原因了。

尽管资金周转并未好转，我还是决定把工作地点从笹冢大楼的十一层搬到代官山的公寓去。女演员松田美由纪刚相中了新的办公室，我也正在寻找此类的地方。于是我就与她商量说是否能够先分用一半的公寓。

尽管只用一半，但房租却与现在并无区别，而且我也有些厌倦了现在的工作环境，于是索性决定搬家。趁此机会，我还注册了一个有限公司，并让妈妈做董事。

十一楼的房间我转租给在美由纪的公司工作的 BJ 夫妇。睡觉的地方又回到了七楼妈妈的房间，不过也有可能睡在办公室里。

搬家正是一片忙乱之时，兔子“葡萄”死掉了。

虽然也是俗语，不过确实有那么一句话是“兔子若是寂寞就会死掉”，说得煞有介事的。可能这句话在我脑中尚留印象吧，我才觉得买两只总好过买一只。

不过，正确地讲应是一公一母。若是性别不同，两只还能友好相处，但若是同样性别的话，就会因为争夺地盘而开始互相残杀了。

杂志《花花公子》的吉祥标志是兔子，其含义似乎是因为兔子的繁殖能力强，才会取其蕴意给人以与众不同的印象。

若是一公一母，则能发挥那种本能而友好相处，但若同是雄性，在某种场合下将暴露出凶猛的本能来。

比起与同性共同生活，还是一只兔子独自生活能够更加稳定。

看来兔子即使寂寞也不会死去。

“葡萄”和“面包”都是公的。当时觉得如果繁殖恐怕养不了，于是在宠物店时为了不凑成一对儿，还特意询问了性别。只是兔子刚出生时很难判断性别，因此人家说那时候还无法知道。

出生不久还很小的“葡萄”立刻就被“面包”追着绕圈跑，脖子被前齿咬住挤到角落里，很多次被笼子顶着，发出悲惨的哀叫。

这样下去可不行，于是我就把“面包”放在七楼，把“葡萄”放在十一楼，在不同的阳台分开饲养。然而，“葡萄”在妈妈无暇顾及的十一楼上，当我们在为搬家做准备、手忙脚乱的时候，死掉了。

最后发现的，也并不是身在十一楼的我，还是妈妈。我和何赛在打包的时候，妈妈上楼来给“葡萄”打扫小屋。

“这是怎么了啊！”

我们看向站在阳台上大声叫喊的妈妈，她抱着已经冷却的“葡萄”哭出声来。

妈妈很失落地呜咽着，紧紧抱着睁着眼睛死掉的“葡萄”。今天，不，昨天也是，我一次都没有去看看阳台上的“葡萄”。掺杂着血的柔软粪便散落在地。这些我都没能留意。

妈妈一边哭着，一边训斥我：“太可怜了，你为什么不好好看着它呢。动物是不会讲话的啊，你要是不能好好照顾它们就别养它们！”

那天晚上，我们用装旅游鞋的盒子作为棺材，把“葡萄”放在里面。为了埋葬它，我开车从高速公路向富士山奔去。妈妈说“要把它埋在不像阳台这么狭窄的一个宽敞的地方”，我却怎么都想不出东京会有这样的地方。

在道路旁，在能看见土的地方，我借着车灯，在淅沥的雨里，用铁锹挖出洞将它埋掉。

若是在这样的深夜里看到边哭边用铁锹挖掘的家伙，毋庸置疑，一定会认为是在埋人吧。好几辆路过的车，驾驶员的表情都是大吃一惊地看向这里。

“葡萄”，死了。

妈妈康复起来，再没有比这更让人高兴的事了。这比什么都让人期待。可是，这种心情中却暗含矛盾。想到从今以后恐怕要长久持续地共同生活，我不能否认，多少感到其中某处让人沉重。

我明显看到自己的自由在逐渐褪色。虽然我连自由是什么都不知道，可在对诸多事情的想象之中，我感到自己正被看不见的枷锁束缚着。

抽象而又具体的压力凝重地压迫在身。愿望刚一实现，未曾料想的事情却又浮现出来。

保险费、房租、生活费、取暖费，凡此种种。在被妈妈伸手催促的时候，某处开始畏缩。

这个鸡蛋花了多少钱啊、今天卷心菜太贵就没买啊，吃饭的时候旁边一直被念叨着这样的事，耳朵深处嗡嗡作响。

吃饭的时候，与妈妈的对话越来越少。其他人虽然在和妈妈讲话，大多数时候我都在一旁沉默不语。

别给工作的同事们添麻烦。攒钱吧。考虑结婚吧。去做体检。听着妈妈的唠叨，我继续着闷闷不乐的日子。

“最近，你对伯母有点儿冷淡啊，根本不听她说的话。”

BJ 这样说我。这一点我自己当然明白。不知怎么，这时的我不耐烦起来。

“我现在，正是反抗期……”

“啊，反抗期啊……”

也许本该如此的那几年，我没有和妈妈在一起，所以我的反抗期推迟了二十年才到吧。

只要我一到家，搬到十一楼的 BJ 太太惠美总是在厨房里就着妈妈的小菜喝啤酒。

“喂，章鱼社长，还是老样子？”

她那个样子就像《男人不容易》系列剧里总是从隔壁的工厂过来的章鱼社长一样没谱，所以我总是叫她章鱼社长。

“不，客气了。我又打扰了！”

“你家老公已经回到楼上了哦。”

“啊，是吗？”

妈妈一边做饭一边对惠美说：“啊是吗？ BJ 君还没吃过饭吧，叫他过来吧。”

这么说完一刹那的工夫，BJ 知道了不在家的老婆的去向就来了。

“晚上好……啊！……”

“喝酒呢，章鱼社长。”

“你回来了。干杯！”

“不错嘛，章鱼。很幸福的样子啊。”

“来，BJ 君也来吃吧。”

“不好意思，那我不客气了！”

章鱼社长对于做饭的事情是碰都不碰的，已经到了连锅盖都不愿意打开的地步。

“BJ 君的老婆啊，这样可不行啊。”

BJ 连早饭大多都在这里吃，妈妈可怜他，就鼓励惠美也多少学点好做饭给老公吃。

“男人说到底都是为了吃饭才回家的。你要不好好做的话他可就不回家了。”

“不好意思，不好意思。”惠美模仿资深影星伊东四郎的样子说道。

不过，这个惠美和妈妈又貌似惺惺相惜，几乎每天晚上都对饮一两杯，说着女人之间才有的话，笑的样子让人不知所以然。

妈妈起初患上癌症时戒掉的烟在章鱼社长的影响下又重新开始吸

了。不过事情至此，想喝什么就喝，想抽什么就抽吧。只要能度过美好的时光，喝酒抽烟又都不是毒。

拜章鱼社长所赐，妈妈好像又回到学生时代，交到了能一起痛饮的朋友，每天都很开心。从附近的折扣店里买来便宜的酒，热闹地喝掉。在此期间，我的女友和其他的女性朋友、我不认识的女性、同性恋者、许多许多“自称女人的人”，每逢夜里就聚到一起，喝酒直到天亮。

有时，我注意到妈妈往玻璃杯里倒酒的酒瓶子上的标签，常有不可思议的感觉。那分明是调制柠檬酸味饮料时兑烧酒喝的碳酸饮料，本身连 1% 的酒精都不含。

不过，从刚才观察妈妈喝酒的样子来看，怎么看都像是在喝酒。

“妈妈，这不是酒，知道吧？”

“什么啊，这就是酒啊。”

“这个啊，是兑了酒之后喝的。里面是不含酒精的。你看这儿，不是写着‘碳酸饮料’吗？”

“真的？猛地喝下去就感觉嗡的一下暖融融的啊，不是酒吗？”

“说了不是了，就是果汁而已。”

“真的啊，奇怪了。我喝这个都能醉了？”

“哇哈哈哈，这不是挺好的，这不是挺好的。什么都无所谓，来，干杯！”

高兴的时候喝果汁也能喝醉，这也是一件好事。

酒宴渐入高潮之际，妈妈也会酌情展现自己唯有一时兴起才会表演的才艺。

她悄悄地回到自己的房间，装扮上夹鼻眼镜和假牙，披着花点的手织布，手织布的两角系在下颚，跳着舞突然登场。

我之前并没留意，冷不丁地看见妈妈这个样子，忍不住放声大笑。当然，其他观众的反应也是极为热烈。

若要说哪里总有那么点儿不对劲，那就是不论情况怎样笑得最凶的通常都是妈妈本人。她从刚开始演就已经笑场，还硬要捂住肚子笑嘻嘻地继续说下去。真是狡猾，不过也可谓是一种崭新的艺术风格。观看的这一方往往被拐带着笑倒。

那个夹鼻眼镜和假牙是我小学时在点心铺买的，我的东西总是即用即扔，只有这两样，作为妈妈的私人用品被保管了足有三十年。

就是说，这项技能从三十年前开始，就是她们姐妹们的旅行及各种关键的宴会上妈妈长年的保留节目。功夫可是不同凡响。

“我啊只要表演这个，大家绝对都会笑的呢。”

妈妈似乎也对这项技艺充满自信、备感骄傲。

快乐的时光，就像铃铛滚过坡路一般急速逝去，唯留余音。平淡无奇的季节在疏忽之中变化着。

仍感羞涩，仍有畏缩，偶尔也让僵持略起波澜，就让这一切缓缓被揉平，纺出柔和而又顺畅的日复一日，但脱离了纺锤的看不到的丝线却似乎从某处开始渐渐缠卷起来。

妈妈自从喉部接受手术以来，稍有不妙就立即到医院检查。

在杂居大楼的附近有家很小的医务所，她每周都去，好像对自己的健康给予极为小心的关注。

“那个医生很耐心地给我诊断，而且认真地听我说话。”

妈妈予以信赖的那个医生待人很好，医务所小小的会客室里每天都像是老人们在集会一般门庭若市。

书架上不知何时多了一些妈妈买来的与癌症相关的书籍。

妈妈来到东京，已经快七年了。

把兔子放在隔壁睡，妈妈就在超级任天堂上玩着魔法泡泡的游戏。我把玩法教给她，她好像只对这个游戏入迷，于是每天都一个人玩，一边大声喊着，一边摇摆着身体，很着迷的样子。

“玩得太多视力会变差的。”

被一边吃饭一边看着的我提醒了之后，她像小学生一样反复地说：“再玩十分钟。”

尽管教她好几次连锁的玩法，但她却像无法理解一样，只是一个一个把颜色连在一起消除掉，除此以外什么都不会。

“那种玩法，有意思？”

“有意思啊。”

“要是那样，也算了……”

何赛一边把研磨缸里的松果捣碎，一边说道：“我最近，一直输给伯母呢。”

“你……真行……”

妈妈做的涮肉料是从大量地捣碎坚果开始的，我怀疑那些坚果好像也因为壳未除尽味道显得怪怪的。这种牵扯到体力的准备工作当然要交给被妈妈邀请来的何赛负责了。

在同一个地方居住了如此之久，是前所未有的。出生以来，就和妈妈一起辗转于各地，后来一个人生活，来到东京后，又更加频繁地更换住所，漂泊不定。

生我之后，妈妈的生活也是如此。不过如今，我和妈妈共同居住在杂居大楼也好，在同一屋檐下住了这么久也罢，都已成了理所当然的事实。

虽没有特别之处，但对于二人来说，这一切与之前相比已经好很多了，我们逐渐习惯，并麻痹其中。

“最近吧，我总觉得有食物挂在嗓子里。”

20 世纪只剩下几个月时的初秋季节，妈妈开始老说这句话。

“到医院去看看吧。”

“大夫也一直在听我说自己的情况，还给我开了药。不过他说，如果吃一个星期还不好的话，最好去拍一下 X 光片。”

“那样的话，就再好好地诊断一下。”

尽管妈妈似乎有时会疼，但并没有体重下降等症状。

“没什么食欲啊。”

“大概是夏天容易疲劳吧，再说激素也正在吃着吧？”

“在吃。”

家里的厨房悬挂着每天一小包的服药日历，妈妈把每天必须服的药事先按小包分装，哪天忘记服药就可以一目了然。

“车站前的按摩房，我已经预约过了，去那儿做做看吧。”

“是呀，那我去看看。”

因为工作，我外出越来越多，不回家的时候也多起来。有时有小笔的收入进账，出去喝酒的机会也多了。和妈妈碰面时也只说些事务性的话，然后接着去工作，去玩。早上回来睡觉，起床后又再次出门。这样的情况越来越多了。

“X光片照了吗？”

“说是让我下个星期再去，啊，大夫一直很耐心地给我看病，你就别担心了。”

秋风瑟瑟，我从柜子里拿出洗好的外套。

“妈妈要不要到哪里的温泉去玩玩？”

“不了，已经和姐姐们去过鹿儿岛的温泉，别的地方也都去过。嗯，大部分地方都被带着去玩过，北海道也好，冲绳也好。还和你一起去过夏威夷呢。那个地方你知道吗？就是被称为日本第一的旅馆，石川的加贺屋。那个地方也跟她们去过啦。了不起，可豪华了。真是和姐妹们去过不少地方。”

说起姐妹们的事情，妈妈的表情就像一个天真的少女。

“X光片呢？大夫怎么说的？”

“为了保险，下次要做一下超声波检查，所以让我下个星期再去一次。”

甲州街道弥漫着冬日的气息。我的二手汽车连引擎也难以发动起来。

街上到处都为准备 20 世纪最后一个圣诞节而装饰一新，五光十色。

“在笹冢的伊势丹商场里啊，正在卖一种圣诞老人的玩偶，一边唱歌，手啊腰啊的还在摇摆着跳舞。做得可好了，挺有意思的，你去买东西的时候可以看看。”

那年的圣诞节，我一整天都排满了工作，没能和妈妈一起度过。这是七年以来的第一次。

据说那天我的朋友来到我家，和妈妈一起举行了圣诞节聚会。那一天出门前，我把从伊势丹买到并包装好的圣诞老人玩偶交给妈妈，紧接着就出去了。

晚上，我在千叶城郊结束了工作，从高速公路赶回东京，途中遇上驱车赶往迪士尼公园的恋人们所造成的交通堵塞，到家已经是深夜了。

打开家门，妈妈还坐在厨房里。剩下的饭菜和空红酒瓶子摆在那里，与之并排的，是两个正在跳舞的圣诞老人。

“怎么了？这是？”

“江本君也买了一样的礼物给我。”

完全相同的两个圣诞老人玩偶面对妈妈跳着舞。大概很多人都说这个玩偶很有意思，就连包装纸的花纹都一模一样。

妈妈笑眯眯地，近乎痴迷地凝视着圣诞老人的舞蹈。

“怎么了？又恶化了？”

“不怎么好……食物根本进不到里面，吃下就吐出来，难受得要命。”

这几个月里妈妈好像瘦了许多。

“大概还是癌吧……癌细胞可能还是转移了。”

“怎么可能呢？手术时已经都切除掉了，而且一直都去医院看，不用担心。哪有这么反复发作的癌症。”

这并非安慰，我确实这么想的。而且我连听到“癌”这个字都觉得极为厌恶。

"……自己的身体，自己最明白了……"

妈妈说话的时候嘴里有种药和胃里发出的味道。

"别总说丧气的话，等过了年再好好诊断一下。"

年末，由于我想在伦敦过年，所以去了英国。过年的时候却不在家，也是七年来第一次。

干青鱼子、煮糖豆、蔓菁泡菜……我瞥了一眼正穿着罩衫准备年饭的妈妈，关上了房门。尽管此次旅行早早就决定下来，我却不知为何有些恋恋不舍，没什么兴致。在前往成田机场的途中，我心情沉郁多次，虽然即将离地飞往伦敦，思绪却始终徘徊于筵家。

21 世纪，二〇〇一年，人类并未做宇宙旅行，也没有超自然的现象出现。我在英国吃着除了难吃别无特点的煎鱼和土豆，妈妈在日本吃着香甜的年糕。

虽然不能同时迎接 21 世纪的到来，还是估摸着日本的新年来临之时打去国际长途。一如既往，我的朋友们聚集在那里，正欢欣鼓舞地庆祝着。

"新年好。胃还好吗？"

"啊，大体上还行。另外，今年又给我捎来了圆饼，我正吃着呢。"

妈妈说东京的方饼有种古怪的味道，于是我认识的九州出生的朋友每年都给妈妈从老家送来那里的圆饼。

妈妈的肠胃本来消化不了饼的，但在大家的面前，她还是表现出一副无所谓的样子。

"那边很冷吧？别感冒什么的。"

"嗯，马上回去。"

尽管只有不到两周没有相见，妈妈的脸颊却明显比去年消瘦了。

"最后，大夫是怎么说的……"

"说是在大医院里再好好看一下比较好，或者和中央医院的 T 医生谈一下。”

“你看，还是那个医生比较好吧。”

“果然还是癌症吧……”

“现在还不知道呢，别胡思乱想的。胃虽然有点儿不舒服，其他的地方不是好端端的？别担心。”

妈妈因为做过多次除癌手术，变得有些神经质了。哪里一不舒服，就理所当然地认为是癌症。或者是那一类的书看得过多就久病成医了吧，会自己对照症状，得出情非所愿的答案。

我觉得那只是妈妈自以为是的想法。但她仅仅为此也要去医院，说是一旦有什么情况也想早些知道。

另外，这段时间我的慢性胃病似乎也逐日加重，每天都大口大口地喝掉市面上买来的胃药。妈妈见此状况反复地督促我，于是不得不到惯去的那家医务所去。

想听从妈妈的话，去那家医务所也不是第一回了。之前腰疼的时候被妈妈督促去过一回。无论是什么样的病人，似乎都先要去诊断一下再说。

正如妈妈所说，医生很耐心地询问病情，但并无医疗性的措施。开好药方，先服用一周，之后视状况再来复诊，仅此而已。

“家母平时多蒙关照……”

一句话将我和妈妈两人紧密联系起来，于是医生一边回忆一边说道：“前些日子，你母亲在之前做过除癌手术的医院拿来的片子，我已经交给她了……”

“那么，结果如何？”

“嗯，我想上面已经写得很清楚了。”

一边说着，他一边在桌子上的记事纸上画出胃的图片，圈住其下半部分，并用斜线将其涂满。

“已经变成如此之大了。”

这句话，他说得风轻云淡，仿佛与己无关似的，表情也很淡薄，只是稍显吃惊。

我怒火中烧。也许检查结果一弄清楚便出具了介绍信，可是，在此之前你还做了什么？就算阻止恶化、切除癌细胞之类的是外科专家的事情，可是你就连早些把握病情这样的事情都做不到吗？你难道只是一个陪老人喝茶的朋友吗？

我不知道将怒火发泄到这个医生身上是否不合情理，不过，我更愤怒于其淡然处之的明快表情和此事与己无关的态度。妈妈是那么的信任你！就没有办法早些知道吗？何时开始有的？

还有，何时开始变大的？

还有，你何时才知道的？

妈妈与往常一样，在厨房的昏暗灯光下为蔬菜削着皮。芋头、牛蒡、胡萝卜、萝卜，还有蒸饭的香味。她系着围裙，头上戴着头巾。残羹剩饭上盖着保鲜膜。我不在时，妈妈午饭通常是吃这些。

筷笼里插满了筷子，让人无法想象这里只是两个人生活。

我的筷子是妈妈从巢鸭买来的“南天”筷。筷子上请店里的人刻上了“雅也”，我的名字。

是烤鱼的味道。今天的米糠腌菜会是什么呢？

“今天好冷啊。给你做了猪肉酱汤，洗了手，赶紧来吃吧。”

“……妈妈也一起来吃吧。”

“‘面包’喝的水没有了，得让何赛去买了。”

妈妈将自来水煮沸自己喝，但却一直给兔子喝矿泉水。

“冬天要说还是猪肉酱汤好啊。好喝。”

“你念中学的时候，练完棒球回来后，能喝掉三大碗呢。”

“啊，那么能吃呢。”

吃过饭不久，妈妈用毛巾围住肩膀，开始染头发。

“住院以后，头发就要全都白了。还是趁现在染了好。”

妈妈年轻时就已有白发，我也同样，早早就长出白头发了。

“后面，我给你弄吧。”

将染发剂涂于毛刷，染在头发上。手够不到后脑位置的里侧，于是自儿时起就由我代劳。

几天后，妈妈再一次住进了位于东京塔下的那家医院。

“有认识的护士，还算好。”

发根的地方几乎已经全白了。

“我有事情要跟你讲。”

“什么事？”

“妈妈死了的话……”

“不会死的……”

“举行葬礼的时候……”

“那时，会把你和富士山的‘葡萄’埋在一起。”

“抽屉里有关于互助会的文件，完全不用麻烦你，一直在那里挂着名呢。你跟他们联系就可以了。”

妈妈好像一到东京就加入了什么互助会，从文件上看，是选了费用最低的葬礼，每月三千元，已经存了几十个月之久。

“你不要那么担心了……不会死的……”

“妈妈得的，是癌症……”

“你怎么知道？不是的……”

“医院出具的那封介绍信，我偷偷打开看过了。我已经都知道了。果然还是癌……”

“……再治就是了。可能还要做手术，不过像上一次那样再治就是了。”

“已经不想再做手术了……”

“就算你这么说，也是不治不行的。”

“你也是，无论怎么说都不听。去医院好好做一回彻底检查吧。不是一个劲儿说自己胃疼胃疼的。就因为生活太没规律，所以好好看一看。”

“嗯，我去。前几天不是才去了么。”

“那里的大夫很认真的吧？”

“……是吧……”

“妈妈住院期间，你要好好给‘面包’喂食啊。”

“知道了。”

“动物不会讲话，所以你一定要多加看护。”

“嗯……”

“也要好好给笼子打扫卫生。”

“嗯。”

“还有……”

“什么？”

“妈妈要是有什么事儿了，在书架上有个箱子，把它打开。”

“什么？”

“现在别打开。”

“什么啊，那是……”

那是年底时别人送来的被套的空箱子。妈妈用胶带封住箱盖，使其不能被打开。

礼签纸还封在其上。在礼签的边角上用黑笔这样写着：“请在妈妈死后打开。”

大地震、火星人入侵、地球末日……儿时的书本上详细刻画了理应感到恐惧的恐怖事件。面临绝望的命运哀号不止、四处逃窜的人们。

就算看了这些，我也丝毫没有丁点儿恐惧的感觉。

日本沉没、陨石雨、黎明永不来临的夜晚……

倒不如说，我宁肯此类事件发生。学校也好，房屋也好，金钱也好，所有人都糟糕得一塌糊涂才好。

我对这些不可知是否真实来临的恐怖不曾感到任何恐惧。

自小以来最让我感到不安的事情，只是想象就足以让我把枕头压在头上捂住双耳。

某时某刻真切来到的事情。

清清楚楚将要来临的恐怖。

最让我感到恐惧的事情。

我感到它携着现实的味道，真切地逼近而来。无论如何否认它，无论内心如何相信奇迹的存在，却仍可见，巨大的命运飓风从平原的那一侧缓步逼近而来。

咕噜咕噜咕噜咕噜。咕噜咕噜咕噜咕噜咕噜咕噜咕噜咕噜。咕噜咕噜咕噜咕噜。

离心力伴随着震耳欲聋的轰鸣声将其周边的一切物事和在那里的一切回忆席卷、吞噬，飞旋迸射地毁灭着，不可阻挡地冲着眼前而来。

我就在其延长线上笔直地面向它，在它的前路上呆立不动。尽管想脱身而逃，身体却如铅一样沉重。手脚的指尖都如灌满了铁砂的麻袋一样，抛锚于地面。

我祈祷着。

能不能，飓风改变前行的方向呢？我将目光从缓慢逼近的灰色旋涡那里移开，如此无力地祈祷着。

在手脚已陷入地面的我的旁边，那家伙从我儿时开始就在梦里毫无表情地站在那里。

化装成滑稽演员，一身黑色装束的男人。男人将手里貌似账本一样的东西打开，像要写入一些什么。

咕噜咕噜咕噜咕噜。轰隆轰隆轰隆轰隆。咕噜咕噜咕噜咕噜。轰隆轰隆轰隆轰隆。

巨大的飓风，命运的旋涡，最让我感到恐惧的东西，势力逐渐增强，朝着眼前逼近。

血管中流淌着铁砂，从汗毛孔里也流出铁砂，不堪沉重洒落在地的感觉侵袭而来。

妈妈住院的前一日。

那天美津夫妇、妈妈和我去了寿司店。

不久，妈妈可能就无法食用那样的东西了，所以我们选了妈妈喜欢的寿司店。

“下北的那家，去那里的寿司店如何？”

“不，不去下北那里。笹冢的商业街就行了。我还是喜欢那里，再说那里的量也大。”

下北的寿司店价钱很高，妈妈知道这一点，于是才说想去平民价格的地段吃寿司。

在柜台里面狭窄的座席上，我们吃着生鱼片，喝着啤酒。

“这里啊，生鱼片啊饭团啊量都很大呢，切得这么厚还哪里能赚得到钱呀。”

座席的角落里堆放着厨师们的私物和纸箱。坐在一旁的妈妈虽然惊叹于生鱼片的给量，但只吃了两三片，啤酒也几乎只是抿了一口而已。

来此之前，美津和妈妈在电话里商量了关于今后治疗的事情。美津察觉出妈妈与疾病抗争的斗志有所下降，所以她坐在妈妈对面的席子上，始终鼓励着她。

美津的丈夫阿泰也是一边闲谈着笑话，一边说着让妈妈努力的话。

美津是野笛姨妈的女儿。身为长女的野笛姨妈极为疼爱妈妈，美津夫妇发自内心为妈妈着想，让我不由得感慨他们怎能为别人的妈妈做这么多事情。

至今为止和妈妈也无数次到外面吃饭了。在筑丰还是个小学生的时候，镇上只有一家烤肉店，我总期待着到那里吃饭。两个人面对面坐着，烤架上烤好的肉几乎都被妈妈夹到我的小盘里。

上了高中在别府的公寓开始一个人生活的时候，有时妈妈会来，带着我去鳗鱼店、西餐店，听着“平时一定要好好吃饭！”的话语吃过很多家店。妈妈总把自己吃的鳗鱼用筷子夹成两半，放进我的饭盒里。

来到东京后是我开车出去吃，两个人，或是很多人。

拉面、广岛风味的烤饼、烧烤、中餐、天妇罗、寿司、烤串、卤煮、小酒馆、西餐店、牛排店……

我们去那些有妈妈不怎么做的菜品的地方，喝了咖啡回来。

我们一起去过形形色色的地方吃饭。

最后，是在座席上堆满了纸箱的寿司店。妈妈几乎没有进食，啤酒也只是啜饮而已。

这家店成了我与妈妈一起出去吃饭的最后一家店。

8

上世纪末人们恐惧的预言并没有应验，生活仍然只是单纯地、日复一日地流逝，曾经遥不可及、远在未来的21世纪到来了。

那个曾经被人们想象过的21世纪，并非与想象中迥然不同，事实上它正在成为我们眼前触手可及的东西。

电脑、可视电话、宇宙旅行、机器人……

曾在电影里看过的东西，逐一成为现实。然而，唯有一样是过去的人无法想象、不曾意识到的事情。

那就是，万事万物在进化的过程之中都在逐渐变小。

在电影以及漫画里，当要描绘功能如兵器一般强大的电脑时，通常都把其塑造得像家具一般大小。可是，如今即使是同等功能的电脑，也能放在儿童桌上，十分小巧。

这并非实际尺寸的问题，而是人们的内心已将伟大的事物衬托出来了吧。

就好像被母亲拉着手的孩子，对母亲的身高其实并不在意。

“只是开个玩笑似的背起母亲，但却如此之轻，不禁让人潸然泪下以致不能前行。”

就如同令石川啄木眼眶湿润而停下脚步一样，无论是谁，都将面临那个瞬间，本应高大的母亲的存在，竟然让人感到如此之小。

本是高大、柔软、温暖的身体，让人感到渺小、粗糙、冰冷。

这并非母亲衰老了，也并非孩子长大了。一定是母亲为了孩子，持续不断地将爱倾吐而出，就像气球泄光了空气。

五月里有人这样说：“一个人就算再孝顺，也还是会后悔的。啊，这个、那个，要是也做了就好了。”

事情一件一件地以一种并不常见的速度开始运动起来。就好像将厚厚的黄页成堆地翻过去一样，虽然动作笨重苦闷，然而却实实在在地朝着某一点而去。

妈妈如同往常住院时一样，将洗漱用品和换洗衣服及几本书放入小包里，整理着该准备的东西。

在一段时间里无法搅拌的腌菜缸里，铺上了很多盐，以此来帮助保存。

以前回九州待上一个星期，家中无人的时候，妈妈曾把糠板存到住在十一层的美惠那里，还委托人家每天都要帮忙搅拌，这次，却没有这么做。

厨房里被擦拭得再不能更干净的不锈钢台面上，锅也好台布也好都没有放。与平时不同，这次被收拾到毫无生气可言的地步。

把铁门用钥匙锁上的声音，在杂居大楼的通顶处上下左右地回响着。

我和妈妈乘上电梯，向着围着道路而建的停车场走去。其间，妈妈对着入乘电梯的住户无声地低着头。看管室里上了年纪的管理人对妈妈说：“这段时间，多谢款待。”

甲州街道上车水马龙，人声鼎沸。行驶其上的首都高速四号线摇撼着水泥支柱，发出雷鸣般的响声。一楼的超市里也热闹非常。年轻人聚着堆儿拥堵在保龄球馆的入口处。

远比上个月消瘦的妈妈走在与往常完全相同的景象中，发梢在风中摇摆。

我在旁边看着这一切，手里拿着妈妈的合成皮革制成的廉价包，里面放着住院用的东西。

那身影是如此弱小，无依无靠，让人心碎。

在穿过人行横道的时候，我冷不防地握住了妈妈的手。牵着妈妈的手走，这是第一次。

我们从幡之谷进入高速公路。

“开车可一定要小心啊。”

“身体疲劳的时候就别开了。”

“喝了酒的话，车就放着，别开车走。”

面对妈妈反反复复的叮嘱，我只是“嗯”地回应她，车子朝向芝公园开去。左侧能看到东京塔，下了高速公路即是医院。

这次和接受甲状腺癌切除手术是在东京塔脚下的同一家医院。

“东京塔的灯光，冬天和夏天的颜色是不一样的，知道吗？”

“是吗？没注意过呢。”

“那，下回天气转暖了再看好了。会变成夏天的颜色。”

“是啊，会想着的。”

赤羽桥的交叉口处、医院的外观、东京塔的红色，这一切在那天的寒冬中，似乎全部被薄冰笼罩了一样，看起来苍白而又朦胧。

病房是六人间。妈妈的病床在一进屋右手边，已经安排好了。从现在开始要花几天时间作详细检查。

“有认识的护士在真好啊。”

“在这里好好检查，反正要长住，想要什么就跟她们说。”

“你不来也行的，你那么忙。对了还有，要好好照顾‘面包’，给它喂食。”

“嗯，知道了。”

“还有……”

“嗯？”

“跟爸爸那边，要一直联系。”

“啊，好。知道了。会的。”

那段时间，我的工作已不仅是案头方面，不得不在外跑的业务也增加了，每天都忙得焦头烂额。

以前，工作的财务是由妈妈来做的，办公室搬到代官山之后，妈妈那边的表姐博子开始代替她工作。从那时起，我在做什么样的工作，妈妈几乎一无所知了。

另外，妈妈也并不知道，我已经与和她相交甚好的女朋友分手了。我第一次把女朋友带到家里让妈妈相见的那天，女友从包里只拿出一只苹果，作为见面礼递给妈妈。

并非作为男友的母亲，而是作为朋友交往的这种轻松态度，似乎很合妈妈心意。于是，正好此道的妈妈与女友在那天就建立了开着玩笑放声大笑的关系。

而且，两个人交往不长时间，女友就说妈妈给了她一枚戒指，并拿给我看。

那个戒指，是当年住的废弃医院的租屋被盗时，唯此一件被藏在极为隐秘的地方才留下的东西，是很久以前让爸爸买的，镶嵌着透明的宝石。

“就这么拿走好吗？”

“有什么不好的，反正说了给你了。”

把宝石对光而照时，透明之中能看到如同彩虹一样的七色光彩。贫穷的妈妈平时没机会戴这枚戒指，只是偶尔从抽屉深处拿出来，那么看着，说：“这个要是被偷了倒好了。”

这枚戒指究竟价值几何我并不知道，但是对妈妈来讲多多少少地很重要。妈妈好像在想我和女友什么时候才能在一起吧。

我翻着笹冢家里妈妈的电话本，找爸爸的电话。找到办公室的电话打过去，呼叫铃声被转呼了。听起来像是在家里接到的电话。

“妈妈住院了。”

“听说了。你工作怎么样了？”

“还凑合。”

“是嘛。唉，那边还是好一些啊。小仓这边不景气得一点儿办法都没有。”

“好像是胃癌。”

“哦。听说了。怎么样了？”

“现在，还在检查。看样子不太好。”

“病房呢？合住的？”

“六人间。”

“可别住在单人间。”

“怎么了？”

“转到单人间后，太没意思可能就不想住下去了。”

“……”

这个人，就这种淡然的，或者说是客观的态度，算是怎么回事呢？我感到强烈的愤慨。他的语气倒是并非冷淡，只是完全像在谈论别人的事情一样。

“啊，最近我会过去一次。”

在闻不到任何食物香味的笹冢的房间里醒来后，我就到代官山的办公室去。画好草稿，做一番讨论，再出门去解决几件工作的问题，再到医院。工作若会到很晚，就酌情抽空露一面，这样日复一日。

另外，在代官山租借的办公室也到了需要续签的时候，与之前一直共享一室办公的松田美由纪商量后，彼此都觉得目前的空间有些狭窄，于是决定不再续签，另寻他处。

考虑到妈妈出院后回家疗养，需要随时都能照料到，所以我想还是再次把工作地点和住处安排到一起比较好。

不过，美由纪却说，大家一起住又热闹又开心，还能互相帮忙，还是再次租到一个地方，找个更大些的空间，把妈妈的房间也包括在内，大家都能照顾妈妈，这样多好。然而想到将来究竟如何还未可知呢，这种想法未免有些天真了。

因为没有时间实地去房屋中介边看边找，只能在网上查询信息。工作和居住的空间完全分离开比较好。考虑到妈妈睡熟之后的情形，我希望那个房间隔音效果好一些，并且光照和通风也要好。

找到了像样的地方就和中介所联络，私下里在傍晚空闲的时间里去看。

我要对着办公桌沉默不语地画草稿，其内容是要想方设法让人们发笑的东西。而在此之余要外出看房，又担心钱，到了热闹华丽的应酬场合自己要做出一副开怀的模样，然后走过充斥着消毒水味道的医院走廊，俯身于妈妈的床头。如此，在时间的催逼之下，感情的平衡已经失调，总觉某处焦躁不堪。全身上下都好像被填满了沙子一般，令人窒息。

入夜，独自一人无法忍耐与这种感情继续对峙，于是每晚游走喝酒。为了逃避那些烦恼的事情、恐惧的事情，把朋友聚集在一起每日暴饮。

住院后不久，妈妈比之前恢复了些精神。我每次到病房，她都不在床上，而总是在谈话室里用公用电话不知和谁正在长途通话。我看到这场景，在她身后悄悄靠近，抱住她的肩膀吓唬她。每次她都是带着同样受惊吓的表情笑着。

“精神还不错呢。”

“啊，太无聊了。刚刚和阿布姨妈通了电话。”

“吃饭能行吗？”

“基本上能吃进去了，就是不能吃太多。还是觉得胃里有东西堵在那里。不过，尽量吧，不吃东西补充营养就没有体力了。我给你留了些布丁，你吃了吧。”

医院的饭菜里配送的布丁啊果冻什么的，妈妈总是留下来说是给我吃。本来她的身体状况，胃里只能装下那些柔软的食物，所以布丁这样的东西是最容易吃下去的。她却仍然特意给我留下。

布丁带着医院的味道。我想无论何时，小孩子都是喜欢吃布丁的，虽然妈妈也喜欢吃。

然后，我就把自己钱包里在自动售卡机买到的大额度卡交给妈妈。挂到九州的电话似乎很多，看来有多少张也会立即用光的。

我就这样看着妈妈的身影，还是相信，这一回也会像之前那样，是能治好的。只要检查结束定下治疗方案，那么痊愈就只是一个时间问题了。

可是，这样的信念虽然存在，但还是与之前有些不同。这种状况下，我和妈妈呼吸的氧气的重量，吹过的风的湿度，以及秒针一下一下行进的声音，这一切都让人极为介意，感到无比怪异。

莫非，本来感到的微小的不安，是通过这种不协调感而扩大的？

今年的冬天在温暖和刺骨般寒冷的交替之中到来了。

在笹冢车站里，我找到那处售卖 CD 的推车，没有目的地凝视着。摆满了古典乐和甲壳虫乐队的盗版碟的推车角落是情歌区，我在那里买下了中条清的精选碟。

糕点店及 Sanrio 店的店面都在做情人节的宣传。红色与粉色充斥其中，闪烁而又醒目。

我小时候，妈妈总从不二家[1]买来伞形或者心形的巧克力送给我。

年过三十在东京共同生活后妈妈当然也送些什么牌子的小巧克力给我，不过对于送出巧克力的妈妈，还有收到巧克力的我来说，两个人都极为羞涩，动作也一样生硬。

医院里，每天都有不同的人过来探望。早苗阿姨、妈妈的熟人朋友、BJ 夫妇等各种各样的人。尤其是美津几乎每天下班后都要过来，代替我把医院的一些手续都办了。

那天，我拿着 CD 到了医院后，何赛带着说是最近新交到的女友过来探视。妈妈把一个用金色纸包装好的兔子形状的巧克力放在肚子上，躺在那里的姿势与睡觉一样，正在讲话。

“何赛君给我的呢，可爱吧。”

“握得太紧会溶化的。”

“何赛君一直没有女朋友呢，我本来说这次到京王百货买给他的，多好啊，交到了这么可爱的女朋友。”

两个人手里拿着摩托车的安全帽，就那么很害羞似的听着。

“我给你买了中条清的 CD。”

我要放在朋友拿来的折叠式 CD 播放机里听听看，妈妈却说“以后再慢慢听好了”。

枕边的架子上是石原裕次郎和越路吹雪的歌。妈妈只带过来两三张 CD，旁边是音乐家朋友过来探望作为礼物带来的 CD。

《早日康复》，是张带着手写信息的新碟。这个乐队的所有成员几乎都吃过妈妈的饭。其中，尤为频繁地来玩并和妈妈一起吃饭的成员 T 在杂志的采访里，对“喜欢的食物”的回答是“百合阿姨做的饭”，把这给妈妈看了之后她特别高兴。

---

① 不二家：日本一家老字号糕饼店，创业于 1910 年，产品包括泡芙、曲奇饼、饼干、巧克力和棒棒糖等。——编者注

“爸爸说，他会过来一趟。”

“是吗……”

“在那之前理一次头发吧。”

“不许外出呢。”

“我把理发师带过来好了。”

我和经常给我理发的大规师傅谈了谈。说到这个，大规师傅欣然应允，并对我说“只要是有水的地方我到哪里都行”。

大规师傅工作的理发屋在休息日时会到老人院及各种设施中，为那些无法外出的人们做志愿服务。他说已经习惯在外面剪发了。

我和护士商量并借到了一间宽敞的盥洗间。那天风和日丽，从房间的小窗口看出去，土耳其石蓝的天空和东京塔宛如镶嵌在画框之中。

铺上垫子、放上椅子，旁边再摆好大规师傅带过来的各种工具，本是一个煞风景的盥洗间俨然一个小型美容院似的，护士们及其他患者纷纷前来观望，并连连称赞“看上去心情真好呢”。

在此之前食欲不振、打着点滴的这些女人们，似乎仅仅这样就能鼓舞她们的斗志，唤起她们的勇气。那个时刻的妈妈，心情愉悦，仿佛连疾病这回事都抛到脑后了。

我站在一旁注视着此情此景，并拍了照片。在取景框里，妈妈兴高采烈的样子与健康时毫无二致。

从妈妈和爸爸分居起至今，我究竟见过爸爸几次呢？儿时住在筑丰的姥姥家时曾经见过几回面，可那才有几天呢？毕业之类的场合若有安排，也是妈妈特意前来，做一番父亲式的讲话。

之后，便是现在妈妈由于癌症住院才得以相见了。在此七年间，从未有过与妈妈染病相关之外的交谈。

分居长达三十年以上，只有户口上能体现出些许的夫妻关系以及父子关系。这一纸相连的家族关系让人能够有所意识的，充其量也只是：此人可能是爸爸吧。

对我的前程、妈妈的病，作为父亲、丈夫，我想他只是发挥了最底线的作用，只是强烈地觉得不得不做而已。

从小仓来东京的话，最少也要停留一周。那之间的工作他是如何处置的呢？联想到办公室的电话永远都是被转呼的，可以想见爸爸的状况也大不如前了。

爸爸平时又在做些什么事情呢？这个疑问是我从儿时就有，并且至今百思不得其解的一个谜。在此之前，我甚至不知道他同谁在一起、住在何处。就连电话号码，也是最近才得知的。

另外，这回在他来东京之前联系时，电话拨通之后他的第一句话也并非询问妈妈的病情，而是此番台词："用再生素后，头发长出来了呢。"

啊？冷不防地怎么冒出这么一句话，这老爷子？尽管我也同样，比以前而言，头发稀疏了一些，不过这听起来像是在向同样有脱发苦恼的朋友传达喜讯呢！就是那种欲言又止之后，突然脱口而出似的。

"啊，不使用相当长的时间本来是没有效果的，不过这次是因为再生素脱销了才拿到的，你爸爸把周围朋友们的份儿也带出来都拿在手里了。"

一反常态地啰唆了一顿有关再生素效果的长篇大论，爸爸稍停片刻，才终于说到了妈妈，也就是有关这次来东京的目的。

"医生是怎么说的？"

"很快要把检查结果跟我们说一说了。"

"还住在合住的房间？"

"是。六人间。"

"转到单人间的话，会闷的。"

"……说过了，这个。"

这个人是名副其实的自我中心。

在东京车站接到爸爸之后，直接就带他到赤羽桥的医院去了。长久未见的爸爸看起来苍老了许多。听了再生素的事情后我不由自主向他的头发看去。说起来，他的头发整体上稀疏了，白发也显而易见。不过，爸爸毕竟也是六十岁的人了，头发脱落了也并不稀罕。只是在这方面他似乎有些不撞南墙不回头的架势。

他仍穿着上次相见时穿的夹克衫，上面印着小方格子。我注意到，讲究衣着的爸爸穿同一件衣服这还是第一回。

到了病房时，妈妈正躺在床上，手持小镜整理头发。知道爸爸那天会来，身为病人的妈妈仍把自己打扮了一番，还化了淡妆。

“哎，怎么样，身体？”

往病床边的圆椅上一坐，他对妈妈笑着说出一成不变的台词。

“胃附近不太顺畅，几乎什么都吃不了。”

“啊，不手术还是不行啊。”

“已经不想再做手术了。”

“你说不想做，医生要是说要切除，你不做也不行的。”

“是啊，要想治好确实不做不行。”

我也劝说道：“最近医生那边会和我们谈的，不听也是不知道的……”

然后，不知爸爸和妈妈是不是就没有共同话题可谈了，俩人开始嘀咕起一些无关痛痒的事情来。我也照旧吃着布丁，沉默地看着他们。

此时，我发现妈妈的左手无名指上戴着戒指。据说是从野笛姨妈那里得到的金戒指。直到昨天还戴在右手中指上的戒指，在得知了爸爸会到来的今天，被换到了左手的无名指上。

我看到这个，对妈妈与爸爸之间的种种感情，似乎有些理解了。

“那个，吃点儿可口的东西就早早回家吧。”

临别前妈妈对我俩这样说，之后我们就离开了医院，同江本及何赛会合之后，向中餐馆走去。

若只有我和爸爸二人，很容易相对无言，所以就叫来了爸爸也略能习惯的江本他们，有他们在，谈话也热烈起来。这段时间我才有所察觉，爸爸好像并非我想象之中那么沉默寡言。虽然有个前提便是有他所感兴趣的话题可谈，但我也是直到现在才发现，他也有如此谈笑风生的时候。

“麻将嘛，过了六十岁才玩的。终于知道怎么才能赢牌了。”

要学麻将的何赛和江本二人津津有味地听着。

“我们住的小仓那里不怎么景气，所以卡拉OK厅啊之类的地方接连不断地关门了。然后吧，有那种以前是卡拉OK厅的，现在里面只放麻将桌，权当麻将厅开了。我们倒是不会怎么吵闹，不过因为是隔音的包间，所以可以不用管其他屋子的人痛快地玩。”

“哎？还有那种地方呀？那么，叔叔，你是怎么做到不输牌的？我啊，一回都赢不了呢！”

“是吗……”

爸爸一边苦笑一边说道：“我吧，就算是拿到大满贯上听了，也总是被迫换牌。总是被放冲……都以为马上要和了的……”

我想，目前为止爸爸的生存方式，都是弃和牌或立牌于不顾，而总是痴迷地追求那种和不了的大满贯牌。为了也许会获益的千点[①]，就毁了“和”了的圆满结局。

在一生之中，总是追求大满贯而为此生存的人，若知道胜利就存在于积累至今的千点牌中，会将其兑换为和牌吗？追求大满贯自有必须为之付出的代价。但是，正因为对前方充满梦想，那代价之中才有其存在的意义和价值。当他知道，被弃之不顾的那些代价最终却成就了一盘臭牌，一定会感到这个故事腐朽、乏味，如鲠在喉。

---

① 日本麻将的一种积累打法。——译者注

“最近喝酒完全喝不了多少了。”

爸爸边说边倒茶水，几乎一口未沾的绍兴酒还满满地剩在酒杯里。

“兔子还活着吗？”

回到笹冢的家里，爸爸边向阳台看去边说道。他没让我倒茶，而是自己烧了热水，摆好茶杯。边看着电视，边从口袋里拿出再生素里按摩用的梳子，嘭嘭地刺激着头皮。

“到了这个年纪，头发多少秃一点儿也没什么吧。”

我对着一丝不苟按摩着头皮的爸爸说，他略显羞涩地答道：“头发要是没了，西服就没法穿了。”

唉，你这么想我也没办法。于是我不再多言，把兔子的饲料添满。爸爸一边继续按摩，头也不向这边转地说道：“喂。”

“什么？”

“你妈妈……这次恐怕是不行了。”

由主治外科医生K大夫做病情说明的这天到了。

“你千万不能迟到啊。”

因为约定在上午进行，所以前一天妈妈就反复嘱咐我。比起自己的检查结果，妈妈似乎更担心我若迟到会给医生添麻烦。

然而，实际上当天我和K医生约好，在妈妈所知时间一个小时前，我们事先单独碰个面。

约定的时间即刻就到，而我并未出现在病房里，在妈妈焦虑不安的时候，我和美津正在K医生的诊断室里，接受他的病情说明。

X射线光片挂在幻灯屏后，K医生像是在搜词造句一般，把片子多次给我们传看。

与实施甲状腺手术的堂堂正正的T医生不同，这个颇有些神经质的医生，话未出口就让我们倍觉不安。

“您母亲，可能正如已经察觉到的那样，患了胃癌。”

尽管这事已经想到，但从医生口中传达出来，自又有一份沉重。

“那个，是在甲状腺切除时残留的癌细胞转移了吗？……”

“不，不是。甲状腺癌的手术已经基本把它切除干净了。这次的癌症属于恶化肿瘤，是恶化中的胃癌。说到程度，就是已经大范围扩散了……”

噩耗传来，不，现实比之更加残酷，了解到真实状况后，我顿然无语。也许看到了我的态度，美津于是积极地向医生提问：“那手术还能做吗？”

“不。不可能手术了。您母亲的体力是一方面问题，更何况恶化的速度极快，已经开始向整个胃部和其他部位扩散了。”

“大夫，那么，要怎么治疗呢？”

美津进一步追问下去。

“嗯，之后，只能进行化疗了……”

“化疗的效果会怎么样呢？”

“这要因人而异，不过，出现戏剧化效果的可能性，是绝对不高的。而且，一旦开始进行化疗，会给患者的身体造成很大负担。疼痛、呕吐、疲乏等，可以预想到人会变得非常衰弱。”

医生的语气，仿佛是在说，反正已是无计可施的晚期癌症患者，与其勉为其难令其痛苦，倒不如听天由命静候结果吧。

这种考虑方式，可能是作为一个医生而得出的判断。对于晚期癌症患者的处置，价值观各有不同，这个，我很清楚。无论何人，死亡都是迟早要降临的。比起伴随着苦痛迎接它，想要把这个人安宁平和地送走也是符合情理的。

但是，这无论如何也无法说服我。我就是不能坦然接受其中那种“反正都是死”的思维方式。

极有可能会因为实施了化疗而令死亡提前到来。但是，只要其中存有哪怕0.1%的可能性，我都期盼着奇迹的出现，想要力挽狂澜。

无论开局分得的底牌是怎样参差不齐，不在此时向着大满贯前行又能待到何时？想要命运之牌在某处拿到自摸和牌，使之死而复生，与其在强颜欢笑与故作镇定之间拿到三色同顺，倒不如犬齿交错循序渐进地达成一炮和牌。

并非“反正都是死”，而是“如何都要活”。

于是，我又向医生问道：“手术无论如何都不能做了吗？”

“嗯，做不了手术。”

做不了手术，化疗也并不乐观。若真如此，你身为医生又能做得了什么呢？我未免感到一种悲愤，然而如此看来又只能让其实施化疗。或许要让妈妈身体承受痛苦，但绝对不能让她明知有一线希望地闭上双眼。

“请您实施化疗吧。”

美津的意见与我一致。

K 医生歇了口气，又说到了几分钟后将与妈妈进行的谈话内容。

“需要将患癌的消息告知本人吗？”

“是。这是很早以前与母亲的约定。”

《再见列宁》这部德国电影中，在柏林墙倒塌前夕，主人公的母亲因心脏病发作而陷入昏迷。几个月之后，母亲的意识开始奇迹般地恢复了，在此期间，柏林墙已经崩塌。面对怀抱着强烈爱国之情同时又是积极分子的母亲，儿子为了隐瞒这些既成事实，编造了很多谎言。

为了不让身患心脏病的母亲遭受任何打击，儿子用谎言来表达温情，为母亲着想。

但是，我的情况却是向母亲坦白一切。妈妈从最初患上癌症开始就四处查阅有关癌症的书籍，所以即使是进行化疗，她也能够立刻洞察一切吧。

另外，妈妈在住院之前就已经对我叮嘱过：“假如，就算是无法治疗的情况，也一定要告诉我啊。就算是要死，在此之前我也有不得不做的事情。”

我们二人，始终是以这种信任关系相处至今的。而且，这样告诉她也并非为了对她宣告死亡，而是想让她对生存下去满怀希望。

K医生看着决定通知本人的我，说：“要是这样，还是由我来说吧。”

这就是所谓的医生的职责吧。无论如何，之后随即对妈妈进行说明时，我还是要在场的。

“那么，请医生说吧。”

我的口气，就好像在推让卡拉OK的演唱顺序似的。

来到妈妈的病房时，好像已经比规定的时间延迟很久了，妈妈站在床边，正坐立不安。

“你啊，到底还是迟到了，让大夫等了这么久，真是……”

“不好意思，不好意思，那赶紧去吧。”

我和美津又跟妈妈一起返折到刚刚才走过来的走廊上。

在方才同一间屋子里，X射线光片原封不动地悬挂在幻灯屏上。这一次是以妈妈为中心，她坐在椅子上，K医生在简单的寒暄之后，一反方才暧昧不明的语气，开始近乎草率地滔滔不绝讲说起来。

“是胃癌。也就是所谓的恶性肿瘤的胃癌……”

医生正面患者，对其宣告他已是晚期胃癌的经历会有几次呢？但至少能明显看出，这个医生还远未适应这种状况。他紧张得要命，而且语速极快，根本不介意此事的严重性，说话的方式也是生硬干涩，一气呵成。

在此期间，妈妈只是用几乎听不到的声音说“嗯……”“是吗……”这样附和着。提到了化疗的话题时，妈妈也没有立即回答，而只应答说“我会考虑的……”。

解说结束之后，返回病房的妈妈，虽然勉强撑住，但还是流露出明显的失望。拖鞋也是吧嗒吧嗒地发出无力的回响。

“要说恶性肿瘤的话，做广播员的逸见君也是一样的癌症啊……”

妈妈似乎对那是何种病症等有关信息烂熟于心的样子。同我一样，妈妈也认为病症要远比自己想象的严重。

听到这个通知后，如果对化疗立刻就表示出积极配合，是完全不合常理的，妈妈也是一时默然，表情倍显憔悴。

如果将我置身于同样境况，我必然言行举止都表现得极端厌世、自暴自弃了吧。妈妈虽然看起来失落而静默，但自己也察觉到那种沉默后，马上就又谈笑风生起来。

真是了不起，我这样想，内心顿觉温热。

之后，我、美津、阿泰以及妈妈四个人，商量起今后的治疗办法。

“虽然不会轻松，但要是不试的话也不知道会怎么样，所以还是化疗吧。”

我始终以这种语气劝说妈妈。

“只要有一线希望，就不得不做。阿姨和我们一起加油吧，荣子阿姨也要加油啊。还有，我已经查过了很多疫苗方面的资料，丸山疫苗啊，莲见疫苗啊，实际上和荣子阿姨一样情况的人中，有很多都靠疫苗痊愈了呢，虽然这种药没有得到国家或者医院的认可。不过没关系，我们买好了带到医院，让医生帮忙注射的话也是完全可以的。让我去跟他商量，让他帮忙开处方出来就好了。在阿佐谷那里好像有一家卖莲见疫苗的诊所。”

美津好像已经收集并调查了很多有关癌症疫苗的书籍和宣传资料。为了妈妈的病情她倾其所思，始终为此而奔波，好像就连工作日都为此而请假。

美津递过来的有关疫苗的书上多处贴有便签纸条。与妈妈状况相似的病例、药物的购买方法等，甚至还有因为疫苗而性命得以保全的患者评价，还附有本人照片。

除此之外，里面也写着，可以利用无副作用的疫苗而了无痛苦地送走余生。

“可是，疫苗会很昂贵的……”

到了这个阶段妈妈还在担心花费的事情，对此，阿泰力图维持平素与妈妈接触时的那种快活明朗的氛围，坚定有力地鼓励着妈妈。

“哎呀，别担心那个啦。不就是药嘛，我给你买好啦。荣子阿姨要是死了我可就难过了。你别担心啦。不会让你死的啦。”

此前，美津曾来过电话，说是这次妈妈患病，一定不要让她丧失对治疗的斗志，这么多人一定要齐心合力，鼓励到底。

于是，面对着这夫妇二人如此坚强旺盛的热情，我觉得自己也说不出消极软弱的话来，只能用微弱的声音反复地附和着“嗯，就是啊”。

尽管表姐夫妻为了妈妈倾尽全力，如此善待，作为儿子的我却连口头上鼓励妈妈一句话都无法做到，并为这种无力感而不安。无论怎么相信可以治好，沉陷于内心深处如同污泥一般的不安，已将身心变得迟钝不已，无法运转。

若说多少做些力所能及的事情，只能像许愿似的，戒掉持续至今每日喝到天明的酒了。

妈妈的化疗开始了。

和医院的治疗同步，也注射莲见疫苗。医生对于这种疫苗的态度，是嘴上虽然不说，表情却带有批判性质的苦笑。当真是谁都不知道，什么才是真正有效的吧。但是毕竟，癌细胞究竟是如何生成的，这一点是谁都说不清的。

“希望本是无所谓有，无所谓无的。这正如地上的路；其实地上本没有路，走的人多了，也便成了路。”

就连这句广为人知的老话，也在那种渴望出现奇迹的时候，让人第一次感到粲然生辉。

化疗刚开始用药，妈妈的身体状况看起来就明显恶化了。

起初是身体疲乏，说不怎么舒服，然后开始接二连三地呕吐。全身似乎都在剧痛，就那么趴在那里翻滚挣扎，刚以为要抬起头了，又开始继续呕吐。

呕吐的次数和疼痛感每日俱增，有时，甚至会吐到喘不上气的地步。

或许是妈妈不适合这种治疗方法，或许某些患者同样苦不堪言也未可知，但我就是不能直视这种情景。

过来探望的人们，看到这种状况，也都不忍再看而早早离开。整整一日被折腾得筋疲力尽的妈妈，连讲话的力气都没有了。

尽管要忍耐如此这般痛苦，化疗治愈癌症的概率也被认为是极低的。我终于明白，一旦实际开始治疗，眼睁睁地看到妈妈的这种状态后，有人会转而放弃化疗，而开始考虑让她能够安宁地等待那天到来，这绝对也是情理之中的。

另外，化疗的副作用除了呕吐和疼痛，还有白细胞减少。白细胞若是减少，对于外界入侵的细菌，抵抗力会明显降低，极易引发诸如肺炎等众多并发症。那样的话将性命不保。

持续地进行下去，体力方面也有问题。第一次化疗结束后，会空出几天的间隔，然后再进行第二次数日的化疗。

“妈妈，虽然很不容易，可是要加油……”

尽管也想索性停止这一切的一切，然而停止这种方法的同时，也是关闭疾病治疗这条路的时候，而这一个决定，我是万万不能做的。

可是，妈妈虽然总反复说“痛苦”“难挨”，却从不说“不做”。妈妈在努力地活下去，在尽力痊愈。对没有体验过肉体的痛苦，仅仅在一旁鼓励她的我来说，她远比想象中坚强。在痛苦之中，妈妈挣扎着，翻滚着，为了继续生存下去，忍耐着没有休止的呕吐。

她说，头发掉得越来越多了，说最讨厌这个。她的表情和脸色都毫无生气。同屋的人们也担心着，总凑过来问：“又要开始化疗了，能行吗？”

“啊……真不好受啊……”

尽管肉体上、精神上，都在抗拒着这一切，只是灵魂深处，还在用仅存的气力，向着希望奋力挣扎。

冬日漫漫而去，梅花也已然花瓣凋零。职业棒球也开赛了。这年冬天，几乎没有吃到妈妈的猪肉酱汤，就这么草草过去了。

第二次化疗开始了。妈妈在第一次化疗中虚弱下来的身体，在第二次化疗中变得更加脆弱。

妈妈整整一天都呕吐得稀里哗啦的，但已没什么东西可吐。即使如此，人却总在洗手盆前低着头，像是要把胃、食道甚至舌头都吐出来似的。

妈妈嘴唇裂开、血丝渗出，在少量的呕吐物里也掺杂着血丝。瞳孔像是流淌着葛粉汤一般浑浊，各种疼痛都变得剧烈起来，甚至会痛到呼吸困难。

妈妈努力过了。被痛苦折磨着，但还在与化疗顽强斗争着，为了找到前方是否存在都未可知的一丝奇迹之光，就在墨汁一样的黑暗中，无数次饮下墨汁，再吐出来，处于无数次都要失去意识的生死边缘，于旋涡中晕头转向地，咕噜咕噜咕噜咕噜，咕噜咕噜咕噜咕噜。

妈妈真的努力了。

然后，妈妈对我说了。

“我想，还是不做了吧……”

即使这种治疗继续持续下去，恐怕也是毫无作用的吧。

“那么，就不做了吧……”

我说。这并非是放弃，妈妈已经如此努力地寻找过奇迹了。我想至少在化疗里是一张和牌都没有了。在对痛苦的忍耐之间，已经把所有的可能性、所有放倒的牌都翻出来看过了。在这一处，也是白白受苦了。

反正，就算是停止化疗，疫苗还是在用的……所以，其中或许会发生些什么现代的我们不能预知的事情。

即使是医学中，不也充满了人们不知道的东西吗？虽然麻醉药能够免除人的痛苦这个道理人尽皆知，然而据说究竟为何打了麻醉药人就感觉不到痛觉，这其中的道理并未真正被解释出来，只是浅尝辄止罢了。

人的生命并非由零和一组成。就算输入了错误的数字，也有最终连接到正确的线路的时候，这是毫无疑问的。

在如此不确定的世界里，就算医生说了什么，那也未必一定是言发必中的。

每个人，虽然总是希望知道一切，然而事实上，不知道的事情还有很多很多。

世界的不可思议、形形色色的奇迹，我们不知道的事情还有很多很多。

尽管如此，负责的医生还是把我叫出去，对我说："大概，只剩下两三个月吧。"

停止化疗之后，由治疗引起的呕吐和痛感也不再发生了，但妈妈已消瘦得不成人形。化疗最终还是让妈妈的体力消耗殆尽。

尽管如此，多少轻松些的妈妈还是拿起从笹冢的家里带来的书，安静地翻阅着。

枕边的架子上摆放着相田光男的《多亏有你》和柳眉里的《生命》等好几本书。

每回我对妈妈说"长时间看书会累坏的"，并想要把书取走时，妈妈都说："读这些人写的书，心情会愉快起来。"

那里面没有我的书。至今为止我并没有写过那种想让母亲去阅读的内容，其他内容也并未让她读过，但好像妈妈私下里偷偷看过。

虽然我无法写出那种能够慰藉妈妈的书来，但是对于那时摆放在那里的那些书的作者们，内心却充满感激之情。

感谢你们，使妈妈的心情愉快起来。

在笹冢厨房的架子上，贴着相田光男的诗，是妈妈不知从何处买来的，还附有衬纸。不知何时，妈妈把它贴在从饭桌看最醒目的地方，并经常凝视着。

只要你在那里

只要你在那里
那里就会拥有光明
只要你在那里
大家的内心就会享受安宁
但愿
我也能成为你

相田光男

这是妈妈所钟爱的相田光男的诗。其中描述的人物也是妈妈所向往的类型吧，是六十九岁的妈妈所想要成为的那种人的样子。

但是，多多少少，对于我而言，妈妈正如诗中所描述的，只要你在那里，是能赋予我以光明并能带给我安宁的那个人。

那么，如果不久之后，妈妈真的这样离开我们，我想她也依然会为了某些东西而继续努力吧。

妈妈的病症不久稍有好转，前来探望的人多了，妈妈精神逐渐恢复，话也多了起来。尽管固体食物还是几乎无法下咽，然而状况比前些日子好了许多。

听说那时候，爸爸的妹妹敦子姑姑夫妻二人也来看望过。他们的女儿博子现在正在我的工作室里工作。

妈妈嫁到中川家的时候，敦子姑姑还是单身，和家人一起合住。小仓的那个家里，二楼的四个屋子寄宿着大学生们。后来，敦子姑姑和其中的一个学生结了婚。那个学生，也就是博子的父亲了。

敦子姑姑夫妻二人从病房离开之后，妈妈对还在身边的良枝倾诉起来。

“对阿敦和万屋君他们夫妻两个，我有个事情，一定要在死前郑重地向他们道歉的。那件事情，我始终记挂在心……”

当年，敦子姑姑和万屋姑父结婚的时候，好像遭到了小仓的奶奶还有身为兄长的爸爸的强烈反对。反对的理由倒是不清楚，反正他们始终坚持，不允许二人在中川家中举行婚礼。

但是，家里虽然反对他们结婚，奶奶或者爸爸却并不宣布这个决定，而偏偏强迫妈妈去转达。

“我那时候觉得只要是和自己喜欢的人在一起就好，不知道他们为什么要那么说。我本来是赞成这件事的……”

这种事情为什么血肉之亲不去转达而偏要作为嫂子的人去说，妈妈尽管百思不得其解，却还是不得已将两个人叫出去，将其反对之意转达了出来。

“那时，两个人大概是对我极为反感的吧，或是同情我也好。我虽然是赞成的，却无法那么说……那时我就想，一定要为说过那种话而好好地向他们道歉……”

不过，后来不知经过了怎样的历程，两个人最终还是顺利地结了婚。而且随即万屋君就调换工作去了美国，妈妈几乎再未与之谋面。博子也是在美国出生的。

于是，妈妈就在那种始终没有释然的后悔之中度过了三十多年。

在慌忙无措的每一天中，春天悄然而至。即使在充斥着柏油和水泥的东京，也同样是春回大地、万物复苏，整个世界生机盎然。

以往到了这个季节，正是妈妈沿着笹冢消防学校前到幡之谷方向的那条小路，悠然散步的时候。

那一年，二○○一年的樱花盛开日在三月二十四日。在医院入口处的樱花树，也有两三成的樱花正含苞欲放。

此时，与妈妈关系很好的姐妹，野笛姨妈、惠美子姨妈、阿布姨妈三个人一起，从福冈那边来到了东京。

此行的目的当然是来看妈妈。这四个姐妹经常一起外出旅行，似乎去过不少地方。说起姐妹几个出去玩的话题，每个人都像是回忆起昨天发生的事情似的，时而大笑，时而吃惊，手舞足蹈地，一说起来就没完没了。

在加洗的照片里，妈妈在哪里都是微微斜着身子那样一个姿势，这好像是妈妈心目中最好的角度。

对作为长女的野笛姨妈，妈妈总是有说不完的话，还经常收到她寄过来的包裹和零钱。妈妈和惠美子姨妈不厌其烦地互发信件，非常投机。阿布姨妈总是姐姐、姐姐地叫着，像个小孩子一样对妈妈极为倾慕，两人总是煲电话粥啊、玩牌啊、玩弹珠啊，还一起在电视游戏机上玩我教给她们的“魔法泡泡”游戏直到天亮。

姨妈们都是听说了妈妈的病情才纷纷赶来的。三个姐妹来到病房里后，妈妈就像个小学生似的笑着，姨妈们每个人却都在苦笑。

然后，姨妈对我说:“能把你妈妈带到外面去吗？”

说是想在投宿的东京塔附近的酒店里，姐妹四个人在一个房间里睡一晚。

“那就这样吧。”我说。

从寒冬到来之时起，妈妈就一直没有出去过。出去感受一下春风会很舒服，再说樱花也多少开了一些了。

除此之外最重要的，是妈妈能和自己最喜欢的姐妹高兴地一起出门，同床共枕，一起闲聊着往事安然入睡。这应是妈妈梦寐以求的事情。

妈妈这时身体状态也很好。美津从医生那里也拿到了外宿许可。

即使在病房里，现在也并非在做什么特殊的治疗。只要能够心情舒畅，那就是求之不得的良药了。

妈妈坐在医院准备好的轮椅上，姨妈们一起推着她走。

“妈妈，玩得高兴点儿啊。”

“啊，我会好好地回来的。”

这是第一次见到坐在轮椅上的妈妈。换上外出服装的妈妈也是很久不见了。被姨妈们团团围住、盛装华服的妈妈，开心得就像生日晚会上的孩子一样。

目送她们出门后我去忙工作，在闲暇间又看了间房子。位于目黑区的中目黑，可以原封不动沿用代官山办公室的电话号码的那家，我觉得不错。

这是一套有三层楼的房子。一楼是两个车位的停车场和仓库。二楼是宽敞的起居间和厨房。厨房有笹冢的三倍大，还有烤箱。三楼有五间房，据介绍说阳光最好的位置会有一个和室[①]，只是看房的时候正在整体装修，所以细节的部分还看不到。但是，光照好的地方有和室，可以给妈妈住，每层都有独立卫生间，她也无须下楼，二楼可以作为工作室，等等，凡是想到的条件它几乎都满足了。房租偏贵一些，但是并非

① 典型的日式房间，其最大特色就是在榻榻米上席地而坐或席地而卧。和室是多用途的，通常做卧室，也可做起居室、书房或客房等。——编者注

支付不起。

另外一个想租这处房子的理由是，我发现告示板上写着，从这里步行不远处就是蛇崩访问看护站。终究，有这个地方的存在，感到内心踏实了一些。

在这处房子里，我觉得应该可以一边照顾妈妈一边好好做事了。

傍晚，阿布姨妈用手机跟我联系。

“现在，大家把吃的东西叫到酒店的房间里，正在吃呢。”

“妈妈怎么样了？”

“她可厉害了，你妈妈正在吃生鱼片呢。”

“这么厉害。能吃得下吗，那东西？”

“你等等，换你妈妈来讲。”

“喂。”

“听说你吃生鱼片了！”

“遇到好东西就变得能吃能喝了。”

电话里听到那边妈妈的笑声。

“挺好的。今天就住在那里了？”

“让加了张床，我们在一个屋子里睡。”

“啊，高兴了吧？挺好的。”

这就是所谓的病从于心吧。之前说连极软的东西都无法下咽的妈妈，现在竟能吃生的食物。从今往后，也许这种精神方面的东西才是最重要的。

我跟姨妈说那就拜托了，然后挂了电话。

那天夜里，虽是春寒刺骨，但是姨妈们都来了，妈妈出去后精神好得连生鱼片都能吃。很久都没有如此开心的夜晚了。

有些日子没有喝酒了，但竟然并不想喝。也许我并非真那么喜欢酒精这东西。不过，没有酒喝的深夜时间却过得很慢。我正想象着今天看过的房子装修后的模样，头脑里浮现出妈妈看到大厨房后的喜悦神情，姨妈又打电话过来了。

“你妈妈晕倒了，已经被救护车送回医院了。”

我驾车直奔到医院时，探视时间早就过去了，不过到了这个时候我几乎总是不假思索地照常出入。

从急救入口处匆匆坐电梯，小跑着走过昏暗的走廊赶往妈妈的病房。

进到病房里，妈妈床上的行李和挂牌都不见了。

我有种不祥的预感。就像小时候，当妈妈和不认识的叔叔一起去健康中心，我找不到她时，一颗心悬在那里的感觉。

我跑到护士中心打听妈妈的去处。

“已经搬到一间病房的里面靠窗户的床上了。”

已经熄了灯的病房里侧，枕边的荧光灯还开着，妈妈已经睡了。点滴的数量增多了，不过看见她我就放心了。

妈妈胃痛突然加剧，像是胃痉挛，好像打了麻醉之后就睡了。

“因为是吃了生鱼片什么的吧……”

也可能是欢闹过了头，也可能本是怀着一番奉献之心，不过还是做了逞能的事情。但这种逞能也是应该的。我想姨妈们也是对这一点了然于胸才做出的邀请。这样的话，姐妹四个人才能一起在医院之外的地方吃饭，才能偷闲共枕而眠。妈妈也应该觉得这样很好。

我决定今天就这样睡在妈妈身旁了。就坐在圆椅子上，头靠在床上趴一夜吧。从窗外侵入的冷空气虽然寒冷，不过还是这样决定了。

不久我迷迷糊糊地醒了过来。之后不久，妈妈也睁开眼睛，看向我这边。

接着，她笑眯眯地仿佛什么都没发生过似的，说：“什么时候……回来的啊……”

“啊，我？我早就过来了啊。”

“还是，家里好啊……”

“嗯……是啊……”

“你，那个……”

妈妈好像是想起了什么，盯着我又说：“冰箱里，放着大头鱼的生鱼片，还有，锅里还有茄子的大酱汤，把它们热一热，吃了吧……”

这是怎么了？说什么呢？我又震惊又慌张，想都没想就说了出来：“怎么了？……说什么呢？……”

妈妈的脸上洋溢着幸福的表情，又看着我说道：“茄子做的，大酱汤啊……”

我还什么都来不及想，眼泪就已经扑簌簌地流了下来。妈妈就那么看着我，一直笑着。

“妈妈……你怎么了……”

恐怕是妈妈在一片意识蒙眬之间，把这间病房当成了筐冢的厨房了吧。在筐冢，妈妈经常坐的饭桌旁，身后就是洗碗池，洗碗池带着一个荧光的手头灯。她是将其和枕边从身后照过来的读书灯混杂在一起，将记忆、现实和愿望糅合在一起，才把这张床看成了筐冢家里的厨房。

妈妈就始终那样微笑着，我却泪流不止。

自己已经到了这样的状况，幻觉之中却仍然为我的吃饭问题而担心。

我抵挡不住这一切，向窗外看去。这时，外面的一番风景却让人不能置信。

在一片漆黑的深夜之中，樱花树上飘浮着桃红色的花朵，而且，在那些花瓣之间，纯白的雪花正滑过黑夜，与花瓣一起飘落而下。

樱花与飞雪一同飘舞的这番景色，我生来还是第一次见到。

“妈妈……下雪了……”

这么说着，我指向窗外，妈妈却始终像在哄着我似的，一直笑着看我。

“有茄子的大酱汤哦……”

三月三十一日到四月一日两天，东京尽管已是春天，樱花开放的季节，却还是降雪了。早晨的气温是摄氏零下一点八度。下雪，而且结冰。

已经辨别不出什么是真，什么是假，简直就像是愚人节才有的事情。

什么东西，开始变得不太对劲了。

不久之后，妈妈就被转移到同一楼层的单间去了。我从那天开始，放了张简易床进去，每天晚上就在那里看护着她。

“搬到单间之后，可就无聊透了”，做出这种不祥预言的爸爸也立即赶过来了。

“在这里的话，不会对其他患者造成不便，大家也都能来探望了。”

“也是。”

“这里很宽敞啊，我已经放了张床在这里了。每天就在这里睡。”

说是简易床，也只是张夏天放在廊子里的那种塑料躺椅，就算是这种东西也要每天向医院交纳几百日元的租借费。而且，刚一搬到单间，护士就拿着有关房费的费用表来了。同可以使用保险的六人间不同，这里每天需要付四万日元。一个月就是一百二十万日元。我刚刚交过新房的租金等，每个月能不能交得上也成了问题。

妈妈已经完全不能进食固体食物了，能入口的只有水。全部的营养都要靠输液来提供。

不知从什么时候起，爸爸每天早晨就像上班一样从笹冢的家里赶到医院。爸爸过来换班，我再出去工作。图稿也是能在病房画的就在这里处理。

美津仍然每天都来。每一天，都有些人过来探望。妈妈几乎没有独自一人待着的时候。

最开始的阶段，能够起身坐着，也能正常地对话。

不过，在樱花开放的时期，妈妈的身体越发显出不便，去卫生间也不行了。一点一点的，插在妈妈身体里的管子变得越来越多。

我就这样在旁边看着这个过程，什么也无法为她做，奇迹也并未发生，我只能待在那儿。

妈妈一直持续低烧。我从制冰机里拿来冰块，把毛巾放在洗脸盆里弄凉，一天要给妈妈的手心、脚心还有睡衣里露出的部位降好几次温。

“妈妈，一定会治好的，所以一定要努力。不要担心。”

妈妈一边看着我，只是微微点头。

“还疼吗？不是说肚子疼吗？”

腹部积水也渐渐开始了。

“肚子里啊……有水积下来的话，就不行了……京一君也是那样死的……”

“没事的。还没积成你说的那种地步……”

江本、何赛、阿豪、BJ几个，偶尔也会同时凑到一起。在附近的家常菜馆买了饭或者小菜，就在妈妈的床边围坐着一起吃。

“妈妈，就像在筐家吃饭一样呢。”

妈妈笑着，那么看着他们，就好像真是把自己张罗出的东西给大家吃了似的。

爸爸也是别无选择，每天从早晨过来替换我待在病房里。只有在播放《开运！无所不能鉴别组》的节目时，他才以每周必看的理由提前回去，除此之外，都一直在医院里。

妈妈说痛得受不了的时候，护士就在输液里加进吗啡，而且，随着日子一天天过去，这样的情况越来越多了。

那天晚上，妈妈与平时不同，特别能说。我只能给她倒杯茶，陪她一起聊。

“妈妈，新家里厨房很宽敞的，你想做什么都能做了。妈妈的房间嘛，是间在三楼的和室。一楼的院子围着栅栏，‘面包’也能常常在那里活动，跳来跳去的。”

“是吗？很期待啊。嗯……”

“你早点儿好起来，回到筐家，一起准备搬家吧。这个家在一个安静的地方，也能好好睡觉了。家具什么的有想要的那就买好了。是5LDK（五室两厅一厨）呢，妈妈。太大了打扫起来不容易，不过，无论谁来了都不会觉得惭愧了。对谁都不用过分在意了。因为这是妈妈自己的家了。”

“是啊……谢谢了啊……”

我去盥洗间取冰块时，在小小的窗口里看到闪烁着橙色光辉的东京塔。我一边洗着毛巾，一边比往常更接近地看着那里的光。

“妈妈，我们不是约好了下回一起去东京塔的观景台吗？不去可不行哦。我还一次都没上去过呢。妈妈也没去过吧？”

“我啊，去过的……”

“撒谎。什么时候去的？”

“东京塔啊……已经上去过好几次了。去过五六次了呢……”

我觉得妈妈实际上不太可能真的去过。那时候，也许被幻觉所迷惑了吧？

不，就算那并非现实里的事情，在妈妈的意识里，可能确实已经去过东京塔的瞭望台，甚至去过好多回了。尽管并不可能是真的，我却当作真实的事情听着。

在妈妈的内心世界里，在妈妈意识的宇宙之中，妈妈可能已经上去过无数次了。那是与我约定一起前往的地方。

鼻子、嘴、呼吸器，从妈妈身体里伸出来的管子已经数不胜数。为了把积存的胃液吸到外面的管子，我也不管护士是不是看得见，逐渐学会了操作它把东西吸出来。

腹部积水的积存速度加快，妈妈的肚子变得像蟾蜍似的。这期间就让医生用针刺穿肚子，把水放出来。

心电图一直放在枕边，一丝不苟地运作着。

美津与医院进行了交涉，使单间的房费与六人间相同。

我还在工作室里拍照时，制作人急匆匆地赶来，对我说马上到医院去。与医院联络才知道，因为果汁堵在气管里，导致妈妈呼吸困难。

我匆忙赶到医院。妈妈好像又恢复过来，吃了药正沉睡着。

之后，妈妈就连液体也不能下咽，只能把冰放在嘴唇边上，或是用浸了水的纱布擦拭嘴唇来补充水分。

妈妈的疼痛仍在断断续续地继续着。慢慢地，就算是输液瓶中放入大量的吗啡，也收效甚微。妈妈的身体几乎动弹不得，但是全身疼痛的样子却是历历在目。

“热……”“冰……”“疼……”

妈妈的声音像是在把一字一句刻出来的一样。我于是把冰敷在她的嘴唇上、用毛巾擦拭手脚、按摩她的身体。完全不去考虑这一切意味着什么，我只是单纯地、麻木地重复着这些动作。

四月十二日　星期四

那天夜里，妈妈被前所未有的疼痛折磨着。全身上下让人吃惊地翻腾着、挣扎着。

我好几次按响呼叫铃向护士寻求帮助。已经使用了近乎过量的吗啡，却还是无法奏效，状况没有任何好转的迹象。

“妈妈，很疼吧，还好吗？努力啊，妈妈，妈妈……”

我不光一点儿忙都帮不上，而且，就连说出的话都感到如此苍白无力。

妈妈耳朵后面、脖子周围都是热的。每个部位的输液管里都发出空洞的回响。给她戴上氧气面罩也好像很痛苦，被她用手推开。

妈妈心慌得厉害。刚将疼痛镇定下来，又会演变得更加严重。她翻腾着身体，发出不成声音的哀鸣。

我这时才觉得，再这样下去妈妈就真的气绝身亡了。妈妈自己把插在手腕上的输液针头拔掉了。这并非是什么事故，而是显然故意地要从身体上拔下来的。

“你这是干什么！那么做肯定不行！妈妈，你给我好好的！”

从贴住针头的胶带看进去，那个位置的皮肤已经积血，像葡萄一样鼓起来染成一片紫色。

我使劲地握住妈妈的手，注视着她。妈妈也睁开眼睛目光炯炯地看着我。

然后，妈妈用强忍悲伤而近乎扭曲的表情，边流着眼泪，边用似乎要崩溃的声音说:“让我死了好了……”

“你说什么啊……”

“还是，死了的好啊……”

“你在说什么啊！妈妈！”

我握着妈妈的手，使劲敲着床边好几次，说:“你怎么能说那样的话呢！”

这是妈妈第一次倾吐示弱的话。至今为止，无论有多苦，有多痛，她都始终咬紧牙关积极面对，连指尖都涨满了力气，可是，在意识渐去渐远之时，妈妈还是说出这样的话了。

四月十三日　星期五

爸爸来的时候，妈妈的疼痛已经止住，正昏昏沉沉地睡着。对昨晚的事情一无所知的爸爸看见妈妈睡觉的样子，说了句“睡得还好啊”。

“你妈妈这种状态，还会持续一段时间的吧。”

不知他是以何为根据这么说的，不过爸爸又说，明天要回小仓一趟。“现在来看，还没什么事儿。我先回去一趟，处理点儿事，马上就回来。”

这么说起来，他在东京也已经两个星期了。如果有工作的话，应该也有很多麻烦的事情吧。

我这些天几乎从未睡过，疲惫不堪，精神力量丧失殆尽。我给妈妈擦过手脚就去工作了。

之后，又是那天夜里。我边往医院赶边在车里听着专业棒球的比赛直播。若是平时，我会对每场比赛的结果都甚是留意，不过这回开赛以来的晚上，我几乎都待在医院，所以巨人队怎么样了还一无所知。

小时候，我很喜欢妈妈买给我的棒球运动衣，经常穿着它照相。

“你是喜欢长岛[①]的吧？”

尽管年过三十，仍然喜欢长岛的我还组建了一支与巨人队队服一样的业余棒球队，出去比赛总是输。

带着队员们回到家里后，澡盆里已经放好了热水，妈妈一定会这么说：“又输了吧？”

然后，端着一大木桶的饭团出来，分给大伙吃。

录音机转播的比赛，在延后十局的下半场。对方投手、横滨的森中传给四号松井直击看板的告别本垒打最终决定了比赛。

再见了！再见！是松井的告别本垒打！

把车停在医院的停车场里，我的耳边始终回响着那句再见的话。

“妈妈，松井完成了告别本垒打呢。”

我边用冰块敷在妈妈嘴边，边向妈妈汇报。今天与昨天相比妈妈稳定了许多，表情看上去非常柔和。

用毛巾擦过手脚，在给手心做按摩时，妈妈像是要说什么，嘴巴微微动着。声音几乎发不出来了。

“……”

---

① 长岛：即长岛貌雄，日本巨人棒球队球星，后任教练。——编者注

“什么？怎么了？”

“……”

我仔细地看着妈妈的嘴角寻找她要说的话。

“是在说，谢谢？”

妈妈低声应了一声。

四月十四日　星期六

黎明的时候，妈妈的面色急剧变化起来。心跳数、心律都紊乱起来，发烧也到了三十九度以上，血压一点一点降下去。医生和护士们从早上开始就忙乱起来。

“妈妈，妈妈……听得见吗？……”

妈妈微微睁开的眼睛里，似乎像在模糊地寻找着我，可是意识却正在消失。

中午之前爸爸拿着准备返回小仓的行李出现在医院的时候，妈妈的情况再次恶化了。

“怎么了？”

“情况突然变坏了……”

主治医生小声地告诉他。

“就看今天晚上了。”

我全身的毛孔突然急剧收缩起来。不过，我也这样想。

妈妈也一定是不想让爸爸回去的吧。

爸爸最终还是取消了小仓之行。

到了傍晚，病房里已经聚集了很多人。春天的夕阳透过百叶窗照进病房，大家都在看护着妈妈。

“妈妈，大家都来了……”

妈妈空洞的瞳孔里，好像哪儿都没看，不过，实际却是把大家都看了一圈，并说“都来了”吧。

妈妈非常安静，也许已经不再疼了。

美津说，今天就让一家三口在一起待一会儿吧，于是大家挨个儿对妈妈说了几句话就离开了病房。

昏暗下来的病房里，我和爸爸坐在病床的两旁，握着妈妈的手。

那时，巨人之战已是九局下半了。两球出界一、三垒，击球手是清原。清原一击之下球直击左边界，告别的三本垒打。

再见！再见！再见！

昨天的松井，今天的清原，我已经连续两天对两个人说再见了。

妈妈睡得很香，像个婴儿一样，非常安静。

“妈妈，这就走了吗？”

“我，还什么都没有给过妈妈呢……”

我和爸爸、妈妈。

我们全家三个人睡在同一间屋子里，已是多少年前的事情了。

妈妈最后的心愿，就是这样，我们能睡在同一个地方吧。

9

那天夜里的事情，无论如何都想不起来了。

沿着记忆深处的小路而行，想要将那失落的部分前前后后重新呼唤出来，却无论如何都想不起来。

妈妈床头枕边的小照明灯，还有间隔地缓慢跳动的心电图声音，还有绿色的光。

在只有那点儿光明闪烁的病房里，我紧握着妈妈的右手，爸爸握着妈妈的左手，看着一直熟睡的妈妈。

非常热，并且浮肿的手。我和爸爸什么都没说，甚至也没有出去抽烟。

保持这个姿势，只是静静地，听着妈妈若有若无的呼吸声。

这个夜晚比平时更长些，又特别宁静，从来都没有如此香甜，三个人在一起，不觉得寂寞，也不觉得失落。我看着也许很快就不知去往何处的妈妈的面孔，在悲伤的同时，又似乎感到少许的温暖，一点一点地得到那种温暖。

之后，我和爸爸又是何时，怎么睡过去的，就完全想不起来了。

只是，那一觉是彻夜不眠的这几天里，不，这几个月里，或许是迄今为止都没有经历过的又沉稳又安宁的一觉了。

就好像到达了并非这个世界的某个地方，边听着远方的波浪声，边在摇篮里睡着似的。好像沉入了没有尽头的海洋深处，又舒软、又愉悦。

想要再一次回到妈妈肚子里，在羊水中漂浮着，安心而眠，没有任何记忆，只有深沉而温柔的睡眠。

“赶紧睡吧。”

这是被妈妈说过几千次的一句话。

“赶紧睡吧。”

那一夜，也许是妈妈看到了我们疲倦至极的样子，把我们带出了病房，带到了某个地方让我们美美地睡了一觉。

“别再担心了，好好睡吧。”

小时候，我一哭，妈妈就对我说:“别再担心了，赶紧睡吧。”

那时，我觉得像是我们三个人一起出了门。

那一觉醒来的时候，我在简易床上，不知什么时候被盖上了毛巾被。迷迷糊糊地睁开眼睛，医生和护士正围着妈妈的病床慌里慌张地忙着。向那边看过去，爸爸躺在沙发上还在熟睡着。

我在几十秒里，躺在床上没有动弹，只是看着那个场景。朝阳照到病房里，输液的袋子闪闪发光。

这时，老练的当班护士用清晰的笑容和声音对我说:“这位家属，醒过来了？”

家里人都要死了，我们还在睡着，她一定是觉得很滑稽吧。她对医生也好像在用讲笑话的口气那么说。

说“妈妈已经睁开了眼睛”，却也用这种口气说。

对于我们来说，这个人是如此重要无法代替，对他们来讲，却是每天工作内容的一项罢了。哪里的某人死了，或者，另外的某人死了。

对于人的生命和死亡，这是完全感觉麻痹的人的口气。

听到这话，我一下子站起来，那老练的护士似乎有些尴尬，匆忙离开了病房。

我把爸爸摇醒，一起坐在床边，仔细地看着妈妈的脸。

只听主治医生说："生命垂危。"

妈妈拼命地想要睁开眼睛，又因为疼痛一边抽搐一边挣扎着。

"妈妈，疼了？……"

妈妈像在哼哼，没有发出声来。我握着她的左手，擦掉她额头上的汗。心电图反映出来的心跳数和血压值都在下降。

站在我身后的爸爸用像是挤出来的声音扬声说道："荣子！"

爸爸抚摩着妈妈的头发。妈妈干裂的嘴唇喏喏地想是要说什么。

"怎么了？妈妈？热了？"

我用浸湿的毛巾冷却她的额头和手心。她的睡衣汗津津地已经湿了。

"想要什么？口渴了？"

被追问的妈妈喉咙深处断断续续地回答道："……水……"

"知道了。等着，我马上给你拿冰块。"

我拿着水杯跑向制冰机，把手伸到发出哗啦哗啦的声音却毫无生气的制冰机入口，满满地盛了一堆冰块返回病房。

医生和护士什么都没做，只是盯着仪器站在那里。

我抓起一块冰，像涂口红一样轻轻地敷在妈妈的嘴唇上。

妈妈使劲地吸着，像是目前最想要的就是这个。

"就是，口渴了啊。很难受吧，别担心，没事的。我和爸爸都过来了。"

妈妈紧紧地盯着我，憋着脸，与痛苦和疼痛对抗着，蠕动着嘴唇想要说什么。

想要说话，却发不出声音。我紧紧地握着妈妈的手，另外一只手摩挲着妈妈的肚子。

“说什么？怎么回事？”

呼吸断断续续，想说的话说不出来，不知是着急还是喘不上气，妈妈的眉头紧拧，目光像要穿透我似的，很努力地动着嘴唇。

“妈妈！……你在说什么？”

我更紧地握住妈妈的手，把脸靠近她。

妈妈的目光像是要倾诉些什么，嘴唇却只能轻微地蠕动，言不成声。妈妈的心里，有些话想要无比大声地对我说，最后的几句话。

可是，那些想要说的话，我却无法明白。此时此刻妈妈想要传递的话语，我听不懂它们。看着我的这副表情，妈妈的呼吸若有若无，然而目光与表情，还有似动非动的嘴唇，却并没有放弃，仍有些话语要留给我。

抱歉，妈妈，我不明白你在说什么。不过，我知道，我都知道。妈妈想说的话我全知道。不要担心，已经可以不用为我担心了。自己都已经要走了，却还只为别人担心，一点儿都不想着自己。我知道的，我都知道的。既然那么辛苦，就不要说好了，妈妈……

“知道了。是的……都知道了。不用担心了……妈妈……”

我对妈妈说。

妈妈听到我的话，嘴唇不再蠕动。

接着，她定睛看着我，眼神清澈。我多少放下心来，还了妈妈一个笑脸。爸爸也靠近妈妈的面庞，边叫着她的名字，边笑给她看。

没事的，妈妈。请别再担心了。我在心中如此向妈妈呼唤着。

这时，妈妈的嘴唇在一瞬间张开了，像是要向我说些什么，同时，紧紧地回握住我的手。

之后，妈妈的眼睛微微睁开，用力将上半身支撑坐起。我很吃惊她哪里来的这么大力气，像是绷弓似的用腹肌把肩膀提起来。

她紧握着我的手，像是要把它捏碎，借着这股力量把身体坐起来。

妈妈睁开的眼睛逼近我，嘴角显得非常难过。

“妈妈！”

“荣子！”

然后，妈妈就像是海边的沙堆在退潮时缓慢塌陷一样，慢慢倒下，握住我的手逐渐失去力量。

“妈妈？……怎么了？……”

心电图监测仪发出一声长音，随即像是电视剧上的画面似的，画出一条笔直的线来。

“妈妈？……喂？……别吓我啊？”

医生用笔形电筒对准妈妈的瞳孔，然后贴靠听诊器，听数心跳后，看了看自己的手表，低下头去。

“上午七点三十分。病逝……”

随着最终的定论，护士也低下了头。

“……妈妈……妈妈……”

无论怎么叫，无论怎么摇，妈妈只是动也不动。

医生们离开病房后，我坚持呼唤着妈妈。

“……妈妈？喂，妈妈……很难受吧。你已经努力过了……”

爸爸一步一步地，走出了病房。我抚摩着妈妈的头发，擦拭她流下的汗水，轻轻吻过她的嘴唇，抱着她哭起来。身体仍然还很温暖，但是人却已经死了，我不明白，妈妈怎么就真的动都不动了。

不过，如果一定要那么痛苦的话，那就这样吧……妈妈的面容此时相当宁静，曾经是那样拼命想要生存下来的人，能够以这种表情安眠而去，妈妈一定是拼命努力过的。那是真正努力过的人才有的美丽容颜。

二○○一年四月十五日。

21 世纪的第一个春天，妈妈六十九岁，本来下个月十八日就到七十岁了。

“妈妈，今年不就七十岁了嘛。”

“又怎么样呢？你不知道自己什么时候就死了。”

“妈妈不会死的。一定会活到一百岁的。”

对我来说最重要的人。只有一个人的家庭。一生为我而活的人。

我的妈妈。

妈妈，死了。

那天，东京的天气透人心肺地晴朗。在一望无际的碧空之间，是赤红的东京塔，从赤羽桥的交叉路口，横空架起一座桥。

我在儿时最恐惧的事情，比外星人的入侵，比地球末日还让我感到恐惧的这一天。

我似乎看见，手持庞大的笔记本、身着黑衣的滑稽演员，与我一起转身离开医院，渐行渐远。

悲痛的开始和恐怖的终点。

因为要进行死后的相关处理，所以被人请出病房，还让我去给妈妈拿一身换穿的衣服过来。

驾车返回筵家，进入妈妈的房间，里面被收拾得一尘不染，处处散发着妈妈的气息。在其中每一处都看得到正在笑着的妈妈的容貌。

妈妈心爱的连衣裙。多少年多少年之前在小仓的商场里买到的茶色方格连衣裙。只有领口的地方缝制了纯色的米色，一有什么事情，妈妈总是穿它。

东京人看起来也许这衣服有些乡下气，不过这就是妈妈喜欢的连衣裙。我喜欢看妈妈穿上这衣服时笑眯眯的样子。

为了与这连衣裙相配，我开始找手袋和鞋子。

妈妈喜欢手袋，有了零花钱就总是去附近的商店买回手袋，拿给我看。

“说要一万八千日元，我讲到六千日元呢。”

她总是那么说，只买便宜货，妈妈给自己从来不买有定价的东西。

阳台上的兔子向这里看着。我把它塞到手提箱里，和连衣裙一起带到医院。

穿上心爱的连衣裙，双目紧闭的妈妈被送到了太平间。医生和护士、我和爸爸还有‘面包’围着妈妈，接受了简单的仪式。

不知什么时候，殡仪馆的人赶过来，完全不顾及到我们的感情，开始按照程序行动起来。在太平间隔壁的门边就放着推车，妈妈的遗体被搬了上去。殡仪馆的人驾驶，我坐在副驾上，爸爸坐在后面的位置上。

之后，是一起回到中目黑的新家去。车子从没有人的通用出口发车，阳台上的护士一边目送我们，一边像是感到不会再次相见似的，边打着哈欠边伸着懒腰。

“虽然有些绕远，不过能不能路过笹家，然后再去中目黑？”

殡仪馆的人应声好，改变了路线。

“不是一直说想要回家吗？让他们送到笹家去看看吧。”

在幡之谷下了高速公路，沿着甲州大街，到达杂居大楼前。这里是妈妈和我的家。

“妈妈，我们回家了。”

我在小巷里引导着车子，沿着妈妈喜欢散步的小路缓缓前行。樱花树上还残留着少许花瓣，小路上铺满了浅桃色的绒毯。微风拂过，花瓣如同波纹飞沫似的被吹扬起来。

“天气真好啊。你妈妈也很高兴吧……”

爸爸喃喃地说。

直到昨天还是无所谓的这般风景，到了现在，却成为无价的回忆之地。车子在妈妈喜爱的樱树小路上像是慢镜头般的行驶而过。

“妈妈，这里就是新家了……”

想同妈妈一起居住才租下的家。觉得妈妈会喜欢才租下的这个家。

妈妈被几个小时前才见过的殡仪馆的人抬着，通过这个家的玄关，进到屋子里。

妈妈的房间在三楼的和室，里面铺着蒲团，让妈妈躺在那里后，他们说，要在身体里放干冰，请我们离开一下。

一面是为了妈妈去世还没过多久就有种种事情要被他人所主导而感到愤慨，另一面却也并不知道自己究竟又能做什么。

这个殡仪馆的中年男性虽然通晓礼节，但除此之外的感情却一概不表，只是动作麻利地行动着。这种行为恐怕是为了平衡我们这些死者家属才采取的操作性行为吧。

连沉溺于悲伤的时间也没有，这一夜都在忙着准备遗像要用的照片、葬礼的程序，以及计算这些事项的费用。

“妈妈每个月都在互助会里积蓄了费用。”

妈妈办理的是最便宜的葬礼安排，每个月三千日元，九十个月，共二十七万日元。

“那你想怎么安排？”

“妈妈特意每个月都交付的，所以就请用这些钱来安排吧。”

“那就不包含花的费用和供品费用，之外为了烘托祭坛的氛围，还会有些机动的费用。”

“那倒没什么，请加花……”

“嗯。”

“祭坛的周围请全部围上白色的百合。”

“知道了。”

真想这一夜就把葬礼在家里而不是火葬场举行完毕。不希望妈妈被挪到其他任何场所，就在这个虽然签过合同拿了钥匙，但是除了蒲团和桌子却一无所有的家里。倍显讽刺的是，对于举办葬礼而言，这种一无所有的地方反而方便工作。

“您的母亲，安眠之时的表情极为从容啊。”

殡仪馆的中年男子说完这句话，当天就回去了。

爸爸边吸烟边在家里巡视着，最后停在厨房说道:“有这么宽敞的厨房，可是什么都能做了，你妈妈也会很高兴吧。”

妈妈睡在空空如也的和室里。衣服的内侧附着干冰，鼻孔里塞着脱脂棉。可是，她的表情确如殡仪馆的人所说，怎么都觉得安详，看起来像是在笑。

美津及BJ夫妇、江本还有何赛都赶来了，一看到妈妈，都哭起来。美津在身边一直“荣子姨妈，你受苦了，太可怜了……”反复地说，大声哭着。

到了夜里，大家开始去楼下喝酒，我却守在妈妈的身旁，一直看着她。

“妈妈……怎么样？这个家……这里啊，再买一个柜子就够了吧……那样就能装下妈妈的东西啦。工作室就在下面一层，外人随时都可以来呢。你不是喜欢热闹吗，大家又都喜欢吃妈妈做的饭……”

妈妈的脸颊已冷下来，刚摸上去，我的泪水就簌簌落下，滴在榻榻米上嗒嗒作响。

隔门的另一侧BJ在低声地叫我，说是编辑那边催我交草稿。我拿起电话。

“喂……”

“那个，听说您母亲去世了……什么时候的事……”

“今天早上……”

“那个……节哀顺变……嗯……这种时候不便打扰，不过，草稿是今天截稿的……怎么样了呢？”

“今天不交……不行？”

“有点儿为难啊……”

是认识了很久的女编辑。另外，所谓的草稿，内容是类似有关偶像艺人的评论文章，这种文章若心情不够轻松是完全写不出来的。

“明天的话，也不行？”

“是这样的，今天之内要让对方的工作室那边校正完毕的。”

编辑的口气不容置疑，纯粹就事论事。

“这个，不仅今天，我向来从不修改写好的稿子的。尤其像这次，对于对方完全怀有好感的情况更是如此。我并不想去写吹捧人的稿子。我只把感觉用自己的话写出来。你所说的对方那里，明知道我不会出言不逊，又要检查些什么呢？”

“不是的，我明白你的意思。只是我们公司与对方有些约定，你知道这种关系，请在今天让我们校正。”

我和你们那里的关系又是什么呢!？我不禁拍案而起。妈妈去世的当日，就在妈妈的枕边，不得不为工作说着如此低级的话，我为这样的自己感到愤怒，感到可耻。

我的工作在如此人情寡薄的人际关系中进行，还要把妈妈也卷入其中，我内心有愧。妈妈，抱歉。

“稍后我再打回去。”

说完，我单方面挂断了电话。

“不想写。”

我对 BJ 这么说。

每当我抱着膝盖，焦躁不堪的时候，妈妈就会在一旁跟我说话。虽然现在她动也不动，连气息也没有，看着这样的我，妈妈却仍在向我传达着什么。

“写吧。不要给工作的伙伴造成麻烦。还是写吧。”

“今天不写也可以的……”

“话是这么说，可约定好的是今天啊。你已经迟了，不写更不行的。”

妈妈只是闭着双眼，像是在对我这样说话一样，我的内心感到一种苦涩。

“可是，妈妈，如果我是一个上级的话，那些人是绝不可能说这些的。要是那样的话，他们就会说，这些事情交给我们就好啦，还会捧着花过来的。”

“你不该想着那样的事儿，你是你自己不是吗？现在，去把应该完成的事情认真地完成它。我在这里等着你，去写吧。”

平时，所谓的上进心这种东西我并不比普通人多，然而这时我却无比地懊悔。我想做一个可以不被人家操纵而工作的人。这时却有一种被躺在身旁的妈妈操纵的感觉，不由得厌恶起自己来。

我不想写。可是，又不得不写。这并非因为是工作，也并非因为约定在先，而是若真不写，妈妈会耿耿于怀。

我拿出草稿纸。

我给你们写一篇让你们开怀大笑的稿子。我让你们说，让那家伙写果然没错。我给你们写个任谁都写不出来的东西。我给你们写篇让你们这些门外汉改都没法改的完美无瑕的文章。

草稿写完的时候，另有其他的编辑过来取插图。我只是一言不发，拼命地画着插图。

全部都完成时已是夜深人静，我双手沾着油墨钻进了妈妈的蒲团里。

“妈妈……今天真的好累……”

在蒲团里妈妈的身体像冰激凌的冷气一样冰凉，可是筋疲力尽的我却感觉很舒服。

“真的很努力了呢，睡觉吧。”

我和妈妈在这个家里睡觉是第一次。地板下面传来章鱼社长的声音。有多少人我不知道，不过大家好像都在喝酒，好似筐家的厨房一样。

分手了的女友在楼梯下面叫我，像在说下楼来吧。我只是待在蒲团里面，没有应声。

因为没有回应，呼唤的声音越来越大。但是，我就是不想应声。

仅仅在今天，请让我和妈妈安静地待会儿吧。虽然寒冷，我却觉得很温暖，心情舒畅。

于是，我就这样待在妈妈的蒲团里，沉沉地睡到了天明。至今为止，我从未碰触过死去的人，却并不感到恐惧……我一边想着，一边抱紧妈妈睡着了。

我对 BJ 说葬礼就在私下办完好了，但是附近的福田社长听到后却说，那像什么样子，这种事情要向各位亲朋好友一一告知才是，再怎么说也是红白喜事的……于是他一声令下，我也只好随声附和由他去了。

毕竟对这种事全无经验，也只能对各位长辈、殡仪馆的人言听计从。

不过，我仍然想为妈妈做些力所能及的事情。

殡仪邀请函是我亲手描绘，画了插图，我们自己一一复印。画的是东京塔和百合花。复印到大张纸上，江本和何赛用裁纸刀一张张地裁切出来。

料理也是不仅仅要点外卖，还想亲手做些菜。

设计师藤川的夫人荣里擅长烹调，到笹冢的家里做客时还和妈妈一起做菜，妈妈曾说“荣里真是会做菜呢，蔬菜也是连根都收拾得干净利落，一点儿都不浪费”，颇为惺惺相惜。于是我便请求由荣里帮忙做守夜的料理。

藤川帮忙把妈妈的照片设计成了海报。他说就这么单张的海报印刷，代官山的印刷厂老板可以免费的。

在大家的协助下，守夜的准备开始了。早上开始摆设祭坛，在中央放上准备好的遗像，周围如同定制好的那样装饰了很多白色百合，装点得像个花园。

在此之前的两天，妈妈一直躺在和室的蒲团里，到了守夜那天，才把她挪到了棺材里面。

她躺在蒲团里的时候，我总觉得她会在忽然之间睁开眼睛苏醒过来，可一旦真的看到被放入棺木里的妈妈，内心却忽地涌起一股失落。

“待在那么狭窄逼仄的地方，不会难受吗？”

合上棺盖的棺木，在脸的位置有扇小窗，能看得到妈妈的面容。那上面贴着一张薄薄的塑料膜，在看过去的时候眼泪不由得滴落在透明的板子上。

亲戚、熟人、朋友、工作关系，来自方方面面的人们送来了鲜花。

“妈妈，从来没有收到过这么多的花吧？挺好吧？”

BJ 为没有丧服的爸爸买来了男装。

“这种感觉的还好吧？”

“啊，不是挺好的吗？”

野笛姨妈、惠美子姨妈、阿布姨妈，妈妈的这些好姐妹从福冈赶到了。

姨妈们围着妈妈，像是小学生一样痛哭起来。

从蛇崩交叉路口的酒馆、寿司店来的配餐一个接一个地送来了。刚刚搬了新家，又冷不防地开始办葬礼，恐怕附近的人家及商店的人们也有些搞不懂了。

亲戚和朋友们陆陆续续地到了。我比通常行动得更加勤快麻利。一旦停下站住，悲伤就会侵袭而来。人们拥满了一个个没有家具、煞风景的房间。

“我买来了二十瓶八海山。”

是妈妈喜欢的酒。平常总是喝着那些用纸袋子盛的廉价清酒，不知什么时候，喝到了阿修作为礼物拿来的八海山，妈妈似乎一下子喜欢上了。

“这酒叫作八海山，好像很出名呢。真的特别好喝。”

BJ 把一升装的酒摆在客人们面前。荣里做的料理也到了。

从玄关那里美由纪像是飞奔进来，看到我，一下子抱紧我，说：

“虽然会很寂寞，可是男人只有在母亲去世了才能最终独当一面的。”

或许是吧，我想。

“大家请慢慢吃、慢慢喝。妈妈是个喜欢热闹、开心的人，所以请别太顾忌，放开了喝吧。”

如果这是乔迁庆典，该有多好啊，妈妈……我一间间房间走过，为客人斟酒。

在三楼的角落里，何赛和月冈两人相对而立，紧紧地握着塑料杯。

“今天，绝对不会输给月冈的。因为阿姨在看着呢。”

“不，阿姨才不向着你呢。我才绝对不会输的。”

这二人的故事还要追溯到圣诞节。在白色的圣诞夜晚，我和何赛、月冈还有上司小林被邀请到位于二子玉川的钢琴厅去度过一个平平淡淡的圣诞夜。

之后，不知缘何而起，何赛和月冈比赛喝酒的战斗开始了。何赛虽然是个光头，也没有胡子，但其实比较脆弱，喝酒比一般人略逊一筹。与之相比，月冈出身于早稻田的柔道系，体格强壮，两只耳朵的形状也能作为一个像样的格斗士的证据，呈菜花状。当然，酒量也绝对上乘。

在细长的酒杯里倒满纯粹的杜松子酒，一饮而尽的月冈把空酒杯伸到何赛的面前。

“何——赛！”

再次倒满酒杯。又以同样的动作一饮而尽，再让对方继续。

“再——来！”

还不到二十分钟，一瓶甜加利毡酒就空空如也。新的一瓶即刻被送上来，此时何赛已是动作迟缓得如同泥人一般。

“何——赛！”

“……”

“何——赛——！何赛！”

"……已经，不行了……"

说完这最后一句，何赛当场吐了。作为惩罚，何赛要当着月冈的面全裸着站在雪花飘舞的店外。

之后，去年四月十五日，事到如今成为妈妈祭日的这天，也是月冈的生日。

在笹冢的厨房。妈妈和我、何赛、BJ夫妇凑在一起为月冈举行生日聚会。后来，以妈妈为裁判，又敲响了两人复仇赛的铃声。

"多少变厉害些了吧？何赛！"

比数年前更增几分酒量的月冈向何赛挑衅。

"月冈君可是能喝得很呢。何赛君怕是赢不了啊，别勉强自己了。"

"没关系，阿姨。我长进了不少呢。来吧！"

如此向妈妈宣言的转眼工夫，何赛就把头都搭在便池上，意识不清了，一整晚都被妈妈照顾着。

从那之后整整一年。穿着丧服的两个人前所未有过地急不可待对着喝起来。

"何赛！"

"来吧！"

威士忌、杜松子、啤酒、日本酒，一来二去，空瓶子滚得地板上到处都是。

"何赛，看起来劲头十足嘛。"

"是。今天为了阿姨也不能输给你。"

"说什么呢。快喝！何赛！"

月冈的声音变得有点儿古怪。

二楼的起居室里，爸爸正在和江本几个人聊天。

"这周围，就是中目黑了吧？"

"是的。是个好地方。"

“我呢，在四十年前吧……就寄宿在这附近呢。我想是在佑天寺附近吧，那时候这里还是平民区，可不像现在这样到处是楼房。”

“现在，确实感觉不像是平民区了。”

不过，说起来的话，这里附近还残留着很多澡堂子。在家附近就有三家。

“我在高架路下的便宜酒馆里，喝便宜酒，就是掺着工业酒精的那种五日元左右的酒。跟那里的老太太问声好，都会被人觉得有传染病什么的……”

爸爸在四十年前曾经生活过的土地，又由于某种因果关联将我也拉扯过来。

四十年前爸爸曾经凝视过的中目黑，还有东京的风景，与今天我们今日所见到的又有多少不同呢?

“那时东京还有点儿人情味呢。有学生来的话，饭馆的人就会多做一份吃的，还能免费给他喝杯酒，还说将来出人头地了再还什么的。”

“就算现在，也有那样的地方啊。我也得到饭馆的人很多关照呢。”

“是吗……不过，有段日子不见，街道就完全变样了。过去也没有这么多的楼房，在街上走也是悠闲自在。很多人家都放养着鸡，爸爸寄宿的附近有一家人就养鸡。经过那里的门前，走过去摸摸鸡的脑袋也没关系。慢慢地这么习惯了，就算爸爸走过去，鸡也不咯咯地叫唤了。”

“爸爸还是喜欢动物的吧？”

“然后，趁它不叫唤的时候，就捉走，炖了吃掉。”

本以为会是个好话题才问的，看来从过去以来爸爸完全没变。从我出生以前，就始终一成不变。

在我们身旁，放在起居室的兔子“面包”，就待在妈妈的遗体前，一动也不动地向上看着。

野笛姨妈看到那个情景，说道:“你也明白是吗？你也明白吧。妈妈总是那么疼你呢。”

惠美子姨妈听见，又哭起来。然后，野笛姨妈朝着我坐好，含泪笑着说:“雅也，你受累了……我想你妈妈也会很高兴的。她说要去东京的时候，我们都跟她说，已经上了年纪，发生什么事情都不可知，况且到一个没什么朋友的地方肯定不容易，还是别去了。不过，你妈妈还是说要去。尽管如此，还是很好的。能够和你一起生活，最后的时期也有你陪着，你妈妈也算幸福了……谢谢你了。”

可是，当真是这样吗？若想到有关妈妈的幸福，即使是现在我也全无自信。

不过，今天，妈妈喜欢的人能够这么热闹地凑在一起，喝酒、吃饭，吊唁妈妈，这才真是能让她感到幸福的事情。

在盛大的宴会中，夜晚渐渐深沉，人们也开始稀稀拉拉离开了。这时从三楼传来何赛哭喊着滚到起居室的声音。

“阿姨！阿姨！对不起！我还是输掉了！阿姨！”

何赛趴在妈妈身前，一直不停呼喊着妈妈，哀号着。

“阿姨！阿姨！好孤单啊！好孤单啊！阿姨！”

看着哭喊着的何赛，姨妈们还有我们大家，哄堂大笑着流着眼泪。在这七年之间，我想何赛吃妈妈的饭远远多于我。

阿布姨妈一边抚摩着何赛的后背，一边苦笑着说，“何赛君，不要哭成这个样子了，你阿姨不是正笑着吗？”

“阿姨！阿姨！”

“何赛君的女朋友，这回在京王百货给他买巧克力了呢。”

“我要做咖喱了，何赛君，过来吃吧，你不是喜欢吃咖喱吗？”

楼梯上倒躺着月冈，喝醉了吐得到处都是。

“何赛，还是你赢了……”

守夜这晚，大家都回去了之后，何赛还坐在妈妈的面前，一直哭个不停。

葬礼这天，春风拂面，天气晴朗。我身着丧服，身上系着一条写有“丧主”的带子。户口上身为妈妈丈夫的爸爸在我身边，由我来做丧主。对此我虽然感到犹疑不定，但在此时，却觉得自己作为一个男人，反而超越了爸爸。

从事发型师工作的T君为妈妈化了妆。T君曾经在妈妈的生日时送给她两支香奈尔的唇膏。

“专业人士果然不同凡响。我们就不懂得选这种颜色，真好看。”

但是，一生贫穷的妈妈却连偶尔都没有用过这两支唇膏，而总把它们放在镜子前面当摆设。

很多很多的花被送来，家里放不下了，只好摆在外面。吊唁的电话也是一个接一个。有已经久不谋面的学生时代的朋友、工作时受过照顾的人、前辈和晚辈，有熟悉的面孔及意料之外的面孔。

很多人前来吊唁，数量之多远远超过想象。“繁忙之间还要让您为私事而劳碌，太过意不去了……”我不断重复着这句话，之后垂下头。这些人有熟人，也有工作伙伴，而接二连三地看过他们的表情之后，我感到他们不仅仅是同我有关联的人，大多数人都至少吃过一次妈妈做的饭。

那个人是，这个人也是。送这花的人那时吃过糖醋猪肉，那个人吃过蛋包饭。这里的大部分人，都是妈妈来到东京之后我才结交的朋友。

那个社长，还有那里的女孩子虽然没有吃过饭，不过我想，妈妈若是身体健康，每个人都会吃到妈妈的饭。

“我曾经对你妈妈说过一回。”

阿布姨妈对我说。

“雅也君的事业才刚刚开始发展，所以并没有多少钱。那么做饭就别做那么多，菜也别像给一个大家庭准备似的，多少节俭一些，不是更好吗。我这么跟你妈妈说过的。然后你妈妈啊却说，也不知道什么时候会有人过来吃……”

即使开始在东京生活，妈妈也仍然保持着生于物质贫乏年代那种乡下女人的习惯，仍然认定客人们像从前一样，不论是社长还是学生，肚子永远都是饿的，仍然相信给他们做好吃的比什么都强。

“多吃啊。”

她这么说着，自己却经常吃剩下的凉饭凉菜。

相貌柔和的住持大概四十来岁，但显得朝气蓬勃，念经时音色饱含沉静。

经词回荡在阳光穿隙而入的每个角落。宁静淡然的气氛，渗入这个谁都未曾习惯的房子里。

“之后您母亲将被火化，请将她生前喜欢的东西放入灵柩吧。”

殡仪馆的中年男人说道。

吊唁的客人们纷纷将白色百合放入，妈妈的身体被白色的花瓣裹住。还有大家一起照的相片、兔子的玩具、花骨牌。写了信的人分别将信塞进花瓣中。我也给妈妈写了信，放了进去。

至今为止，我还没有好好地对妈妈说过一次“谢谢”。

细小之事、重要之事、每天的事情，本应一一说出感激的言语，却在不知不觉之间认为理所当然，直到最后也没能表达出来。

总是想，至今为止的辛苦劳碌、种种麻烦、担心忧虑，这一切总会在某时有所报答，于是把它们弃之脑后。结果最终，不仅这些回报未能做到，就连一声“谢谢”也未能说出口。

满怀希望想着的“某时”也许永远也不会来到，令人恐惧的“某时”却突然降临。

“妈妈，谢谢。”

只能在信里说。如果活着的时候说了出来，她又会多么开心呢。

虽然没有钱，她却从我小时候开始给我买来各种各样的东西：自行车、棒球手套、摩托车。妈妈最后一次买给我的东西，是短袜吧。看到我穿的短袜，她从笹冢的商业街买来一千日元三双的袜子。“这个，挺好吧？”她得意扬扬的。

“妈妈，谢谢了。”

也许，将来我不会有自己的孩子。但是，如果有那么一天，我一定让他姓妈妈的姓，我写道。

灵柩的木盖被扣上，钉上钉子的一瞬间，我失声叫了出来。我再也触摸不到妈妈了。就算是冰凉的也好，我还是想要触摸得到她。

我在那里摔碎了妈妈每天使用的绘有椿树的饭碗。

亲戚里的叔叔们还有堂表兄弟抬着灵柩走出玄关，搬送到灵车上。我抱着牌位，爸爸抱着遗像，跟着走出去。

吊唁的来客们排列在狭窄的小巷里。殡仪馆的人开始让丧主发言。

“今天，感谢大家的到来。家母平时总是说……所谓好的家庭，并非是什么漂亮的房子，而应是总有客人来访的地方……家母虽然已经不在了，或许我也不能再款待各位什么了……可是路过附近的时候，请到家里坐坐。我一定会做菜给大家的，哪怕并不好吃……”

在一声喇叭长鸣之后，载着我和爸爸以及躺在灵柩里的妈妈的灵车，从这个家出发了。

火葬场的殡仪馆里有正在举行其他葬礼的死者家属们来来往往，尽管这是平日，可是所有的会场都挤满了身着丧服的人。

焚烧场的情况根据葬礼的费用多少而不同，我们被带到了最便宜的焚烧场里。这是个像保龄球馆似的地方，有几扇窗户，飘荡着炼钢厂般的生气。

价格惊人的葬礼，似乎可以在单间里慢慢焚烧。地下有灵，说的难道是这个?

“这也是最后的见面了。”

大家从灵柩的小窗口看进去，妈妈的表情始终都在微笑着。

“妈妈……”

痛苦时也好，难过时也好，在我面前妈妈永远都在笑着。

一边吃饭，一边笑着，连嘴里的东西都能看见，我注意过好几次了。

“不雅观吧，妈妈。嘴里的东西都能看见。”

说这么无聊的话，真是抱歉，妈妈。尽管你从未让我改正拿筷子的方式，尽管我们之间也有我们之间的规则。

自己说的事情，总是自己笑得最厉害，笑到抱着肚皮打滚的地步，可又为何，不再动弹了呢?怎么了?为什么会像是个富有的妇人一样，表情如此清澈?为什么?像是并没有死去?

你不是说过即使要死也不想得病而死吗?不是说坐飞机吗?然后，又笑着说，死了倒是没什么，可妈妈害怕坐飞机呀。

为什么呢?为什么，会死呢?

灵柩的小窗被关上，妈妈就像是保龄球瓶一样滑进火窑中。

住持开始念起经来，大家手里都拿着念珠。窑里燃起火。

真的已经死了吗?曾听说过火刚点起来人却死而复生的故事。如果，真是那样，我要怎么才能看出你复活了呢?也许真的会死而复生的!稍等，就请把火熄灭一次让我确认一下!也许真的会死而复生的!也许真的会死而复生，可火怎么就这样烧起来了!

在别的房间等了一会儿之后回到焚烧场时，灵柩也好，妈妈的身体也好，表情也好，花骨牌也好，一切都已消失无踪，铁制的板子上只剩下散落的白色骨头，像石灰似的留在那里。

工作人员把散落的骨头用铁锹堆成一堆，还说了“对上了年纪的人来说，骨头留得很干净”这种让人不明白的话。

“这个是喉核。看，这样看起来像是菩萨正在打坐似的呢。”工作人员边整理着妈妈的骨头，边开始说明。

直到刚才还在这里的妈妈的身体，已经变成这么小了。这些像是摔碎了的陶瓷器碎片的东西，真的是妈妈的吗?

我用指头捏住其中的一片放进嘴里。周围的人用奇怪的眼神看向我。妈妈的骨头，比想象的更加坚硬。无论怎么嚼都没有办法成为碎末，就像是蛋壳似的留在嘴里。

边听着住持的话，我一直在嘴里咯吱咯吱地嚼着妈妈的骨头，就是想把它们吞到身体里。

与收纳在骨灰盒里变小的妈妈一起回到家，家里只剩下了几个亲近的人，安静地等着我们。

在樱花树叶婆娑的春日里，白色百合的香气弥漫在这个家里。大家边喝着姨妈倒好的绿茶，边静静地凝视着放在盒子里回来的妈妈。

“最后，请丧主向各位亲属致辞。”殡仪馆的人这么说时，我指着爸爸说:“这个，由爸爸来……”

“那么，请父亲来讲。拜托。”

爸爸抱着妈妈的遗像缓缓站起来。大家坐在那里，看着爸爸。爸爸虽然站了起来，却久久没有讲话。紧紧地闭着眼睛沉吟着，像在搜肠刮肚地找词。

“……荣子和……我……”

说到这里，爸爸就什么都没再说，哭了起来。直到今天从来不让别人看到眼泪的爸爸，哽咽不语地哭了。

这是我有生以来第一次看到爸爸哭。

此生所愿

阳春三月

从医院提回了妈妈的行李。里面的便笺第一页上，是妈妈写下的西行法师[①]的和歌。

什么时候写下这个的呢？关于自己的死。这恐怕是住院前就有所察觉的事情吧，我想。

与歌里唱的季节毫无二致，妈妈在樱花盛开的春天，去世了。

虽然并不是期盼什么，但对去世的季节，可能像西行一样，有所寄托。

“你妈妈，在月缺的时候去世的吧。据说人都是生于满月，死于新月的。”

说是在头七之前线香之烟不能断，爸爸从此每天都早早起来，确保线香的烟不灭。

而且，好多次都提起妈妈去世那天月亮的形状。

藤川制作的海报中，是抱着尚是婴孩的我的妈妈，在小仓的家里玄关前面微笑的照片。这张黑白照片的标题被设计为“月之命运”，按照尺寸打印出来。

我指着墙壁上贴着的这张大海报，对爸爸说：“照这张相片的人，是爸爸？”

“是的啊，在小仓的家门前嘛。”

“之后，爸爸就把大门踢坏了吧。这个时候还是在前面的玄关。”

“有这种事情？我已经想不起来过去的事情了……”

我决定继续问爸爸。

“这个，妈妈抱着的小孩是我？”

“就是吧，难道还有别人不成。这还是你刚刚出生的时候呢。”

---

① 西行法师：俗名佐藤义清，作为日本的和歌诗人闻名于世。——编者注

走廊里兔子的住处比过去大了三倍，“面包”正跳跃不止。

“兔子的事情担心个不停，自己反倒是先走一步……”

读过有关月亮的书，知道有关兔子住在月亮上的故事并非只有日本才有。

不可思议的是，印度及美国还流传着有关兔子的寓言。

在美国流传的有关月亮和兔子的故事里，侍奉月亮的兔子有时会受命到人间传达指令。

“人类对于死亡感到恐惧。你到人间，对人类这么说去：无须害怕死亡，你们将不再会死亡，即使死去也会重生，人类将永远地生存下去。去对他们这么说吧。”

可是，兔子却失败了。

月亮询问从人间回来的兔子：“已经对人类那么说过了吗？”

“是的。我已经告诉人类他们将何时死去。”

听到这句话，月亮怒不可遏，对兔子说：“笨蛋！你到底有没有好好听我说？我本是让你说完全相反的事情！”

月亮将手里的手杖向兔子扔过去，正好打在兔子的嘴上，兔子疼痛难忍，于是用利爪抓挠了月亮。

从此，兔子的嘴就有了豁口，月亮上也有了黑点，而人类则不能死而重生了。

“照这张照片的时候，你已经在报社工作了？”

“你爷爷刚去世的时候吧。爸爸处理完之后就好像丢了魂儿似的。从东京被叫回来，在你爷爷朋友的帮助下到这家公司工作。就在这个时候吧，碰上了你妈妈……结婚的时候两个人好好地喝了顿酒。在家里两个人喝掉了两升……”

“这么厉害啊。”

“之后爸爸几乎就经常把你妈妈扔在家里出去喝来着。”

“感情很好吧？”

“你妈妈啊，每次白天休息的话，坐着电车到公司给我送午餐呢。说是早上做好带走的话，饭菜就凉了，于是就送来刚做好的。”

“真像妈妈做的事儿呢……”

“爸爸不喜欢这样。公司的同事啊，总是嘲笑我说你老婆又来了哦。我觉得羞耻，就总跟她说别再来了。”

“怎么那么孩子气啊！那样不好吗？你这么做妈妈多不好受。”

为妈妈而租借的房子里，只有我和爸爸两人。还有至今为止闻所未闻的有关爸爸妈妈夫妻二人的事情。就像在江户川乱步的小说结尾，明智小五郎逐个揭晓隐秘的谜题答案一样，我一边听着妈妈的故事，一边将我不知晓的事情变成点，再用线连接起来。

还有，妈妈绝对不会放在嘴边的事情，我也就此向爸爸一一问起。

“为什么，你们要分开住呢？”

“啊……”

“因为女人？”

“也不是的……是因为你奶奶……”

“小仓的奶奶？”

“你奶奶和你妈妈不和。奶奶总是牢骚不断。你妈妈受不了，就说不要住在小仓的家，爸爸、妈妈加上你三个人一起住。我那时候还年轻，也没什么耐性，听了之后，就说那你出去住好了。”

爸爸对于这件事情似乎一点都没有忘记，说话的语气像是在讲昨天的事情。

“不过……妈妈这样的人无论和谁都相处得很好，怎么可能和奶奶合不来呢？”

爸爸叹了口气，说道：“是你奶奶。她和谁都合不来的……”

搬家的时候，我没有回筵家。最终，在妈妈死后，我回去取茶色的连衣裙成了最后一次回家，之后便一次也没有回去过。看到那个屋子都觉得不好受。

江本和何赛还有BJ他们把东西全部打包，帮我做好了所有的事情。

“放电视的屋子里，架子上面有一个放蒲团罩的箱子。用胶带封好，妈妈在封条上写了字的。只有这一样，请别弄丢，先帮我送过来行吗？”

妈妈的戒名[1]我拜托给办葬礼的住持来取。我想妈妈也想交给那个住持。

寺庙那边叫我过去，说是想知道妈妈生前是怎样的一个人，而且还认真地边听边做了笔记。

我把因为没有钱所以买不起墓地的事情坦白地说出之后，他们说直到那天到来之前都会在寺里每天念经供奉，所以骨灰请放心地保存在此。住持的妻子也说，无论何时都请来访无妨。

“戒名是要买的吧。大概一个字是要花几十万呢。在小仓那边，要上百万呢。那里戒名的长短完全是根据攒出多少钱决定的。”

“没有那么多钱……”

“唉，买戒名就是那样的。”

按照妈妈说的那样，我只包好了够取一个字戒名的那部分钱。靠佛教来赚钱是否有悖对平等精神的宣扬呢？

大家围着妈妈的遗像喝起酒来。有段时间没有喝酒，酒量突然降了下来。妈妈只能喝白兰地。还有，好像只认为明治屋卖的德拉曼白兰地好喝，似乎只喝这个，所以特意到六本木的明治屋那里买回来。

自称喜爱白兰地的何赛至今只喝过白木屋的白兰地，所以连呼“这个酒好喝着呢！”不过他能分清二者的区别倒是令人惊讶。

“不过，怎么说呢……在东京听说了各种各样你妈妈的事情后，感

---

① 按照日本风俗，人死后要起个戒名，以便死者早日“成佛”。——编者注

觉是我全然不知的一个人嘛。听着听着就不由得感到，咦，她还有那样的时候呢。”

爸爸多次这样说道。我听到的时候，觉得也是如此。

“刚刚结婚的时候吧，你妈妈这么说来着：要是你变了心，请别让我知道。她是当着面这么说话的一个女人。”

自始至终，妈妈在爸爸的面前都只表现出坚强的一面来。于是爸爸才可能只看到了一个这样的妈妈。

妈妈刚刚撒手人寰之际，爸爸对我说道：“刚才那样拼命要坐起来的样子啊……了不得呢……你妈妈从住院开始一直到死，虽然吃了很多苦，到最后也没说过一次服输的话……”

可是，爸爸并不知道，妈妈去世前两天，曾被疼痛折磨得辗转反侧，自己把针头拔出，说出了那些话。

“要是死了就好了。”

这些事情，不光包括爸爸和妈妈，可能几乎所有的夫妻之间都是，总会保留着一些事情不为对方所见，不为对方所知，还是在一起生活着。

头七即将过去，爸爸明天就要回到小仓了。之后我们又会如同从前一样，开始各自的生活。爸爸说是到了四十九天时还会再来。还说，会在每年妈妈的祭日来东京一次。

虽然害怕，我却不得不打开妈妈留给我的箱子。

我打开了写有“请在妈妈死后打开”的简陋的纸箱。

里面有几个信封和小箱子。

紫色的新箱子里放着崭新的念珠。大概是想在自己的葬礼上能用得上，才给我准备的。念珠拴着穗子，做工精巧。

长方形的平板小箱子上面，用圆珠笔写着“旧币”。

印着板垣退助头像的百元纸币一张，岩仓具视的五百元纸币五张，伊藤博文的一千元纸币四张，圣德太子的五千元纸币一张。

还有，纪念天皇在位六十年发行的一万元银币一枚。

这个箱子我见过几次。妈妈总是收集旧的纸币，还有发行数量较少的年份里造的硬币，我小时候收集古钱，她有时会拿出来给我看。

就算我想要，她也总是说“给你你就花掉了，我给你拿着吧”。除此之外曾经还有板垣退助的百元纸币，用封带绑好的新币共一万日元，不过几年前，作为贺礼送给了我的朋友，所以已不在这里了。

妈妈仍然记得“总有一天会给你的”这个约定。我最想要的岩仓具视的五百元纸币的老版设计币，也完好地放有一张。

茶色信封的封面上这样写着。

“妈妈的存折和印章放在里面。四月二十五日，十年前的定期存款到期，将有五十万七千五百七十日元。存款证里有二十万日元。第一劝银里也有一些，请在到期后使用。”

我并没给过妈妈太多的钱，其间她又是如何攒下这些钱的呢？还有一张为我投保的寿险保单。每个月她是如何支付这些的？

邮局的存折里是国际志愿者储蓄。这里的利息自动被转交给国外的合作团体，似乎是用来帮助那些发展中国家的人民。

存折里并没有储存着太大的金额，每个月只有几日元、几十日元的利息。不过一直在说想做志愿者的妈妈，还是用这种方式，在力所能及的范围内，尽心尽力地做着这件事情。

妈妈以前每天总念叨附近街道的超市卷心菜便宜五日元啦，鸡蛋便宜十日元啦，每回这么说的时候我都觉得怪穷酸的，嗤之以鼻。可是，妈妈却这样，宁肯自己跑来跑去，把省下的这些五日元十日元，用在了这些地方。我却一无所知，对不起。

这种钱，我总是花得一干二净。

自己的葬礼费用也按每个月三千日元、连交九十次的形式，已交付了七十次。来到东京，去世以前，妈妈处处想着不麻烦别人。为什么只对这个如此介意呢？二十七万日元，最便宜的葬礼安排。

若要告诉妈妈她一定惊讶并且难过的是，葬礼的请求书里写的是大概二百万日元，包含了大事小情的操办费用。虽然百合倒是我订的。

尽管如此，客人们都说葬礼办得不错，所以就算奢侈一下也无所谓了。对妈妈来说唯此一回的葬礼，我无论出多少钱哪怕是借钱都要好好办。五百万日元也好，一千万日元也好，铺张浪费也无所谓。

然而，妈妈这样上了年纪的人，却还要为了自己的葬礼节衣缩食，小心翼翼地每月凑齐三千日元。对于老人的这种心情，那些互助会及殡仪馆的人又做何感想呢？

只花二十七万日元就不会麻烦别人，这样想着老人才安然而去。你们安排的却是让他们无法理解、近乎天价的费用规定，你们到了那个世界里也会觉得惶恐吧！为什么要让将死之人为金钱而产生厌恶之情呢？

不过，什么都不要担心了。那个葬礼是妈妈自己出钱办的，操办得非常圆满。请别再担心金钱的事情了。虽是最便宜的方案，却比任何豪华的葬礼，都要好得多。

还有一个茶色信封鼓得很厚，封皮上写着“雅也名字的来历”。

几张纸上事无巨细地写着测姓名的结果、与其他候补名字比较的详细过程。

雅廉、叙亮、极、彩、一路、琢也、雅也。

妈妈似乎对山本有三的《真实一路》感慨颇多，所以对“一路”这个名字极为推崇。不过测姓名时却是“很早与亲人生离死别，或者体弱多病、贫困潦倒。甚至有刑罚、遇难、负伤等此类凶兆”这些好事全无、让人不寒而栗的结果。另外，隔壁家的小狗也叫作“一郎”（与一路同音），所以才将这个名字排除掉，最终虽然选定了笔画数中运气大吉的“雅也”，不过妈妈还是觉得“像是爱情剧里男主角的名字”，似乎并不甚满意。

“旭日升天、领导运旺，可以白手起家，掌握天下。得到上司、前辈及多方支持、援助，把握时机则可飞黄腾达，乃大吉之兆。”

我虽然并非相信占卜之人，然而比起刚才的“甚至有刑罚、遇难、负伤等此类凶兆”来说，她也一定会选择“雅也”这个名字。

另外，在同一个袋子里，还有一个点状图案的小口袋。

“御玉绪　小仓纪念医院　中川氏婴儿　昭和三十八年（1963 年）十一月四日诞生”

里面是类似药粉分包装一样折叠好的纸袋。打开后，里面装着干巴巴的脐带。小小的脐带中央的地方系着红线。

就像正在等候戒名的妈妈一样，此时的新生婴儿还尚无姓名，被叫作中川氏。

小时候，小仓的奶奶说过一句话。在我说喜欢妈妈的时候，奶奶总说:“这是因为与其说她是生你的人，倒不如说她是养你的人……”

我心里的某个地方总是有些介意。虽然随着年龄增长，慢慢无所谓起来，可是心里总是不够清爽。

我从未跟妈妈或者其他人问过此事，可妈妈最终用留下的箱子里的脐带告诉了我一切，不是吗？以事实为证据，告诉我一切。

是这根脐带的两端，曾将我和妈妈紧密地联系在一起吧？

“你在担心什么呢？不是理应如此吗？”看着脆脆的脐带，就好像妈妈正在这样对我讲话一样。

最后，箱子的底下露出的东西，是一本巴掌大小的笔记本。

像是百元店里卖的那种塑料封皮的笔记本。塑料封皮上夹着一张小纸，上面写着“妈妈的几句话”。

这是妈妈的遗书。

雅也

很久以来谢谢你

在东京过得很开心
妈妈虽然婚姻失败
却有福得到心地善良的儿子
度过了一个幸福的晚年
小时候我很爱哭，体弱多病
总对上苍祈祷，孩子首先要健康
然后才是正直善良
这么久以来仍然把健康放在首位
之后便是生意兴隆，最近贪心了
祈祷你和女友两人都能出行安全
哪怕一次
都没有为自己的事情犯难过
从今以后要和女友开心、幸福地过下去
她真的就像是我自己的女儿一样
你能和妈妈如此亲密
我很开心
妈妈能够幸福地离开
了无遗憾
真的谢谢你
那么，再见了

从今往后也要好好注意健康
一定不要奢华度日
做一个能够理解别人苦处的人
中学时的伊藤老师说
无论男孩子或是女孩子都喜欢和中川君一起
听他这么说我很开心

比起一个学习好的孩子
我更想你成为那样的人

首先，通知中村的姨妈们
然后，也要告诉大家
妈妈的私物打理
就拜托给阿布姨妈了
把旅费给她

妈妈

眼泪吧嗒吧嗒地滴落在笔记本上。我想要拼命忍住，但还是按捺不住放声大哭起来。

我失落而又悔恨，歉疚的心情像是要把胸口撕裂一般。琐碎的事情满满地写在下一页上。

请妥善保存好两份人寿保险单
这是得病时以住院保障为主的保险
住院补偿为每天一万五千日元
这个身故的时候金额较少
所以请加入身故赔偿金额大的保险
不要让将来的妻子困窘
还有，妈妈加入了交通保险
死后请拨打共济入会书上的电话号码
办理退会
这个只对交通事故有效
另外也请给白桦会的会长那里

打个电话

妈妈在最后住院之前，我和女友就已经分手了，可是直到最后也没有告诉妈妈。

住院之后，她也照常和我的女友频繁往来，可能妈妈也想不到事情已经发展到那种地步。

觉得我们反正早晚都会结婚的，妈妈才安心地走了。直到最后都瞒着妈妈，这让我坐立不安。

笔记本上还留有写给她的话。

阿姨一直都希望

能够有一个女儿

我很感谢上苍在我死前赐给了我一个长大的女儿

阿姨的人生已经非常幸福了

雅也就拜托给你了

两个人要永远亲密、幸福哦

自己的妈妈也要好好孝顺

没能像别人一样抱上孙子，太遗憾了

真的谢谢你

戒指请一直戴下去，看见它就像看见我

我想，为婆媳关系而苦恼的妈妈，始终怀有和女人也要相处好的愿望，才说出这些话的。

与其说她是儿子的女友，倒不如说是身为妈妈女儿的朋友。就好像，章鱼社长还有其他的女人到家里来玩时，都是妈妈的朋友，也都像妈妈一直想要的女儿一样。

我很感谢能让妈妈度过那么多美好时光的每个人。另外，对于让妈妈最后的愿望落空的自己，因为一切已无法挽回而感到很没出息。

坐在廊子里的爸爸一直抚摩着睡在一旁的“面包”的脑袋。这几个星期，爸爸看上去像是小了好多。

留给爸爸的，只有夫妇二人才知道的、只属于两个人的美好回忆，和再也无法倒流的时光。在我和妈妈心中，留着千金不换的记忆和没有送出的礼物。

对于今后仍要活下去的我们来说，不得不一一握紧那些温暖的回忆，揣着那些掩埋不了的遗憾，走过每一天。

线香的烟画出波纹，消失在无法看见的世界里。妈妈的遗像前面，整整齐齐地摆放着早晨爸爸从中目黑商业街里买来的点心。

爸爸边喝着自己倒的茶水，边咳嗽。他一直没有换衣服，始终穿着同一件衣裳。

他抚摩着“面包”的脑袋，正在说着什么。

我站在远处凝视着爸爸。这几个星期，好像和爸爸说了三十五年的话一样。

如果对这个人再喜欢一些的话，在爸爸死的时候，又会再次感到那种悲伤的心情吧，我恨这样。模模糊糊地看着爸爸，我这么想。

“丽春院明朗妙荣信女”。

住持那边送来了妈妈的戒名。我给姨妈们还有爸爸也都发了传真。

“这真是个美丽的戒名呢。你妈妈也会高兴的吧。一定会说这真像我的名字呢。”

来信说一想起来就总要哭的姨妈们，看到了这个戒名也好像心情舒畅了。

“哈，真是个好名字，不过啊，这还真是个无欲无求的好和尚。在小仓那边啊，戒名可要花不少钱呢……”

对戒名和价钱的关系总要说上一句的爸爸，好像仍然不能理解文字数比预测得要长出那么多这件事情，不过仍很高兴地反反复复地念着妈妈的新名字。

充分使用从奶奶那里得到的米糠，每天搅拌，至今做出很多很多好吃的腌菜的，妈妈唯一的宝贝腌菜米糠再也没有谁去搅拌它，也没人用来腌菜的茶色的缸，被冷冰冰地搁在了新家一无所有的大厨房里。

妈妈死后，我对章鱼社长说："妈妈最宝贝奶奶那一代传下来的那个上百年的米糠菜缸。你给继承下去？"

以一种奇妙表情盯着那个缸看的章鱼社长，对这个请求想都没想地回答："我可不行。"

"也是啊……"

不过，章鱼社长分到了夹鼻眼镜、玩具假牙还有花点织布这三样遗物。

"继承这个表演吧。"

"明白！"

整理妈妈的相册时，看见了很多她们姐妹几个外出旅行时的照片。

其中的一张，右下角印着一九八〇，是在某个温泉旅馆里的照片。

照片里，穿着浴衣的妈妈，正因为这个表演博得了姐妹们的哄堂大笑。历史悠久，经验丰富。

"要精益求精。"

"我努力！"

现在，妈妈的佛坛抽屉里，放着第二代承袭人章鱼社长在装扮后的近照。

"为了寻找不死人生而远去天竺取经的三藏法师，最终带回来的，不是不死的生命，而是一本经书。就是这一本经书，佛教才得以流传，人们的内心才得以获救。你母亲虽然在现世消失了，她的灵魂、她的心却并未消失。当你想念母亲，合上双手的时候，无论何时她都会在身边回应你。你供奉在佛坛给神灵的饭食或水果，之后你吃过就会明白，不再可口了。这是因为，神灵们已经用过，那只是空留躯壳而已。所以尽管你看不到，你母亲其实是一直伴随在你身边的。”

每月十五日月满之时，住持都会过来念经，对我说很多话。

我每天醒来第一件事，便是给妈妈的灵位上香，对她说一些她健在时没有说过的话。

“早。”

这么说后，总是能听到妈妈的声音。

“说早，也不早了，都中午了。快点去工作吧。让别人等久了不好。”

虽然听起来有些奇怪，可是，比起从前，我和妈妈说话的次数却多了很多。

四十九天过去有段日子的时候，爸爸寄来了快递。

大号的信纸上大半的空间里，是独具爸爸风格的毛笔字，洋洋洒洒。

雅也，辛苦了

你妈妈尽管知道自己来日不多

却从未放弃活到最后的希望

任谁都不能做到的这种姿态

她却做给我们看了

让我们二人为如此优秀的妈妈干杯

说起妈妈的事情来

爸爸自己都会埋怨自己

那些事情在从此往后的一生

都将是爸爸背负的枷锁

请代我向你们的朋友问好

收放骨灰的事情我想在电话里与你商量

就不多写了

你对此有什么想法

请跟我说

父笔

妈妈……爸爸说出了这样的话呢。

那年年末。

把妈妈的牌位用毛巾包好放进包里，我坐上了新干线的最后一班车。

到小仓时，再过三十分钟就是新年，我急急忙忙地找到酒店入住。

无论我还是妈妈，在这个城市里已没有可回去的家了。

从面朝河岸的房间里，能看见赶往八坂神社去新年参拜的人们。窗边放着牌位和啤酒，我注视着让人怀念的小仓街道。

我好像就出生在这个河岸上的医院里。现在那个建筑还会不会有呢?

“妈妈，我回来了。变化真大啊。商场啊百货啊应有尽有。还有卖路易·威登的皮包的，不知道是不是真货。”

新年快乐！去年没能陪你过新年。

去往神社参拜的人们排成了队。两年前去过赤坂的日枝神社，明治神社是几年前去的来着?

这时有群无赖从一旁想要冲断排到拜殿的长队。队列的人们像是商量好了似的移动着让出一条路来。

连明星都没有这样风光过，无赖们缓慢地穿过人墙，漫步走过。

什么都变了，这个城市。

翌日，为把牌位拿去给若松的姨妈们看，我奔往大分的由布院。大概这是一年之中最拥挤的时期吧，虽然没有预约，只是请提供预订服务的住宿介绍所找一家能住的地方，却还是惊讶他们提供的住宿条件出奇的好。

很怀念待在别府的日子啊。妈妈很喜欢温泉吧。

在那里待一阵子，便回到小仓跟爸爸一起去看奶奶。

在我出生长大的那个动物园旁边的家里，已经没有人住了。那个动物园好像也关园了。

远离城镇的森林中有一处老人看护所，现在，奶奶就住在这里。

她好像老年痴呆症又加重了。

好久不见奶奶，她年近九十，身体看着却还好。

“奶奶，认得我吗？”

奶奶对我点点头，说:“啊，你好。”

我苦笑。不光是我，好像连爸爸都认不得了。

我让奶奶坐在轮椅上，推着她在楼里散步。里面的老人们全剪着相同的发型，身穿白色短袖衫，藏青色马裤，整体好像是运动员的打扮。

我从看护那里拿到布丁，用勺子喂她，她一面狼吞虎咽地吃着，一面这个那个地说着。

“奶奶，好久不见了。”

“是啊。”

是不是真的听懂了，我不知道。

“阿敦在哪里呢？”

“你妹妹，今天不在。”

像是意识当中并没有现在这个概念，而是将庞大数量的记忆没有时间次序地排列组合，在其中随意抽选出一张来，再说出上面的话来。

有关奶奶和妈妈的过节我一无所知，就算知道了我也没有责怪奶奶的意思。我觉得谁都没有恶意，只是对每个人来说，看重的东西不同罢了。

奶奶用空洞的眼神看着伸出小勺的我。然后，奶奶像是想起了什么似的，这么说道："我生过五个孩子，养过五个孩子，然后，现在，为什么，会待在这种地方？……"

她目光呆滞地这么说道。我只是沉默地看着她。

"爸爸呢，到了这个年纪，才终于知道做一些孝顺的事情啊……每星期抽时间，去看一次两次的……唉，虽然去了也不认得是我……啊，只对我说'你好'。意识虽然那么不清楚，身体却好得很，还会继续活些日子吧。也不知道爸爸将来能怎么样。说到这个，我已经买好墓地了。想把你奶奶、爷爷的骨灰，还有自己的放在一块儿。我还想要是能把你妈妈的也放在一起就好了。你怎么想的？现在不得不决定了。"

在回去的出租车里，爸爸这么说。

"要是放在这里的墓地里，我就不能来看了……我是想赚了钱在东京买块墓地不是挺好吗？"

"……是吗。嗯，我再想想吧。现在还是存放在那个寺庙里？"

"让他放在正殿旁边的架子上的。另外还放着很多相同的骨灰盒。"

"那个地方，要收多少钱？"

"啊？那不是多少钱的事儿吧……"

"噢，不过，那个和尚真的超凡脱俗呢。你妈妈一定积德不浅，碰到这么好的和尚。"

那天爸爸为我订了小仓车站附近的宾馆。我本来也想住在那里。据说以前常去的烧烤屋已经关门了。我在车站附近吃了饭，又到热闹的街道去喝酒。

耸立着丸源大厦的这条街道，虽说是新年刚过，多数租借大厦却冷冷清清，落下的百叶窗里透出与节日不相协调的光线。

我们进了杂居大楼里的俱乐部。

爸爸坐在吧台旁，像是老板娘的人跟我打招呼。还是大学生的时候，我好像被带着来过这里。虽然她对我说好久不见，却怎么也想不起来了。

“不过，在东京听到了很多关于你妈妈的事情后，看到了一个我完全不了解的你妈妈，不知怎么有点儿恍然大悟的感觉……”

爸爸的记忆中、印象里，妈妈会是怎样的一个人呢？据姨妈们说，小时候的妈妈非常温顺，是个话不多的孩子。

爸爸心中的妈妈，也像东京的大家所说的一样，是个开朗而又积极向上的人吧？

四十九天的时候，我听章鱼社长说：“阿姨曾经说过，到东京一年的时候，雅也带着我去过很多地方，吃了很多好吃的。我觉得在这一年里被孝顺了个够。所以在那之后，我为了不让他再分心，自己才参加涉谷区的老人圈子交朋友啊，到处出去认识更多的人什么的。”

也许，我对妈妈的事情根本没有真正了解。

“喝酒也喝不了多少了。”

爸爸边喝白兰地边嘟囔着。

“你妈妈在东京经常喝酒吗？”

“基本上不喝很多，不过一旦谁来了，就喝得吵吵嚷嚷的。”

“唉，和年轻人在一起的话自己也不会老了，真好啊。爸爸的朋友一个一个地去世，打麻将也顶多打半庄四圈了。这还是因为去年一个好朋友死了老婆，他自己也消沉下去。那家伙唯一的乐趣就是麻将了。于是玩也是为了陪他，我其实不怎么想玩的。”

“妈妈说过……”

“啊？……”

“在中学还有高中要毕业的时候，她曾说过离婚算了，是这么说的。我那时就说，离了也行啊。可为什么最后，也没能离婚呢？”

“是有那么回事儿……你妈妈对我说跟我离婚吧，还拿来离婚申请表，让我在上面盖章来着。她说的时候，态度很坚决。最后，我盖了章交给你妈妈了……你妈妈，却并没有提交上去。”

“为什么？”

“啊……为什么呢？不知道的事情太多了……”

是因为对爸爸的感情，对我的考虑，还是只是女人的意气用事，到了今天，没有人知道原因。

也或者，跟姨妈们打听的话，能知道其中缘由。但是，我不想打听。恐怕就是妈妈也说不出一个明确的答案来吧。人的心情瞬息万变，总有一念之差。就是下定决心的事情，也会时时摇摆不定、改变初衷、回到原点，如此重复。现在，问到妈妈，她也一定这么说：“啊，为什么那么做呢？”

“跟那个女友怎样了？”

“已经不再见面了。”

“她跟你在一起的时候怎么样我不知道，不过却是对人热情的一个好姑娘。”

“分手之后，她也一直和妈妈有交往，关系一直不错。”

“唉，你以后不管再和谁交往，有些话必须要对她说出来。你不用语言具体地说出来，女人是不会明白的。你喜欢她也好，觉得无聊也好。爸爸我虽然总是这么想的，你可一定要做到。总觉得一加一等于一，为什么非要在嘴上说出来不可呢，本来就应该明白的嘛。可是，女人不明白。你不亲口说出等于二来，就是不行的。爸爸一直到最后都没能对你妈妈说……已经不可挽回了。不过，你还年轻，以后一定要说出来……”

坐在吧台里的老板娘，可能觉察出了压抑的气氛，连忙建议何不唱首卡拉 OK 呢。

“爸爸，你喜欢《夜之银狐》吧？妈妈说的。”

“她那么说过？”

“唱那首吧，我也一起唱。”

“不知还能不能唱了啊。”

我们紧挨着握住麦克风，盯着电视画面，安静地唱了起来。

难道你真的不寂寞　为这样表面的恋爱
隐藏了真心　哪怕跳起舞来
夜之银狐
请一定要相信我啊
夜之银狐
我是爱着你的啊
难道你不想要吗　亲爱的女孩
静默不语的幸福　你不想要吗

难道你不想哭吗　在一个人的房间
拨弄着灯火　在深夜的时间
夜之银狐
裙摆正在哭泣
夜之银狐
嘴唇空洞无语
小小的公寓　是为了你
为你而找寻　只有两人住在一起

夜之银狐
请一定相信我啊
夜之银狐
我是爱着你的啊
华丽的外衣　虽然夺目耀眼

“由布院真不错啊。”

在宾馆的大堂里吃早饭。

“突然去的，却正巧有好的空房。”

“爸爸在这些天，去了熊本的黑川温泉。是很便宜的巴士旅游，只住了一晚，不过很好。整个城市都很热闹。”

“没去过。”

“现在啊，在家喝的酒上面贴着申请券的贴纸。收集到一定张数就能换来温泉旅游的奖券。正在收集呢。”

“谁？”

“爸爸我啊。”

妈妈喜欢申请那一类奖券。然后在寄送的时候会在年龄一栏里填入二十岁左右。

问她“为什么这么写？”回答是“感觉老年人好像中不了”这种沉重的话。

是爸爸变了吗？妈妈怎样暂且不论，反正我看到他那沉浸于平民式的乐趣笑呵呵的样子，感到相当意外。是他变得和蔼了？还是本来就是有此爱好的一个人？难道他始终都在和一起住的人，分享着这种乐趣，在自己的家里寻找着那只青鸟？

爸爸妈妈两个人的事情我不知道的太多太多了。

我从包里拿出一个装钱的信封交给爸爸。

“这个，你拿着。”

“给爸爸的？”

“给妈妈的，你替她收下。”

“哎。已经几十年都没收到过了。谢谢了，哎。”

爸爸不好意思地笑了。

“那我走啦。”

“啊，加油哦。”

“嗯。”

“每年祭日的时候我会去东京的。”

“知道了。”

跟包里的妈妈一起，我再次从这个城市坐上了去往东京的新干线。

据说每天平均乘坐人数高达一百七十五万人的东京站里，作为一百七十五万分之一的我，到站了。

银座的步行街，浅草仲见世大路，新宿阿路他前广场，池袋阳光大道，原宿，表参道，六本木大街，涉谷交叉口。

如同聚集在霓虹灯前的蚊虫一样，今天的东京，无论何处都人流如潮。

每个人，又都像在那处的水湾里滋生出来的蚊虫一样，一副自生自灭的模样。

然而，理所当然地，他们每一个人都有自己的家庭，都有极为珍重的东西，在心里都有一个庞大的宇宙，还有，都有母亲。

之后某时，或者之前已发生过，这里的所有人都会经历与我一模一样的悲哀。

我站在无数次经过的人行横道上，注视着潮水般来来往往的人们，过去只单纯地作为街道风景的一个个人，看起来都很高大。

大家，都很厉害……都很努力吧。一个人只要是母亲生的，就永远逃脱不掉这种悲伤。只要人的生命有尽头，就迟早会与这种恐惧面面相对。

在妈妈的书架上发现的日记里，只是记录性质的内容，今天谁来过，送来什么，去了哪里，菜肴做了什么等等语气平平的记载，并没有情感上的任何表露。

不过，在日记中夹着一张剪纸的文章。已经有些发黄的这张纸被折了两折，藏在日记本的里侧。

所谓的母亲，是没有欲求的
我的孩子将如何伟大
会多么富有
都不重要
心底深深希望的是
他每天都能健康、快乐
就算有再昂贵的礼物
也不及我的孩子可以心地善良
幸福美满地度过一生
所谓的母亲
当真是没有任何欲求的
因此，让母亲哭泣
是这个世界上最不可为的事情

之后，樱花几开几落，东京的春天，又来到了。

六本木丘建成，夕留被开发，能清楚地看到东京塔的这个赤羽桥的路口上，风景也好人潮也好，与那时相比没有太大变化。

昭和三十三年（1958年），六大学棒球之星的长岛茂雄加入巨人军团。三号球服在全日本掀起一股旋风并开始快速蔓延来。同年十二月，作为世界最高的电视发射塔、三百三十三米高的东京塔完工，这座铁塔成为大都会东京的象征。

另外现在，随着数码广播的出现，东京塔被认为无法充分实现这一转型，有风声说要把它拆毁。

与那一天同样阳光明媚的这个春日，我生来第一次登上了东京塔的展望台。

按照与妈妈的约定，把妈妈的牌位放在小包里，一起登上来。

从不同于以往、人数稀少的入口里，乘着已经老化的电梯，一下子被吸到上空去。

越过大展望台，向着那上面离地面二百五十米高的特别展望台而去。

面前展开的是浓缩了的东京风景。各种各样的街道凑在同一张图里，跃入一个视野里。

“妈妈，很漂亮吧……”

妈妈瞑目的那家医院，就在正下方。那时，大家从病房的窗口向上仰望东京塔，现在，我们正站在这塔上，俯视那天的窗口。

妈妈去世那年的五月里有人这样说：“从东京塔上眺望东京的时候，会发现一些事情。在地面上时也许没有发现过，那就是东京有很多很多墓地。”

确实如此。在绿地中央，在大楼之间，是星星点点的墓地。哪怕生活在地面上的人没发觉它也好、全然忘记也好，实际上，在现代化的大厦之间，仍安眠着很多死者。

然后，对我来说这整个城市，东京的全部景色，看起来像是一座巨大的陵园。

拥挤不堪、鳞次栉比的长方形楼群一栋栋看起来像墓碑。虽然大小完全不同，从这里看上去却没有太大差别。

巨大的陵园广袤无边，一直延伸到遥远的地平线。人们对这个城市充满憧憬，纷纷从各自的故乡心驰神往地来到这里。

这座城市，沉睡着那些人的梦想、希望、悔恨、悲哀，也许确实是座巨大的墓地。

妈妈。

从那时起，已经过了几年。而现在的我依然失落。

不管做什么事情，眼前总浮现出妈妈的音容笑貌。

坐在饭桌前，正在择着豆角的妈妈。裁剪花纹包装纸用糨糊粘好，制作小信封的妈妈。灯也不开，在昏暗的房间阅读图书馆的书的妈妈。玩“魔法泡泡”的妈妈。

去吃饭吃到美味的食物，发现了新店铺时也总想起妈妈。

这个也想让你吃到，这里的烤串儿妈妈一定会喜欢，无论做什么，总会这么想。

去京都到了一家不错的商店里，也会想要把你一起带来，看见跟妈妈差不多年纪的阿姨和朋友们一起旅行的样子，又会后悔为什么没在你还活着的时候，带你去更多的地方旅行，诸如此时，总是潸然泪下。

从小时候开始，虽然住过很多地方，但吃的穿的，却要比其他人家的孩子好很多。妈妈不给自己买东西，而总是给我买。

想去的学校也让我去了，刚毕业时没有工作游手好闲的时候，也总会寄来一两万日元的生活费。那是妈妈在各种地方打工赚的钱。

尽管如此，最终我却什么也没有给过妈妈。岂止如此，就连一句像样的话都没有说。

来到东京之后，在给妈妈生活费或是零用钱的时候，要是脸色更好点儿，给得再多些该多好。自己大把大把地花钱，为什么还要那样子，为什么不体谅她的心情呢？

如果是现在，我一定好好地对你说更多的话，一定让你吃更多的东西，一定让你尽情去想去的地方旅行，然而当时，为什么就没能做到呢？

妈妈的生命中，每一天都快乐吗？

工作虽然有所进步，但将来怎样仍不可知，也没有什么值得向妈妈夸耀的。

一切照旧，我仍然过着会令妈妈担心的生活。这些事情想都不想对妈妈讲。年过四十却仍没娶妻，也没有太多的钱，驾照也不见了。

仍在麻烦人家，好像也被人家讨厌。仍然，没什么长进。就算到了那边，也会让你担心吧。

去年，爸爸和妈妈一样患了胃癌，做了手术。胃的一半以上都切除了，连一碗饭都吃不下，瘦得很厉害。不过，应该是康复了，精神慢慢好起来了。

何赛结婚了，藤川也生了孩子。还有，兔子死掉了。在妈妈一周年祭日之后不久，早上看它时已经死了。在宠物火葬场火葬掉，住持还替它念了经。大概，已经到那个世界了。

我现在正在养狗。黑色的狗，对人很热情，妈妈在的话，也许会每天抱着出去散步吧。

前野君从山上采了竹笋送过来。妈妈在的话定会把它做得很好吃。我让附近的饭店做好了。

因为是母子二人的家庭，小时候不喜欢被人说有恋母情结，所以从来不对别人说起妈妈的事情。

可是，为什么不能去想念重要的人呢？为什么提起喜欢的人来，还一定要说心情不好呢？现在我也不明白。如果能够早点察觉到，也许我就能对妈妈多说些温柔的话了吧。

妈妈的衣服虽然都没拿走，不过冬天穿的送去了新潟县，夏天穿的送给了苏门答腊，还有地震的其他受灾地区。这样很好吧？可以看看，印度的阿姨也许正穿着妈妈的 T 恤呢。

妈妈。

我会在这边再继续努力的。你看着吧。我会好好注意身体，最近也在自己做饭吃了。

妈妈在笔记本上写着“再见了”，为什么要那么说呢？住持说过，虽然身体消失了，可妈妈仍在我身边的。那么，不管如何我和妈妈将永远是母子。为什么要说那样的话呢？

妈妈去世后有段时间里，我什么都不想做，做不下去。现在，我想必须要好好努力地活下去了。

妈妈，这么长时间里，很多事情，我很抱歉。

还有，谢谢你。能被妈妈抚育成人，我感到非常自豪。

东京塔的窗外，广阔的天空碧蓝如洗，缓缓地与地平线接壤，淡作白色。

阳光温暖而又柔和地，照耀着海面和城市。

我始终眺望着遥远的地方。挂在脖子上的小包里，妈妈也正展开笑颜，眺望着同一个地方。

“妈妈。今天天气不错，真好啊。”